国家职业技能鉴定培训用书

中等职业教育改革发展示范学校规划教材

办公软件应用（中级）

主　编　陈锡宗

参　编　张微微　张晓婷　李　萍　任美璇

机械工业出版社

本书是根据中等职业学校计算机技能培训教学的实际需求，从初学者角度出发，参考劳动和社会保障部和全国计算机信息高新技术考试对“办公软件应用（中级）”的考核要求，经过多年教学实践编写而成。

本书以操作技能为主，兼顾相关知识，采用 Windows XP 操作平台，使用 Office 2003 版本。全书主要内容包括操作系统应用、Word 应用、Excel应用及 Word 和 Excel 的进阶应用四个模块，以项目引领，将每个知识点以任务的形式展现，同时又配有相应的解题思路及知识解析，能够充分调动读者的学习兴趣和动手能力。为便于教学，本书另配备了电子课件，选择本书作为教材的教师可来电（010-88379196）索取，或登录 www. cmpedu. com 网站注册免费下载。

本书内容深入浅出、图文并茂，既可作为中等职业学校计算机应用及相关专业技能培训使用，也可作为计算机操作员、文员、秘书等岗位培训教材和自学用书。

图书在版编目（CIP）数据

办公软件应用．中级/陈锡宗主编．—北京：机械工业出版社，2011.6
国家职业技能鉴定培训用书．中等职业教育改革发展示范学校规划教材
ISBN 978-7-111-34788-0

Ⅰ．①办…　Ⅱ．①陈…　Ⅲ．①办公自动化－应用软件－中等专业学校－教材　Ⅳ．①TP317.1

中国版本图书馆 CIP 数据核字（2011）第 099679 号

机械工业出版社（北京市百万庄大街 22 号　邮政编码 100037）
策划编辑：聂志磊　齐志刚　　责任编辑：聂志磊　齐志刚　李　宁
版式设计：张世琴　　责任校对：张　薇
封面设计：王伟光　　责任印制：李　妍
唐山丰电印务有限公司印刷
2011 年 7 月第 1 版第 1 次印刷
184mm×260mm · 11 印张 · 268 千字
0001—3000 册
标准书号：ISBN 978-7-111-34788-0
定价：22.00 元

凡购本书，如有缺页、倒页、脱页，由本社发行部调换
电话服务
社服务中心：(010)88361066
销售一部：(010)68326294
销售二部：(010)88379649
读者购书热线：(010)88379203
网络服务
门户网：http://www.cmpbook.com
教材网：http://www.cmpedu.com

前　言

近年来，随着计算机技术的飞速发展，办公自动化领域对人才的需求越来越广泛和迫切，参加职业资格培训与职业技能鉴定的人数也稳步增长。加强办公自动化软件的培训和技能鉴定是社会发展的需要，也是广大劳动者的实际要求。《办公软件应用（中级）》旨在使学习者熟练掌握办公软件的基本操作技能，并在此基础上掌握Word和Excel的一些高级应用，能够从事计算机操作员、文员、秘书等相关工作，以适应相关岗位群的需要。

本书采用“模块—项目—任务”的结构形式，通过若干个任务承载课程全部内容，相关的理论知识穿插其中，紧扣中级办公软件应用考纲，注重操作指导，对每个任务都提供了详尽的参考操作步骤，操作训练项目中则部分采用了历次技能考核中的真题，重点强调培养学习者办公自动化的操作能力，提高读者对日常办公中文档的排版、数据的快速处理等能力。编写过程中力求打破传统学科模式，以项目引领课程为主体，体现项目教学及任务驱动的特色。

使用本书的建议：

1）由具备丰富一线教学经验和熟练操作技能的老师任教，教学中讲、练结合，随堂强调相关理论知识和操作技巧。

2）有条件的学校可在机房授课，采用多媒体教室和投影设备等手段，提高课堂效果。

3）本书既可作为中等职业学校计算机应用及相关专业的技能培训教材，也可作为计算机操作员、文员、秘书等岗位的培训教材和自学用书。

本书参考培训课时为50学时，学时分配建议如下：

序　　号	教学内容	学 时 数
模块一	操作系统应用	6
模块二	Word应用	20
模块三	Excel应用	14
模块四	Word和Excel的进阶应用	10
合　计		50

本书由青岛市职业教育公共实训基地陈锡宗主编和统稿。陈锡宗、任美璇编写模块一，张微微编写模块二，张晓婷编写模块三，李萍编写模块四。

鉴于编者水平有限，书中难免有不妥之处，恳请使用本书的教师和广大读者批评指正。

编　者

目　录

模块一　操作系统应用

在这个模块中，将学习如何在资源管理器里查找文件或文件夹，在指定位置建立文件夹，能给文件和文件夹改名，会对常用文件夹选项进行设置，掌握文件或文件夹的复制、移动、删除和还原操作，掌握为计算机安装新字体，添加输入法，以及添加打印机等操作。

项目一　文件与文件夹的基本操作

任务一　认识资源管理器

任务描述

掌握启动资源管理器的多种方法，认识资源管理器窗口的布局，掌握当前文件夹的概念。

任务分析

我们已经知道，一台完整的计算机系统是由硬件系统和软件系统两部分组成的。与之相对应地，计算机的资源也分为硬件资源和软件资源两大类。在 Windows XP 中，可以通过“我的电脑”或“资源管理器”来管理计算机资源，但是“资源管理器”比“我的电脑”在管理计算机资源方面要更专业，功能更强。

下面，我们一起来认识资源管理器。

参考做法

第 1 步：单击任务栏上的 开始 ，打开“开始”菜单。

第 2 步：将鼠标指针指向 所有程序(P) ，打开“所有程序”子菜单。

第 3 步：将鼠标指针指向 附件 ，打开“附件”子菜单。

第 4 步：在“附件”菜单中单击 Windows 资源管理器 ，就打开了“资源管理器”窗口，如图 1-1 所示。

“资源管理器”窗口分左右两部分（分别称为左、右窗格），左窗格里列出了该计算机中的所有文件夹（称为文件夹列表或文件夹树），其中最大的一个文件夹是“桌面”，它包含了“我的文档”、“我的电脑”、“网上邻居”、“回收站”等文件夹。在左窗格的文件夹中，呈反色显示的文件夹是当前选中的文件夹，称为当前文件夹，右窗格显示的就是当前文件夹的内容。如图 1-1b 中，当前文件夹是“桌面”，右窗格中显示的是“桌面”文件夹中的内容。

单击左窗格中的 我的电脑，右窗格显示出“我的电脑”文件夹里的内容。此时，如果单击工具栏上的 文件夹，则“资源管理器”窗口就变得与“我的电脑”窗口完全一样了（这样会失去资源管理器的一些优点），如图 1-2 所示。若再次单击，将使窗口还原。

a) b)

图 1-1 打开资源管理器

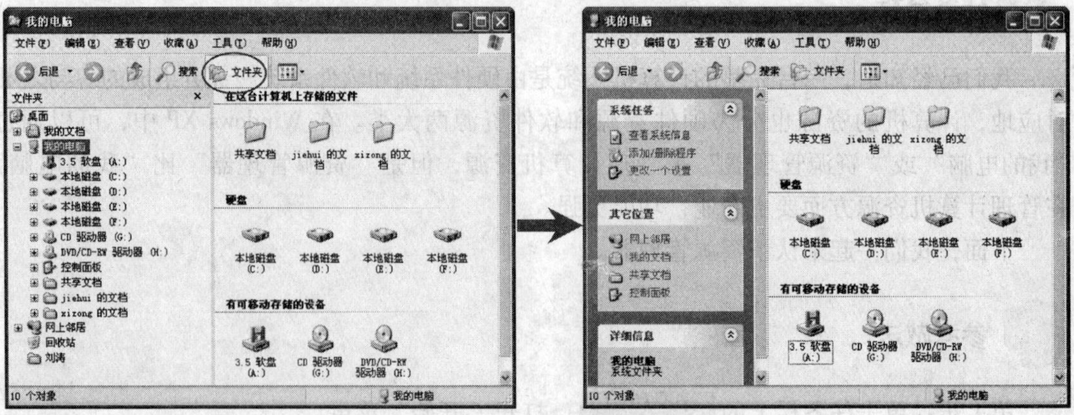

图 1-2 “资源管理器”窗口与“我的电脑”窗口

在左窗格的文件夹列表中，如果文件夹图标前没有⊞或⊟，说明该文件夹中没有下一级文件夹；如果文件夹图标前有⊞，说明该文件夹中还有下一级文件夹，但现在还没有显示；单击⊞，则显示出该文件夹中的下一级文件夹（称为展开该文件夹），同时⊞变成⊟；

再次单击⊟，⊟又变成⊞。

单击左窗格中图标是形的文件夹，该文件夹图标由变成，呈打开状，称为打开该文件夹，同时文件夹名呈反色显示，右窗格中显示出该文件夹中的内容，即将该文件夹设置成了当前文件夹。

由此可以看出，“资源管理器”将文件与文件夹之间、文件夹与文件夹之间的从属关系表示得清清楚楚，因此可以很方便、直观地对文件或文件夹进行各种操作，如查找、复制、移动、改名、删除等。

小知识

打开“资源管理器”窗口的方法有很多种。

(1) 用鼠标右键单击 开始 ，将弹出一个快捷菜单，单击其中的 资源管理器(X)，即可打开“资源管理器”窗口。

(2) 在桌面上或“开始”菜单中，用鼠标右键单击“我的文档”、“网上邻居”、“回收站”、“我的电脑”等任何与“资源管理器”有关系的图标，在弹出的快捷菜单中，都能找到 资源管理器(X)，单击它，即可打开“资源管理器”窗口。

自己做

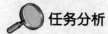

(1) 尝试用各种方法打开“资源管理器”窗口，注意每次打开的窗口中当前文件夹是否是同一个文件夹。

(2) 在“资源管理器”窗口中，展开 C 盘上的 Program Files 文件夹，并将其中的一个文件夹设为当前文件夹。

任务二　查找文件或文件夹

任务描述

掌握在“资源管理器”窗口中查找文件或文件夹的操作，能熟练使用 Windows XP 的“搜索助理”进行各种方式的查找。

任务分析

一台计算机上有数量众多的文件夹和文件，除非用户具有很好的记忆力，否则可能会在一段时间之后，忘记一个文件或文件夹的保存位置。Windows XP 提供了一个功能强大的“搜索助理”，利用它可以帮人们根据名称、大小、创建日期等条件来查找文件或文件夹。

参考做法

第 1 步：在“资源管理器”窗口中，单击工具栏上的 搜索，则“资源管理器”窗口左侧出现“搜索助理”，一只可爱的小黄狗将陪我们完成后面的查找工作，如图 1-3 所示。

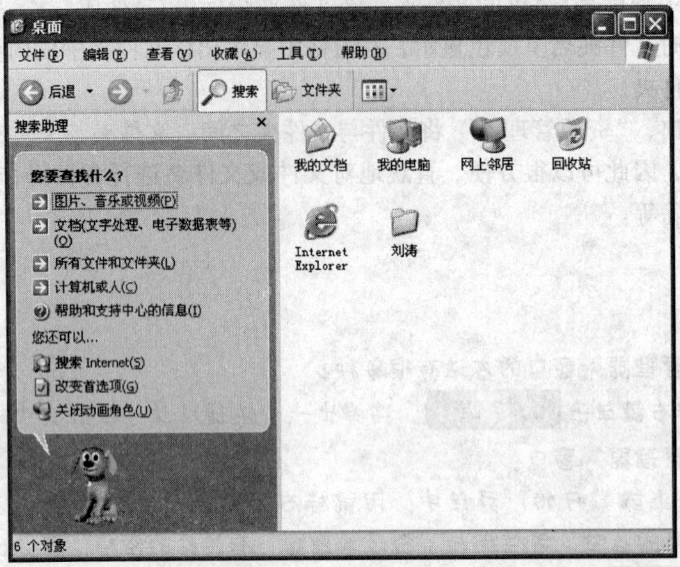

图 1-3　搜索助理

第 2 步：单击 所有文件和文件夹(L)，将显示如图 1-4 所示的搜索选项。如果已确定要查找的文件类型，如图片、音乐、视频、文档等，可以在图 1-3 中单击 图片、音乐或视频(P) 或 文档(文字处理、电子数据表等)，以便缩小搜索范围，尽快获得搜索结果。

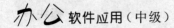

第 3 步：如果要根据文件名进行查找，可在 全部或部分文件名(O): 文本框中输入该文件名的特定部分，如图 1-4 所示。

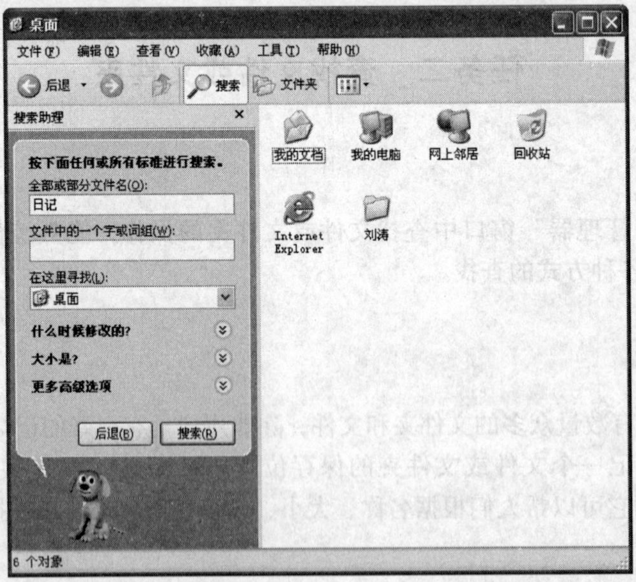

图 1-4　输入文件名

如果要通过文件内容查找，或者希望通过附加条件来缩小搜索范围，则可以在 文件中的一个字或词组(W): 文本框中输入特定的字或词组。

第4步：单击 在这里寻找(L): 下拉列表框右端的 ，从列表中选择要搜索的驱动器或文件夹，如常用的 本地硬盘 (C:;D:;E:;F:)。

如果单击 **什么时候修改的?**，则可以使用显示的选项来指定一个时间范围，如图1-5所示。

如果单击 **大小是?**，则可以指定文件的大小，有效地缩小搜索范围。

如果单击 **更多高级选项**，则可以为查找操作设置更多的限制条件，保证查找操作准确有效。例如，☑ **搜索子文件夹(U)** 可使搜索范围包括子文件夹；加上 ☑ **搜索系统文件夹(Y)** 和 ☑ **搜索隐藏的文件和文件夹** 选项，就可以使即将进行的搜索操作在选定范围内的所有文件夹中进行。

第5步：单击 搜索(R) ，“搜索助理”将开始搜索，左下角的小黄狗不停地做出各种找东西的动作。

图1-5　搜索选项设置

第6步：搜索结束后，将显示一个符合搜索条件的结果列表，如图1-6所示。

第7步：单击窗口左侧的 是的，已完成搜索，关闭“搜索助理”。

第8步：单击工具栏中的 文件夹，就回到我们熟悉的“资源管理器”窗口了，如图1-7所示。

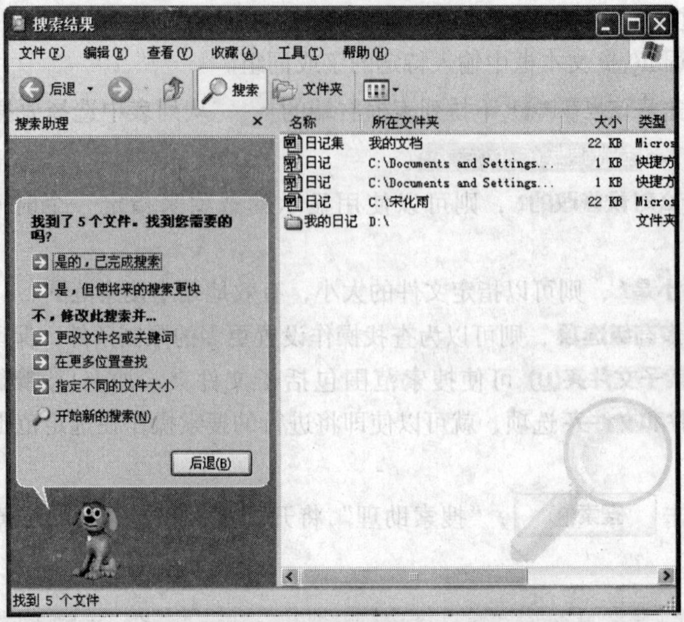

图 1-6 搜索结果

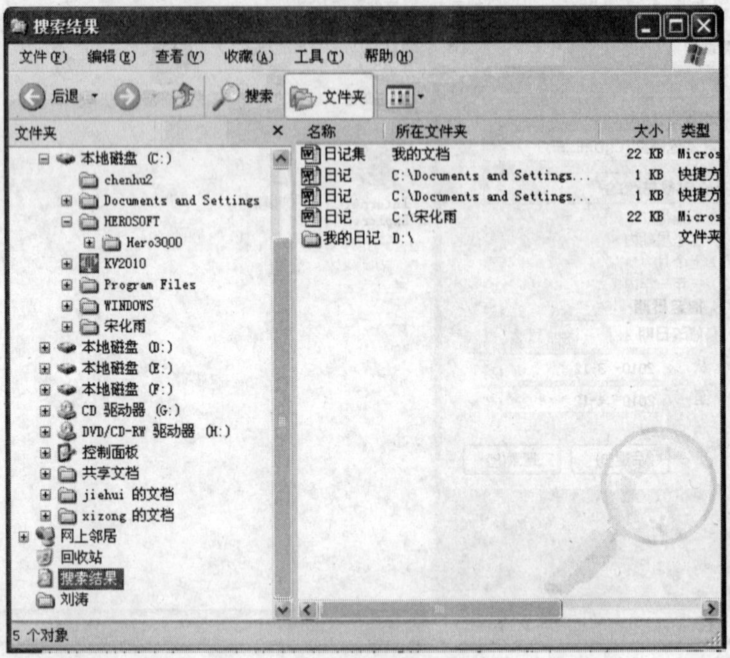

图 1-7 “资源管理器”窗口

双击右窗格里的文件或文件夹，就可以打开该文件或文件夹。

自己做

在你用的计算机上查找名字为 tada 的文件。

任务三　在指定位置建立文件夹

任务描述

利用“资源管理器”，在指定位置建立文件夹。

任务分析

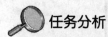

利用“资源管理器”可以很方便地在任意位置建立文件夹。例如，在 C 盘上建立一个名为 CXZ 的文件夹。

参考做法

第 1 步：打开“资源管理器”窗口。

第 2 步：在左窗格中单击 本地磁盘 (C:)，右窗格显示 C 盘的内容。

第 3 步：在右窗格的空白处单击鼠标右键，弹出一个快捷菜单；将鼠标指针指向快捷菜单中的 新建(W)，弹出“新建”子菜单，如图 1-8 所示。

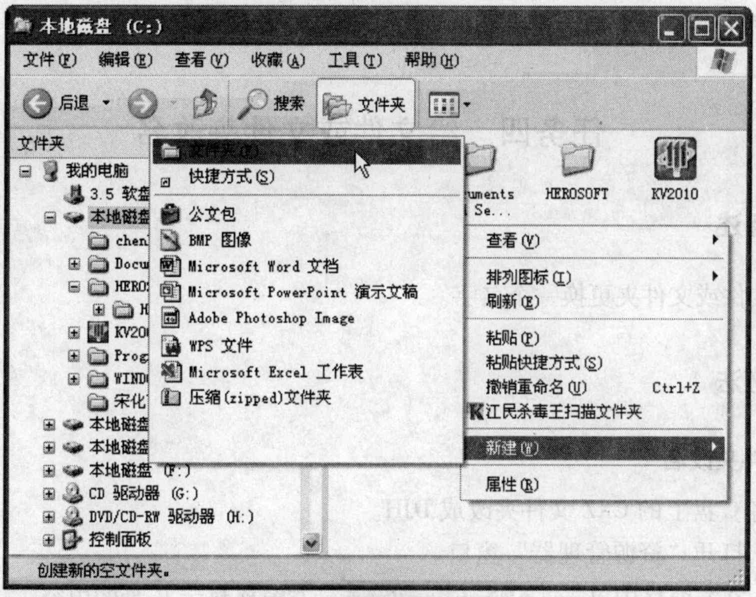

图 1-8　快捷菜单

第 4 步：单击“新建”子菜单中的 文件夹(F)，右窗格出现一个新文件夹，图标下方的 新建文件夹 呈反色显示，等待输入文件夹名，如图 1-9 所示。

第 5 步：输入文件夹名 CXZ，按〈Enter〉键，新文件夹就建好了。

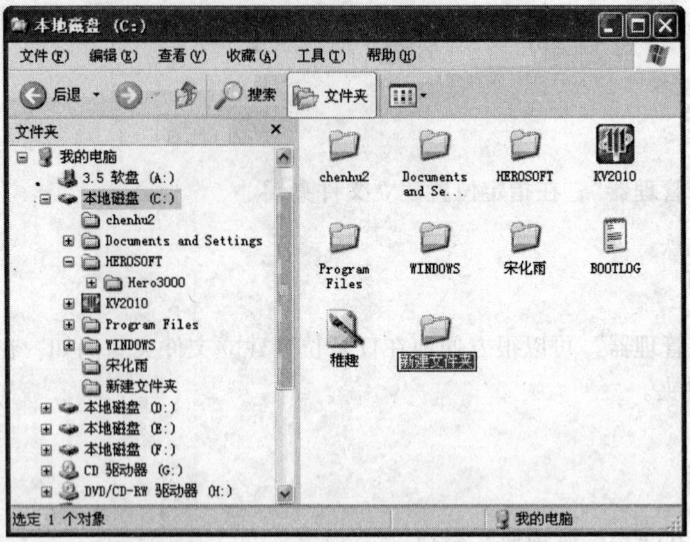

图 1-9　新建文件夹

自己做

在 D 盘的某个文件夹中，建立一个以自己名字命名的文件夹。

任务四　给文件或文件夹改名

任务描述

学会为文件或文件夹更换一个名字。

参考做法

1. 给文件夹改名

例如，将 C 盘上的 CXZ 文件夹改成 DJH。

第 1 步：打开“资源管理器”窗口。

第 2 步：在左窗格中单击 本地磁盘 (C:)，右窗格显示 C 盘的内容。

第 3 步：在右窗格中找到 CXZ 文件夹，用鼠标右键单击它的图标，文件夹名 CXZ 呈反色显示，并弹出一个快捷菜单。

第 4 步：单击快捷菜单中的 重命名(M)，文件夹名 CXZ 被围上一个方框，并且有一个光标在闪动，等待输入新的文件夹名，如图 1-10 所示。

第 5 步：输入 DJH 后按〈Enter〉键，文件夹的名字就改好了。

图 1-10 重命名文件夹

2. 给文件改名

给文件改名的操作与给文件夹改名的操作完全相同。

例如，将“刘涛”文件夹里的文件“风景”改名为“图画”。

第 1 步：打开“资源管理器”窗口。

第 2 步：在左窗格中，拖动滚动块或转动鼠标滚轮，找到并单击打开“刘涛”文件夹。

第 3 步：用鼠标单击右窗格中的文件名“风景”，弹出一个快捷菜单。

第 4 步：单击快捷菜单中的 重命名(M)，文件名“风景”被围上一个方框并反色显示。

第 5 步：输入新文件名“图画”并按〈Enter〉键，文件名就更改成功了。

小知识

(1) 你可以用下面的两种方法为文件或文件夹改名。

1) 两次单击法：两次单击要改名的文件或文件夹，即可出现上面第4步的结果。注意两次单击的间隔时间要足够，否则就成了一次双击，将打开该文件或文件夹。

2) 快捷键法：单击要改名的文件或文件夹，再按〈F2〉键，也可出现上述结果，只要再输入新名并按〈Enter〉键即可。

(2) 出于保护的目的，Windows XP 在默认状态下，将不显示已知类型文件的扩展名。所以当出于某种目的（如不想让别人通过双击打开自己的文件）需要更改扩展名时，需要进行一些设置。

请注意

（1）文件的扩展名代表文件的类型，但不决定文件的类型。例如，把扩展名为 BMP 的图像文件改为以 TXT 为扩展名，它的本质还是一个图像文件，只不过不能用直接双击的方法打开。不要随便更改文件的扩展名。

（2）改名操作只能对自己的文件和文件夹进行，但对硬盘上不熟悉的文件和文件夹是不能随便改动的。

自己做

(1) 为自己的文件夹改一个用英语命名的名字。

(2) 把你以前建立的一个图像文件改名为 TX. BMP。

任务五　复制和移动文件或文件夹

任务描述

掌握在“资源管理器”中复制和移动文件或文件夹的操作，理解“剪贴板”的含义。

任务分析

文件或文件夹的复制和移动是经常执行的两种操作。

文件的复制指在保留原文件不动的情况下，使磁盘上再产生一个或多个与原文件相同的文件。

文件的移动指将文件从一个文件夹移到另一个文件夹。移动操作完成后，文件的数量没有增加而只是位置发生了变化，原文件夹里就没有这个文件了。

文件夹的复制和移动与文件的复制和移动的含义和操作方法完全一样。

在对文件或文件夹进行复制、移动或其他操作之前，首先要选定待操作的对象。常用的选定方法有以下几种。

1）选定单个文件或文件夹：单击一个文件或文件夹的图标或名字，使它变为反色显示，该文件或文件夹即被选定。

2）选定多个连续的文件或文件夹：单击待选文件或文件夹的第一个，再按〈Shift〉键不放，单击待选文件或文件夹的最后一个，然后松开〈Shift〉键。

3）选定多个不连续的文件或文件夹：先单击第一个要选定的文件或文件夹，然后按〈Ctrl〉键不放，逐个单击要选定的文件或文件夹。当〈Ctrl〉键被按下时，如果单击一个已经被选定的对象，则将取消对它的选定。

4）选定所有文件或文件夹：按〈Ctrl〉键不放，再按〈A〉键，可以将“资源管理器”窗口右窗格中的所有文件和文件夹选定。

要取消所有的选定，可以在窗口的空白处单击。

请注意

在“资源管理器”窗口中对文件或文件夹操作时，最好设置为“列表”或“详细资料”显示方式，以便在右窗格中显示更多的文件和文件夹项目。

参考做法

1. 文件的复制

例如，在 C 盘根目录下 DATA 文件夹内的八个文件，将其中前五个复制到“刘涛”文件夹中。

第 1 步：打开“资源管理器”窗口，在左窗格中单击 C 盘，找到 DATA 文件夹并单击，右窗格显示出该文件夹的内容。

第 2 步：单击右窗格中的第一个文件名，按〈Shift〉键不放，再单击第五个文件名，前五个文件名将呈反色显示，表示已被选定。

第 3 步：在右窗格中已选定的文件上单击鼠标右键，弹出一个快捷菜单。单击快捷菜单中的 复制(C)。

第 4 步：在左窗格中找到并单击“刘涛”文件夹，使该文件夹中的内容在右窗格中显示。

第 5 步：在右窗格的空白处单击鼠标右键，弹出一个快捷菜单。

第 6 步：单击快捷菜单中的 粘贴(P)，右窗格中就出现了新复制进来的五个文件。

2. 文件的移动

例如，将“刘涛”文件夹里的“图画”和“诗歌”两个文件移动到 DJH 文件夹中。

第 1 步：打开“资源管理器”窗口，在左窗格中找到“刘涛”文件夹。

第 2 步：单击“刘涛”文件夹的图标或名字，使右窗格中显示出该文件夹中的内容。

第 3 步：单击文件名“图画”，然后按住〈Ctrl〉键不放，单击文件名“诗歌”，使这两个文件名呈反色显示。

第 4 步：在其中一个被选定的文件名（如“图画”）上单击鼠标右键，弹出一个快捷菜单，如图 1-11 所示。

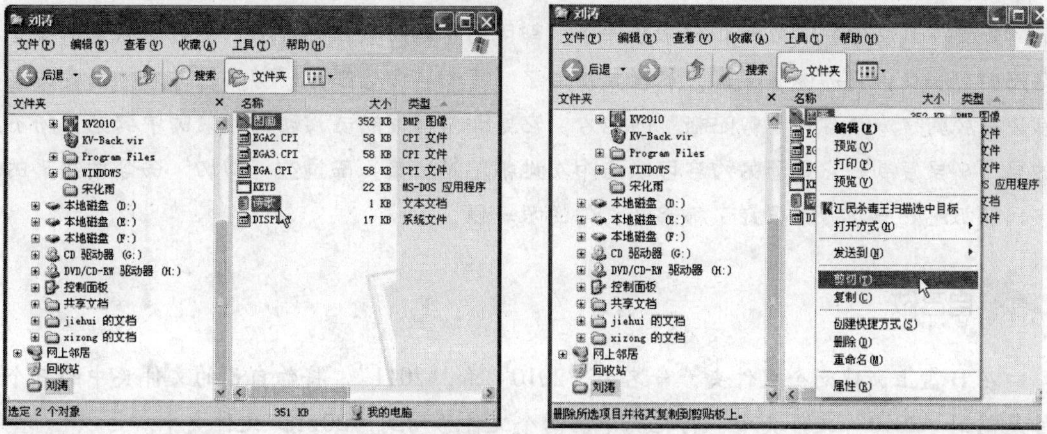

图 1-11　剪切文件

第 5 步：在快捷菜单中单击 剪切(T) 。这时会发现，两个文件的图标变成淡色了。

第 6 步：在左窗格中，从 C 盘上找到 DJH 文件夹，单击它，使之成为当前文件夹。

第 7 步：在右窗格中，单击鼠标右键，弹出一个快捷菜单。

第 8 步：在快捷菜单中单击 粘贴(P) ，则右窗格中显示出两个新文件“图画”和“诗歌”，移动操作就完成了，如图 1-12 所示。

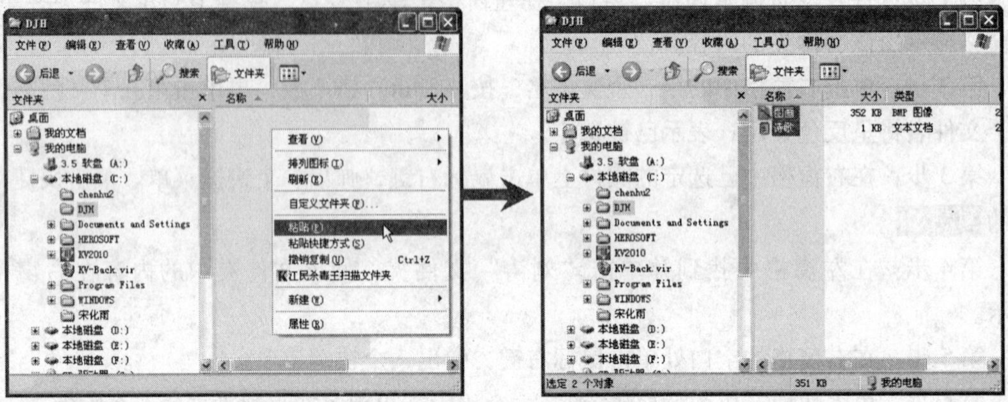

图 1-12　完成文件移动

现在再去检查“刘涛”文件夹，发现“图画”和“诗歌”两个文件已经不见了，说明确实已经被移动到 DJH 文件夹中了。

从上述操作可以看出，移动操作是先在源文件夹中将要移动的文件剪切下来，再粘贴到目标文件夹中；而复制操作则是先在源文件夹中将要复制的文件复制下来，再粘贴到目标文件夹中。

小知识

在文件或文件夹的复制和移动操作中，都用到了粘贴操作。那么，文件到底是从哪里被粘贴到目标文件夹的呢？原来，不管是执行了“复制”命令还是“剪切”命令，选定的文件都先被放到了一个称为“剪贴板”的地方，它是即将被复制或移动的对象的中转站，所不同的是，凡是复制到它里面的内容可以无限次地被粘贴出来，而通过“剪切”命令放进来的内容只能被粘贴一次，即保证了被移动文件的唯一性。

自己做

在 D 盘上新建两个文件夹，命名为“2010”和“2011”，将你自己的文件夹中的三个文件复制到“2010”文件夹中，再把其中的两个文件移动到“2011”文件夹中。

任务六　文件或文件夹的删除和还原

任务描述

掌握文件或文件夹的删除操作，并能从“回收站”里将被误删的文件或文件夹还原。

任务分析

当你不再需要某个文件或文件夹时，可以将它从磁盘上删除。在通常情形下，删除硬盘上的某个文件实际上是把它移入了“回收站”。如果需要，还可以把它从“回收站”里找回来，这种操作被称为“还原”。如果确认“回收站”里的文件或文件夹没有用处了，可以在“回收站”里将它再删除一次，或者将“回收站”全部清空。

“回收站”实际上是一个特殊的文件夹，从桌面上和“资源管理器”中都能找到它。

参考做法

1. 文件或文件夹的删除

例 1：将“刘涛”文件夹中的 EGA. CPI、EGA2. CPI 和 EGA3. CPI 三个文件删除。

第 1 步：打开“资源管理器”窗口，单击“刘涛”文件夹将其打开。

第 2 步：选定 EGA. CPI、EGA2. CPI 和 EGA3. CPI 三个文件。

第 3 步：用鼠标右键单击其中任意一个文件，弹出一个快捷菜单，从中单击 删除(D)，或者在选定文件后直接按〈Delete〉键，将弹出一个“确认删除多个文件”对话框，如图1-13所示。

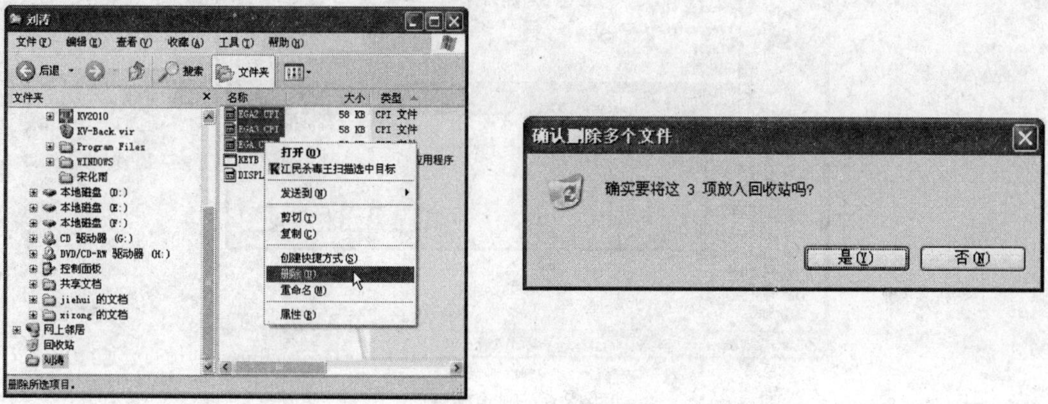

图 1-13　删除确认

第 4 步：单击 是(Y) ，这三个文件就从“刘涛”文件夹里消失了，如图 1-14 所示。

此时，在“资源管理器”窗口左窗格中单击回收站，可以看到，这三个文件已经在“回收站”里了，如图 1-15 所示。

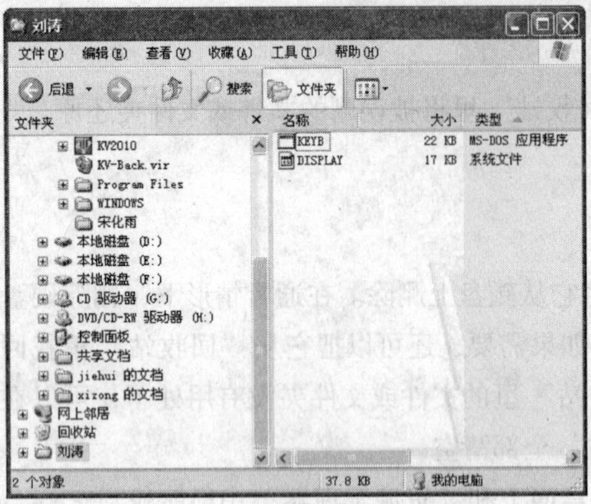

图 1-14　删除结果

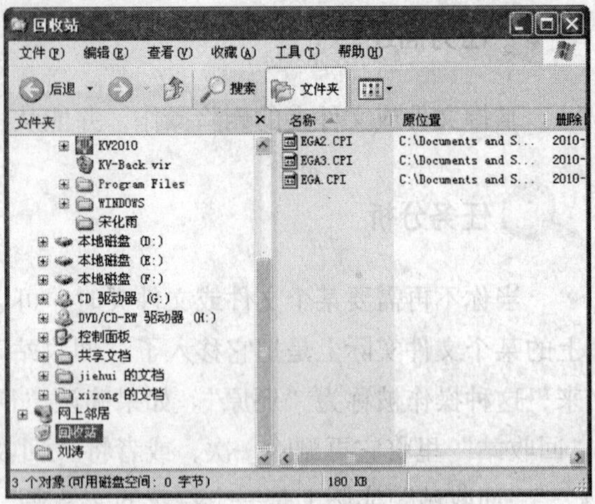

图 1-15　“回收站”里的文件

例 2：在前面的基础上，将“回收站”里的 EGA. CPI 文件删除。

第 1 步：在“资源管理器”窗口左窗格中单击回收站，使“回收站”的内容在右窗格中显示。

第 2 步：单击 EGA. CPI 文件将其选定。

第 3 步：按〈Delete〉键，弹出一个“确认文件删除”对话框，如图 1-16 所示。

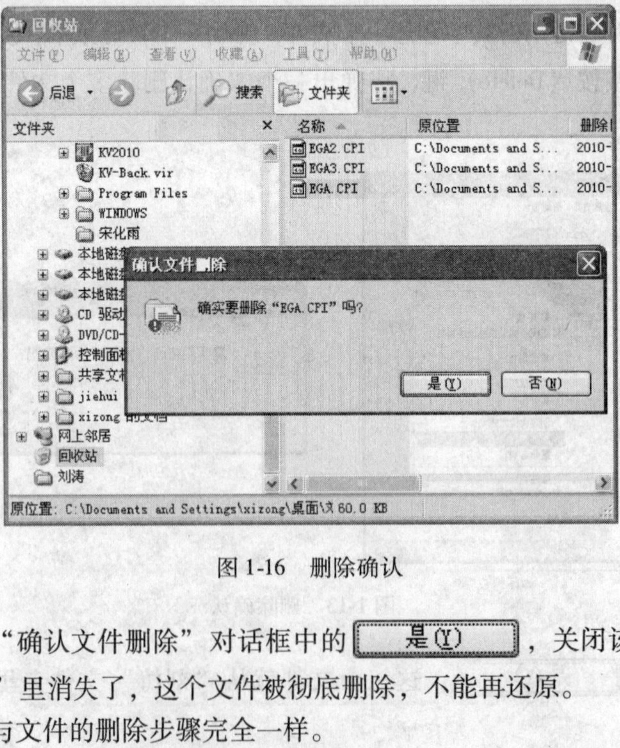

图 1-16　删除确认

第 4 步：单击“确认文件删除”对话框中的“是(Y)”，关闭该对话框。EGA. CPI 文件就从“回收站”里消失了，这个文件被彻底删除，不能再还原。

文件夹的删除与文件的删除步骤完全一样。

小知识

如果确认要删除的文件不会再使用，可以在执行“删除”操作时按住〈Shift〉键，这样被删除的文件就不会出现在“回收站”里面而是被彻底删除。

如果确认“回收站”里的文件已没有保留价值，可以清空“回收站”，以腾出所占用的空间。方法是用鼠标右键单击 回收站，在弹出的快捷菜单中选择 清空回收站(B)。

请注意

(1) 删除文件时一定要谨慎从事，不要误删了有用文件，也不要过分依赖“回收站”。

(2) 如果要删除的文件或文件夹来自移动硬盘、闪存盘或软盘，则删除的文件或文件夹将不会出现在“回收站”，而被彻底删除。

(3) “回收站”通常有一个容量限制，当要删除的文件太大，超过了“回收站”的容量时，Windows 将给出一个提示，让你确认彻底删除文件。

自己做

将你自己的文件夹中的三个不重要的文件删除，将其中一个彻底删除。

2. 还原被删除的文件或文件夹

例如，将刚才删除的 EGA2. CPI 和 EGA3. CPI 两个文件还原。

第 1 步：在“资源管理器”窗口左窗格中单击 回收站，使“回收站”的内容在右窗格中显示。

第 2 步：在右窗格中选定 EGA2. CPI 和 EGA3. CPI 两个文件。

第 3 步：用鼠标右键单击其中任意一个文件，弹出一个快捷菜单，从中单击 还原(E)，这两个文件就又回到“刘涛”文件夹中去了，如图 1-17 所示。

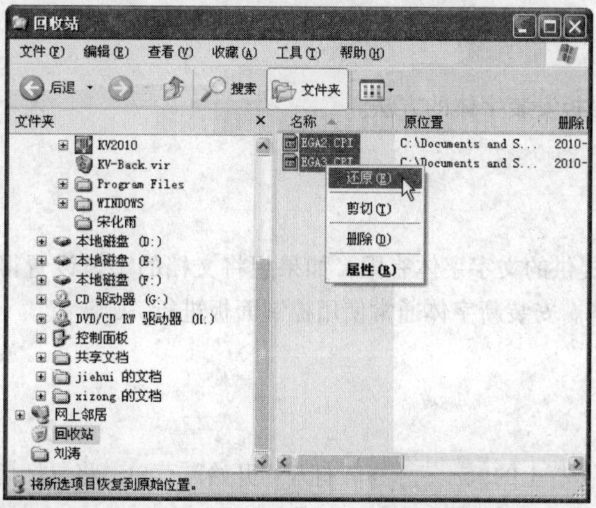

图 1-17　被删除文件的还原

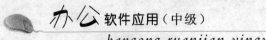

文件夹的还原与文件的还原操作完全一样。

自己做

将你刚才删除的文件全部还原。

课 后 练 习

1. 用鼠标右键单击桌面上的图标，看看哪些快捷菜单中有 资源管理器(X) 项。
2. 当前文件夹有什么特点？
3. 查找 C 盘上有没有一个名为 Media 的文件夹。
4. 在 D 盘上建立一个名为 EX 的文件夹。
5. 将 EX 文件夹的名字改为“实例”。
6. 将 DJH 文件夹里的“图画”文件复制到“实例”文件夹中。
7. 将 DJH 文件夹里的“诗歌”文件移动到“实例”文件夹中。
8. 删除 DJH 文件夹和“实例”文件夹中的“诗歌”文件。
9. 将“诗歌”文件还原，并清空“回收站”，注意观察清空前后“回收站”的图标有什么不同。

项目二　使用控制面板

任务一　安装新字体

任务描述

掌握使用控制面板安装字体的方法。

任务分析

Windows XP 中提供的文字字体有限，如果想将文档的字体设置得更美观一些，就需要用户自行安装新字体。安装新字体通常使用控制面板进行。

参考做法

第 1 步：单击任务栏上的 开始 ，打开“开始”菜单。将鼠标指针指向 控制面板(C)，就打开了“控制面板”窗口。

第 2 步：双击 

，可以看到当前系统已安装的所有字体。

第 3 步：用鼠标左键单击“字体”窗口中的“文件”菜单栏，选择“安装新字体”，打开“添加字体”对话框，如图 1-18 所示。

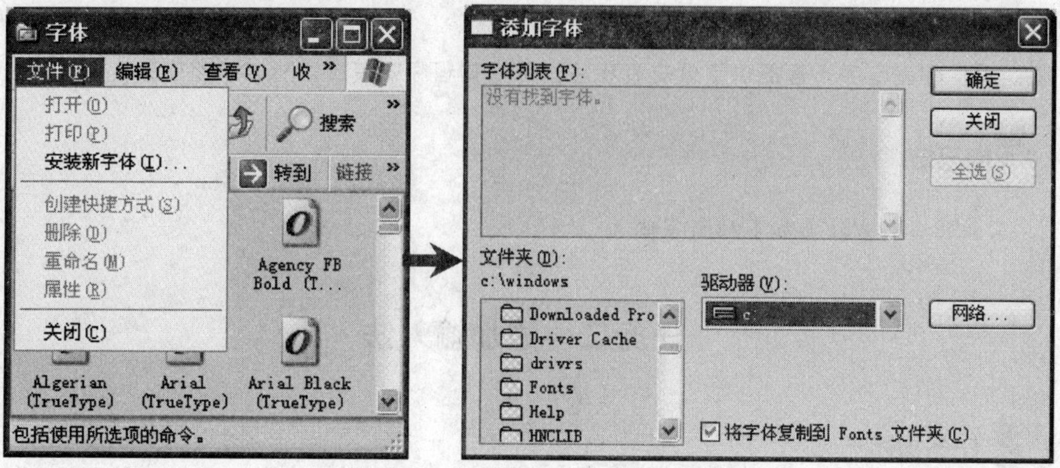

图 1-18　打开“添加字体”对话框

第 4 步：在“添加字体”对话框中，找到存有字体的文件夹，如本例中是存放在 f：\ 软件工具 \ 方正字库 123 中。此时，“字体列表”中将会自动出现该文件夹中包含的字体列表，如图 1-19 所示。

第 5 步：单击“全选”按钮，字体呈反白，可将全部字体选中；按住〈Ctrl〉键或〈Shift〉键选择多个字体。选中要安装的字体后，单击“确定”按钮，即开始安装字体。新安装的字体出现在“字体”窗口中，如图 1-20 所示。

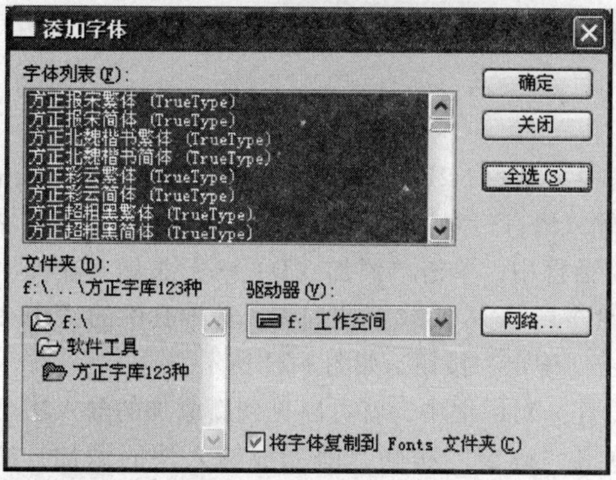

图 1-19　“添加字体”对话框

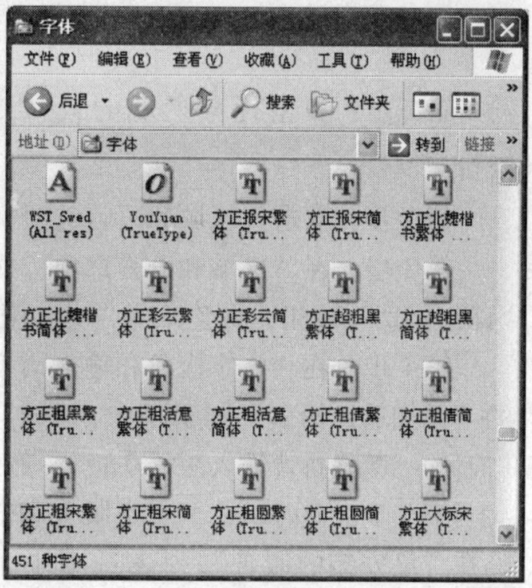

图 1-20　已安装的字体

小知识

字体安装的其他方法如下：

(1) 复制新字体的字库文件，粘贴到打开的“字体”文件夹（通常是 C：\ Windows \ Fonts）中，即可完成安装。

(2) 部分字库光盘提供字体安装程序，可根据程序安装提示一步一步安装。

自己做

尝试用各种方法添加多种新字体。

任务二　添加输入法

任务描述

掌握使用“控制面板”添加输入法的方法。

任务分析

不同的用户对输入法和语言环境的要求也不同，Windows XP 系统安装时，只默认提供了很少的几种，如果有需求可以自己动手添加。下面以添加“微软拼音输入法 3.0”为例，介绍如何添加输入法。

参考做法

第 1 步：单击任务栏上的 开始 ，选择 控制面板(C) ，打开“控制面板”窗口。

第 2 步：双击“区域和语言选项”图标。

第 3 步：在“区域和语言选项”对话框中（见图 1-21）单击“语言”选项，然后单击“详细信息”按钮，将会弹出“文字服务和输入语言”对话框，如图 1-22 所示。

第 4 步：在“文字服务和输入语言”对话框中，单击“添加（D）…”按钮，在弹出的“添加输入语言”对话框中，单击“键盘布局/输入法”下拉列表，选中其中的“中文（简体）-微软拼音输入法 3.0 版”，然后单击“确定”按钮，如图 1-23 所示。

第 5 步：此时，在“文字服务和输入语言”对话框中，就可以见到新添加的输入法已经在“已安装的服务”列表选项中了，单击“确定”按钮，即完成输入法的添加，如图 1-24所示。

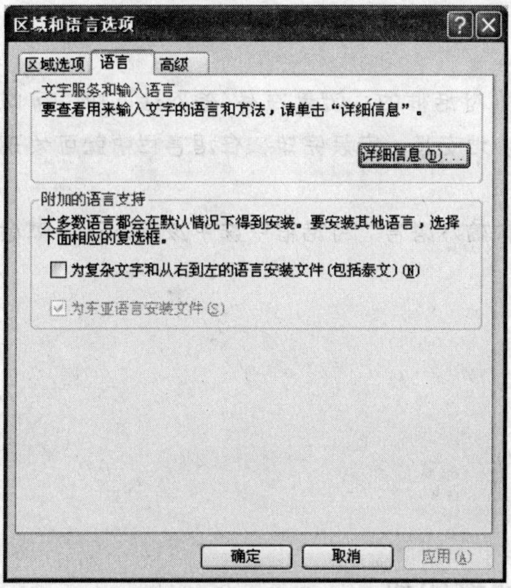

图 1-21　“区域和语言选项”对话框

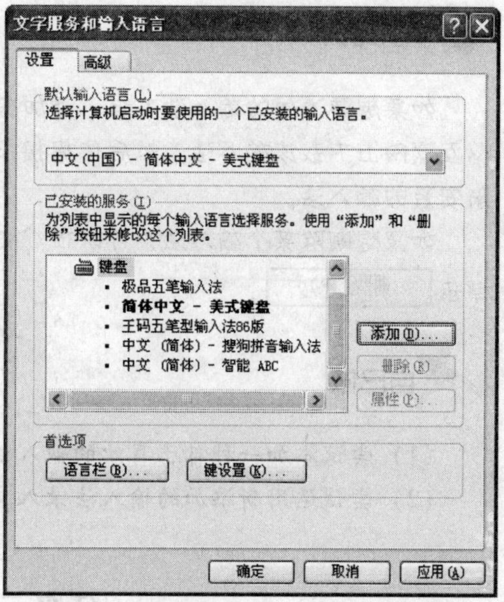

图 1-22　“文字服务和输入语言”对话框

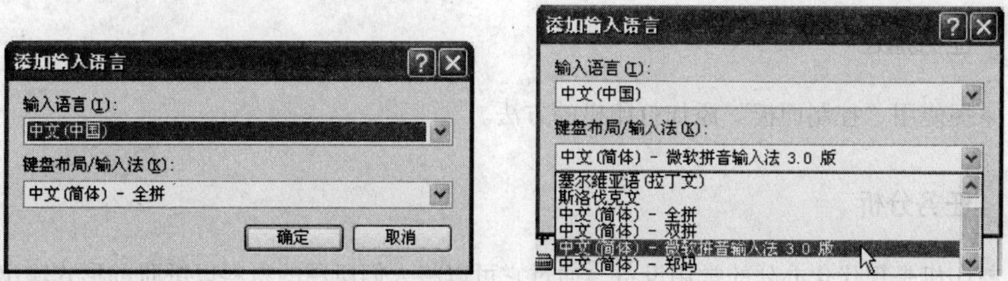

图 1-23　选择要添加的输入语言

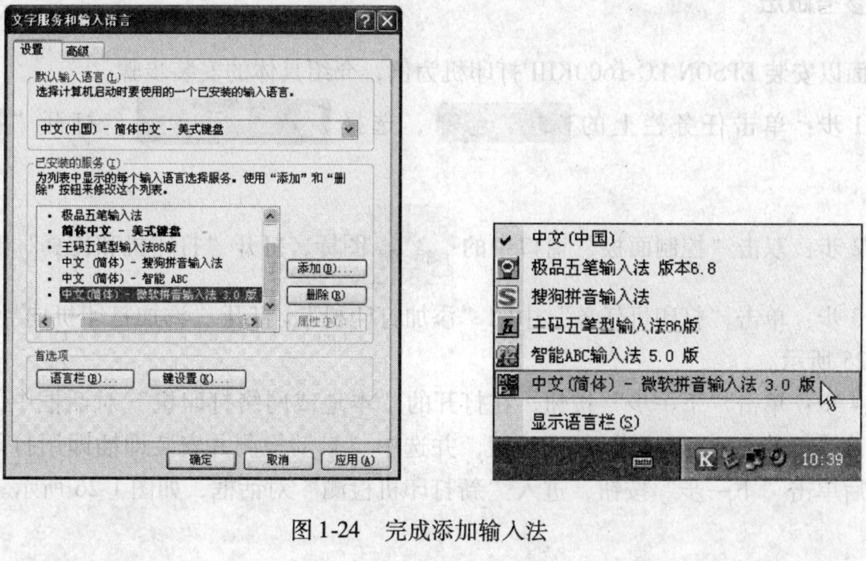

图 1-24　完成添加输入法

小知识

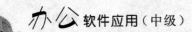

如果想要添加的输入法不在“添加输入语言”对话框的“键盘布局/输入法”中，可以从互联网上下载该输入法，然后依据提示一步一步地安装。安装完毕，在语言栏中就可发现新安装的输入法。

如果想删除某个输入法，可以在“文字服务和输入语言”对话框中选中该输入法，然后单击 删除(R) 。

自己做

（1）尝试添加一种自己喜欢的输入法。

（2）尝试运用新添加的输入法录入文字。

任务三　添加打印机

任务描述

掌握使用“控制面板”添加打印机的方法。

任务分析

打印机是现代化办公的常用设备，通过它可以将人们所用的材料以纸张的形式输出，可以通过安装本地打印机或者网络打印机来完成打印工作。

参考做法

下面以安装 EPSON LQ-1600KIII 打印机为例，介绍具体的安装步骤。

第 1 步：单击任务栏上的 开始 ，选择 控制面板(C) ，打开“控制面板”窗口。

第 2 步：双击“控制面板”窗口中的 

图标，打开“打印机和传真”窗口。

第 3 步：单击“打印机任务”中的“添加打印机”，打开“添加打印机向导”对话框，如图 1-25 所示。

第 4 步：单击“下一步”按钮，在打开的“本地或网络打印机”对话框中，选中“连接到此计算机的本地打印机”单选按钮，并选中“自动检测并安装即插即用打印机”复选框，然后单击“下一步”按钮，进入“新打印机检测”对话框，如图 1-26 所示。

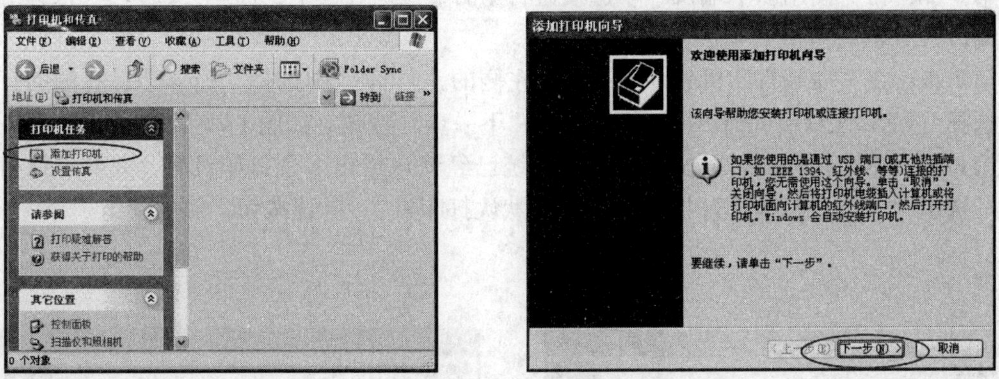

图 1-25　添加打印机向导 1

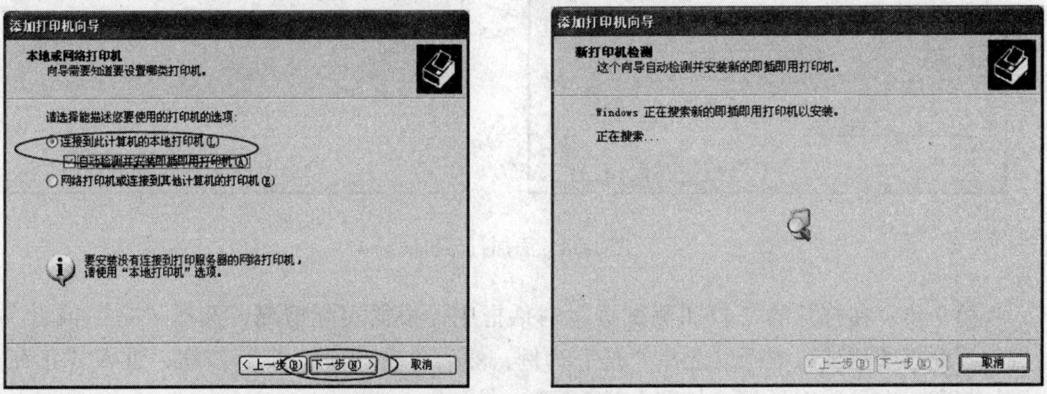

图 1-26　添加打印机向导 2

第 5 步：系统如果没有检测到即插即用打印机，则会提示：向导未能检测到即插即用打印机，要手动安装打印机，请单击“下一步”按钮。单击“下一步”按钮，则进入“选择打印机端口”对话框，如图 1-27 所示。

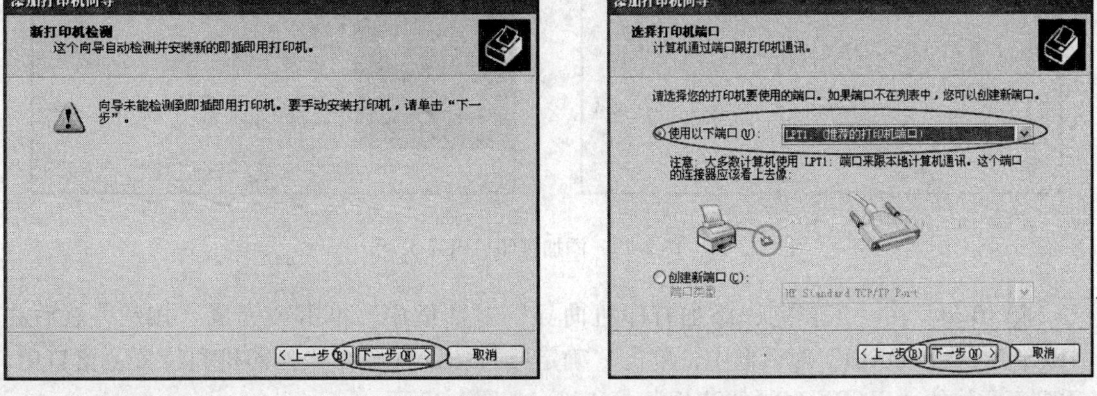

图 1-27　添加打印机向导 3

第6步：在“使用以下端口”单选按钮右侧的下拉列表框中，选择“LPT1：(推荐的打印机端口)”，然后单击“下一步”按钮。

第7步：在“安装打印机软件”对话框左侧的“厂商”中选择“Epson”，右侧的打印机中选择“EPSON LQ-1600KIII”，然后单击“下一步”按钮，如图1-28所示。

第8步：在“打印机名”文本框中，系统已经默认给出一个打印机名，此处可以自己修改。选中“是否希望将这台打印机设置为默认打印机?”单选按钮，然后单击“下一步”按钮。

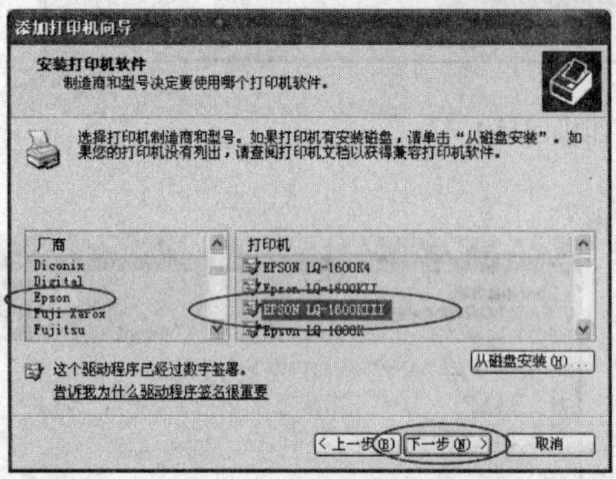

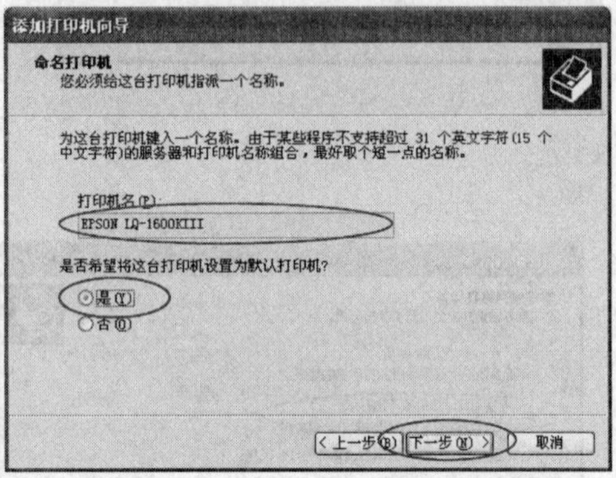

图1-28　添加打印机向导4

第9步：在打开的“打印测试页”对话框中，根据实际情况，选择“是”或者“否”进行页面打印测试。本例以选择“是”为例，然后单击“下一步”按钮，进入“正在完成添加打印机向导”对话框，如图1-29所示。

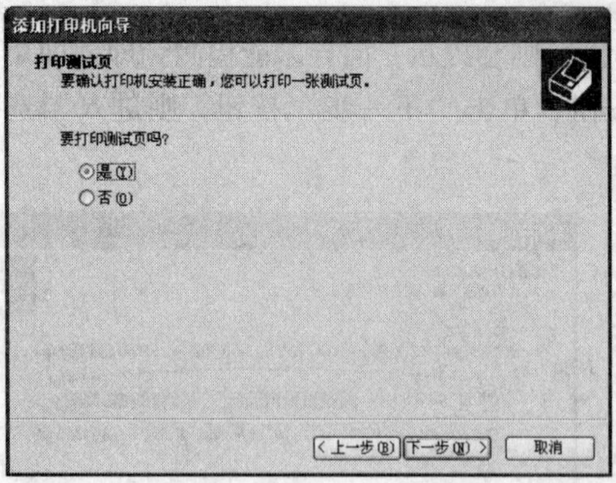

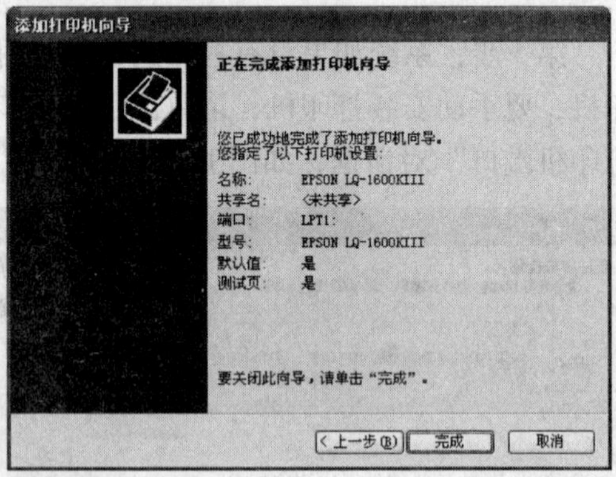

图1-29　添加打印机向导5

第10步：在“正在完成添加打印机向导”对话框中，单击“完成”按钮，然后在“EPSON LQ-1600KIII”对话框中，单击“确定”按钮，就会在“打印机和传真”窗口中，看到新添加的“EPSON LQ-1600KIII”打印机，如图1-30所示。

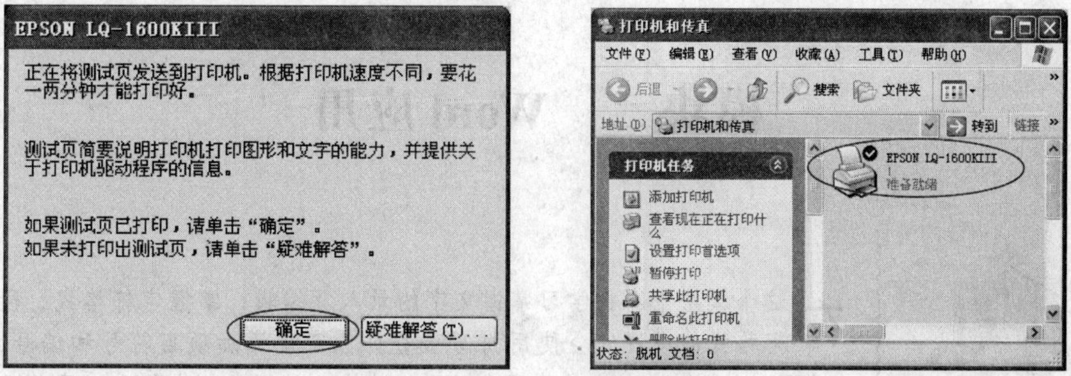

图 1-30　完成添加打印机

小知识

安装即插即用打印机。这种打印机的安装相对简单，以 USB 接口打印机为例，打开打印机的电源并保持计算机在开机状态下，将 USB 接口的数据线连接到计算机上，Windows XP 系统会自动识别设备类型，如果系统找到相应的驱动程序，则会自动进行安装；否则会提示指定安装路径，然后进行安装。

安装网络打印机。所有连接到网络的计算机，可以安装网络上已经共享的打印机。

自己做

（1）尝试手动安装 EPSON LQ-1600KIII 本地打印机。

（2）使用安装好的打印机打印测试页，看打印效果。

课 后 练 习

1. 为系统安装新字体“华文细黑”和“华文中宋”。
2. 为系统添加“中文（简体）－双拼”输入法。
3. 安装“搜狗拼音”输入法。
4. 添加本地打印机“EPSON LQ-630K”，使用 LPT1 端口。
5. 为联机的喷墨或激光打印机安装驱动程序。
6. 根据局域网中的共享打印机，安装网络打印机。
7. 使用联机的打印机打印测试页，了解其驱动程序信息。

模块二　Word 应用

在这个模块中，将学习掌握文字的录入及编辑，掌握字符格式、段落格式的设置，会使用拼写检查并能正确添加项目符号和编号，会在 Word 中创建表格并使用自动套用格式，掌握表格中行、列及单元格的操作方法，掌握表格格式与边框的设置方法；会对文档进行页面设置，掌握艺术字、图片及自选图形的插入及设置方法，掌握分栏的设置方法，能够对文档熟练设置边框和底纹，插入脚注、尾注、页眉和页脚等操作。

项目一　文字录入与编辑

任务一　录入文本与符号

任务描述

在 Word 2003 中，创建新文档并输入文本，最后将文本保存在指定位置。

任务分析

要在 Word 2003 中创建文档，首先要启动 Word 2003。启动后，Word 会自动创建一个名为“文档 1”的空白文档，若要再次创建，则需要使用“文件”菜单中的“新建”命令。在保存 Word 文档时，要使用“文件”菜单中的“保存”或“另存为”命令。在文档中输入文本时，注意文档中的符号需要通过“插入”菜单中的“符号”命令来完成。

参考做法

在 Word 2003 中新建一个文档，文件名为 LT2 - 1A. DOC，保存至“考生”文件夹中，录入文本如【样文 LT2 - 1A】所示。

【样文 LT2 - 1A】

↑“咖啡”一词源自希腊语“Kaweh”，意思是“力量与热情”。咖啡树是属茜草科的常绿灌木，日常饮用的咖啡是用咖啡豆配合各种不同的烹煮器具制作出来的，而咖啡豆就是指咖啡树果实内的果仁，再用适当的烘焙方法烘焙而成。

1. 启动 Word 2003

启动 Word 2003 的方法有很多，在此介绍基本操作方法。

第 1 步：单击任务栏上的 

，打开“开始”菜单。

第 2 步：将鼠标指针指向 

，打开“所有程序”子菜单。

第 3 步：单击 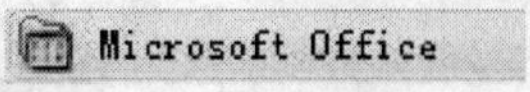

下的 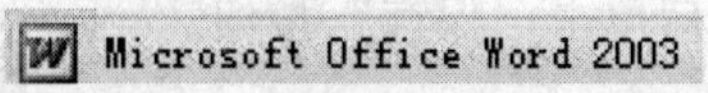

。

小知识

启动 Word 2003有多种方法。

(1) 用鼠标左键双击桌面上 Word 2003的快捷方式图标 

。

(2) 在“资源管理器”窗口中找到 Word 2003文档，用鼠标左键双击可以打开该文件并启动 Word 2003。

2. 创建空白文档

创建空白文档的常用方法如下。

第 1 步：单击“文件”菜单中的“新建”命令，如图 2-1 所示。

第 2 步：在窗口右侧弹出的“新建文档”的任务窗格下选择“空白文档”，如图 2-2 所示。文档将自动命名为“文档 1”、“文档 2”、“文档 3”……

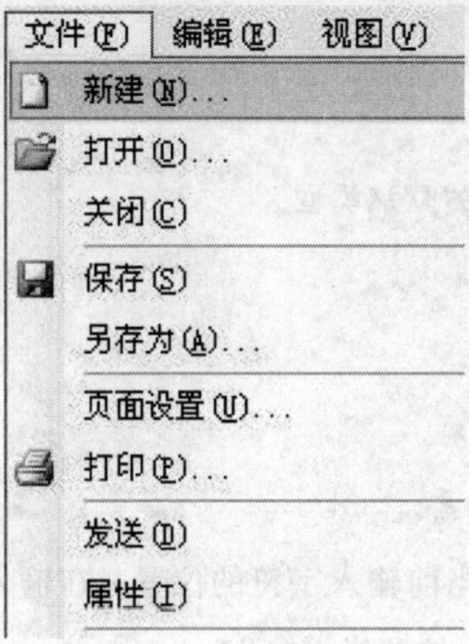

图 2-1 选择“新建”命令

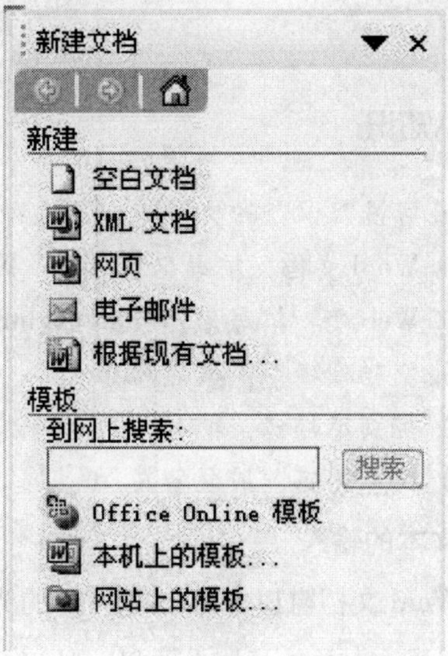

图 2-2 “新建文档”的任务窗格

3. 保存文档

保存文档的常用方法如下。

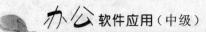

第 1 步：单击“文件”菜单中的“保存”命令，如图 2-3 所示。如果需要更改文件名或者文件保存位置，则单击“文件”菜单中的“另存为”命令，即会弹出“另存为”对话框，如图 2-4 所示。

第 2 步：在“保存位置”中选择文档的保存位置，在“文件名”中输入文件名，并选择“保存类型”为“Word 文档 (＊.doc)”，最后单击“保存”按钮。

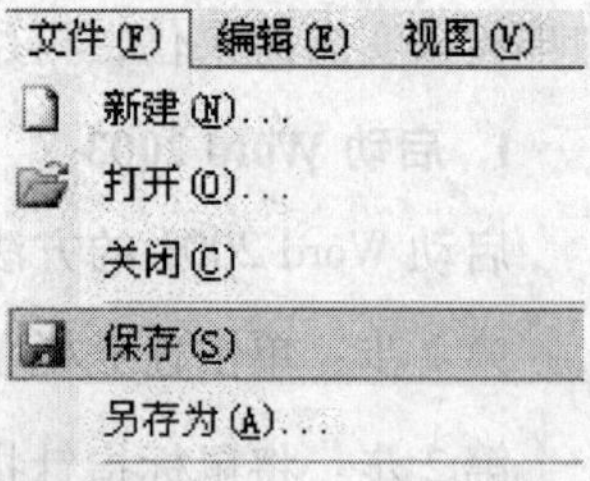

图 2-3 选择“保存”命令

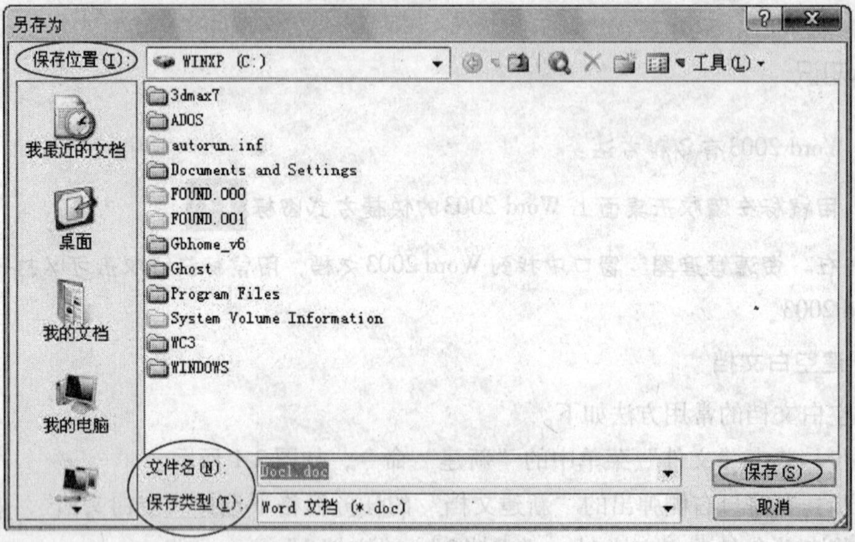

图 2-4 “另存为”对话框

小知识

Word 可选择保存的类型有以下几种。

(1) Word 文档，扩展名为.doc，Word 保存文档的默认类型。

(2) Web 页，扩展名为.htm 或.html。

(3) 文档模板，扩展名为.dot。

(4) 纯文本格式，扩展名为.txt。

(5) RTF 格式，扩展名为.rtf。

4. 文本的输入

在 Word 文档窗口中，不停闪烁的光标就是用户当前输入字符的位置。在输入汉字时，单击语言栏，从中选择一种汉字输入法，然后按照样文输入。

请注意

在输入文字时，经常要求输入一些键盘上没有的特殊符号，如★、○、√等，可以使用

“插入”菜单中的“符号”命令，即可弹出“符号”对话框，如图2-5所示。在“符号”对话框内通过单击选定，再单击“插入”按钮即可将字符插入文档中。

包含特殊符号的字体除了图2-5中所示的 Wingdings 外，还有 Wingdings2、Wingdings3 和 Webdings 几种字体。

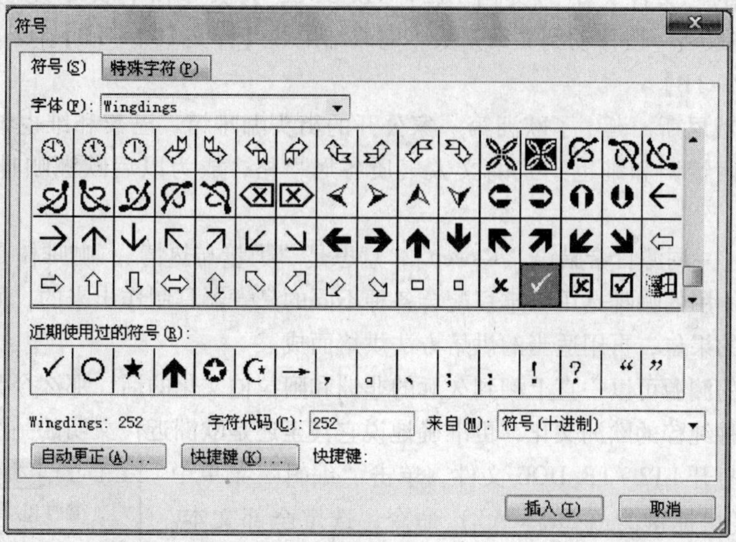

图2-5 “符号”对话框

自己做

在 Word 2003 中新建一个文档，文件名为 XT2－1A. DOC，保存至“考生”文件夹中，录入文本如【样文 XT2－1A】所示。

【样文 XT2－1A】

▶▶ 猫的爬高本领在家畜中可谓首屈一指。“蹿房越脊”对猫来说是轻而易举之事，有时甚至能爬到很高的大树上去。猫在遭到追击时，总是迅速地爬到高处，静观其对手无可奈何地离去后才下来。猫善于爬高，这同它的全身构造有关。我们经常看到猫从很高的地方掉下来，而身体不会有丝毫损伤，而狗从同样高度掉下来的话，非死即伤，这就是人们常说的“猫有九条命”的由来。

任务二　文本的复制、移动和删除操作

任务描述

将文档中的某些文字进行复制、移动或者删除操作。

任务分析

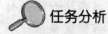

要对文档中的某些文字进行编辑操作，首先必须选定要操作的文本，文本的复制需要先

复制，再粘贴到目标位置；文本的移动则需要先剪切，再粘贴到目标位置。

参考做法

打开“考生”文件夹中的文档 LT2－1B. DOC，将其中所有文本复制到文档 LT2－1A. DOC，并将最后一段移动到文章开头，完成结果如【样文 LT2－1B】。

【样文 LT2－1B】

1645 年的威尼斯，诞生了欧洲第一家公开的街头咖啡馆。巴黎和维也纳紧随其后，轻松浪漫的法兰西情调和维也纳式的文人气质各居一格，成为以后欧洲咖啡馆两大潮流的先导。

↑“咖啡”一词源自希腊语“Kaweh”，意思是“力量与热情”。咖啡树是属茜草科的常绿灌木，日常饮用的咖啡是用咖啡豆配合各种不同的烹煮器具制作出来的，而咖啡豆就是指咖啡树果实内的果仁，再用适当的烘焙方法烘焙而成。

如果咖啡的渊源可以一直上溯到久远的非洲和阿拉伯文化的话，那么今天人们印象中的咖啡馆则是一种纯粹的欧洲文化，更准确地说它甚至还是欧洲近代文明的一个摇篮。

第 1 步：打开 LT2－1B. DOC 文件，单击“编辑”菜单中的“全选”（快捷键为〈Ctrl + A〉）命令，选定全部文本。“编辑”菜单如图 2-6 所示。

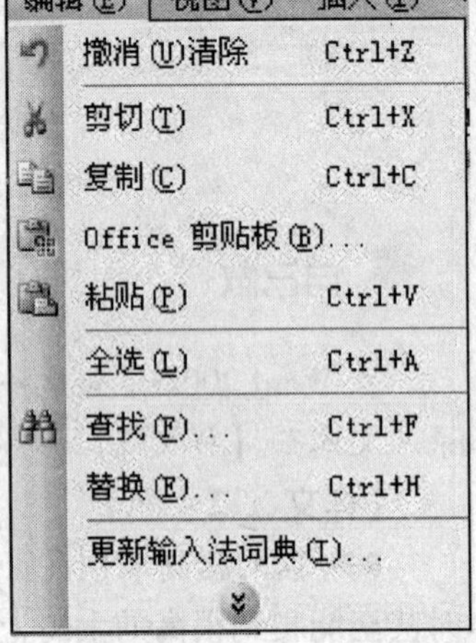

图 2-6 “编辑”菜单

第 2 步：单击“编辑”菜单中的“复制”（快捷键为〈Ctrl + C〉）命令，将光标定位在 LT2－1A. DOC 文档尾部，并按〈Enter〉键。

第 3 步：单击“编辑”菜单中的“粘贴”（快捷键为〈Ctrl + V〉）命令，即完成复制的操作。

第 4 步：选定最后一段（从“1645 年”至“潮流的先导”），单击“编辑”菜单中的“剪切”（快捷键为〈Ctrl + X〉）命令，将光标定位在 LT2－1A. DOC 文档首部。

第 5 步：单击“编辑”菜单中的“粘贴”（快捷键为〈Ctrl + V〉）命令，即完成移动操作。

小知识

文本的选定

对 Word 文本进行编辑之前必须先选定，文字选定后会以反白高亮显示，选定操作可以通过鼠标或键盘进行。

(1) 使用鼠标的选定操作。鼠标拖动是选定中最为常用的操作方法，先将鼠标移动到要选取文本的首部，然后按住鼠标左键不动，并由左至右、由上至下地拖动到要选择内容的尾部，完成后释放鼠标左键。若要取消选定，只需要在文本区任何位置单击一下即可。

在文本区的左侧有一个空白的区域，称为“文本选择区”。当鼠标指针移到该区域后，指针会变成向右倾斜的形状。利用这个区域可以实现多种选定功能：在文本选择区单击某行左侧即可选定该行文本；在文本选择区双击某行左侧即可选定该行文本所在的段（也可以通过鼠标连续三次单击段落任意位置实现）；在文本选择区拖动鼠标即可选定拖动所经过的多行文本。

同时，结合键盘也可以实现多种功能，单击“开始点”后再按住〈Shift〉键，单击“结束点”，可以选定一段连续的文字；按住〈Alt〉键的同时，从“开始点”拖动到“结束点”，即可选定一列文本。

(2) 使用键盘的选定操作。通过使用各种快捷键达到不同的功能（见表2-1）。

表 2-1 使用键盘的选定操作

快捷键	功 能
Shift + ↑或↓	由当前位置到下/上一行插入点所在位置
Shift + ←或→	向左/右选定一个字符
Shift + Home/End	由当前位置到行首或行尾
Shift + PageUp/PageDown	向上或向下选取一屏
Shift + Ctrl + Home/End	由当前位置到文档开始/结束
Shift + Ctrl + ↑或↓	由当前位置到段落开头或结尾
Shift + Ctrl + ←或→	向左/右到词尾
Ctrl + A	选定整个文档

自己做

打开“考生”文件夹中的文档 XT2－1B. DOC，将其中所有文本复制到文档 XT2－1A. DOC 后，完成结果如【样文 XT2－1B】。

【样文 XT2－1B】

▶▶ 猫的爬高本领在家畜中可谓首屈一指。“蹿房越脊”对猫来说是轻而易举之事，有时甚至能爬到很高的大树上去。猫在遭到追击时，总是迅速地爬到高处，静观其对手无可奈何地离去后才下来。猫善于爬高，这同它的全身构造有关。我们经常看到猫从很高的地方掉下来，而身体不会有丝毫损伤，而狗从同样高度掉下来的话，非死即伤，这就是人们常说的“猫有九条命”的由来。

猫从高处落下后为什么不会受伤害呢？这与猫有发达的平衡系统和完善的机体保护机制有关。当猫从空中下落时，即使开始时背朝下，四脚朝天，但在下落过程中，猫总是能迅速地转过身来，当接近地面时，前肢已做好着陆的准备。猫脚趾上厚实的脂肪质肉垫，能大大减轻地面对猫体反冲的震动，可有效地防止震动对各脏器的损伤。猫的尾巴也是一个平衡器官，如同飞机的尾翼一样，可使身体保持平衡。除此之外，猫四肢发达，前肢短，后肢长，利于跳跃。猫运动神经发达，身体柔软，肌肉韧带强，平衡能力完善，因此在攀爬跳跃时尽管落差很大，但不会因失去平衡而摔死。

任务三　文本的查找替换

任务描述

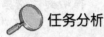

在文档中找到某个特定的内容，并有选择地替换文本。

任务分析

简单的查找只需要使用“编辑”菜单中的“查找”命令，即可打开“查找和替换”对话框。如果要替换，则要选择“编辑”菜单中的“替换”命令，在“查找和替换”对话框中要注意范围的指定及查找、替换次数。

参考做法

打开“考生”文件夹中的文档 LT2－1C. DOC，将文档中所有的“咖啡”替换为“coffee”，如【样文 LT2－1C】所示。

【样文 LT2－1C】

1645 年的威尼斯，诞生了欧洲第一家公开的街头 coffee 馆。巴黎和维也纳紧随其后，轻松浪漫的法兰西情调和维也纳式的文人气质各居一格，成为以后欧洲 coffee 馆两大潮流的先导。

↑“coffee”一词源自希腊语“Kaweh”，意思是“力量与热情”。coffee 树是属茜草科的常绿灌木，日常饮用的 coffee 是用 coffee 豆配合各种不同的烹煮器具制作出来的，而 coffee 豆就是指 coffee 树果实内的果仁，再用适当的烘焙方法烘焙而成。

如果 coffee 的渊源可以一直上溯到久远的非洲和阿拉伯文化的话，那么今天人们印象中的 coffee 馆则是一种纯粹的欧洲文化，更准确地说它甚至还是欧洲近代文明的一个摇篮。

第 1 步：单击“编辑”菜单中的“替换”命令，即可弹出“查找和替换”对话框，显示的是“替换”选项卡，如图 2-7 所示。

第 2 步：在“查找内容”框中输入“咖啡”，在“替换为”框中输入“coffee”，再单击“全部替换”按钮，即将文档中的“咖啡”全部替换为“coffee”。

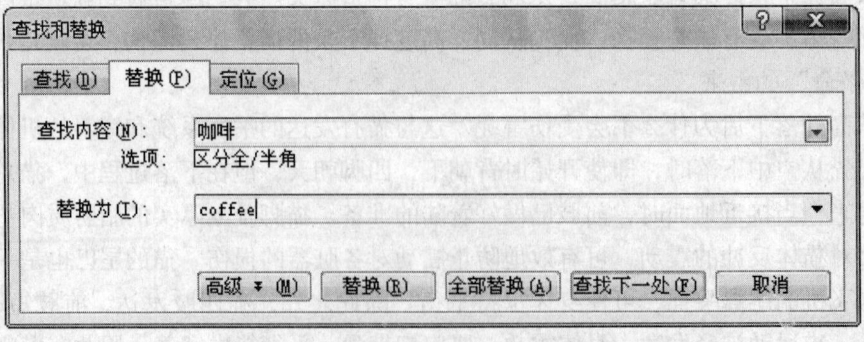

图 2-7　“替换”选项卡

请注意

“查找与替换”对话框中的“高级”设置：单击“查找和替换”对话框下方的“高级”按钮展开对话框，即可在下面的“搜索选项”区域内设置更加复杂的查找和替换，如图2-8所示。

搜索：用来确定搜索方向，下拉列表中可通过单击选择，分为从当前位置“向上”、“向下”或“全部”。

区分大小写：对字母搜索时，区分字母的大小写形式查找。

全字匹配：要完整地查找一个英语单词。

使用通配符：要查找的内容中可以使用通配符进行查找。

同音（英文）：搜索英语中读音相同，但拼写不同的单词。

查找单词的所有形式（英文）：搜索单词的所有相关形式。

区分全/半角：查找时区分全/半角。

格式：可以指定查找的格式。

特殊字符：指定查找的特殊字符。

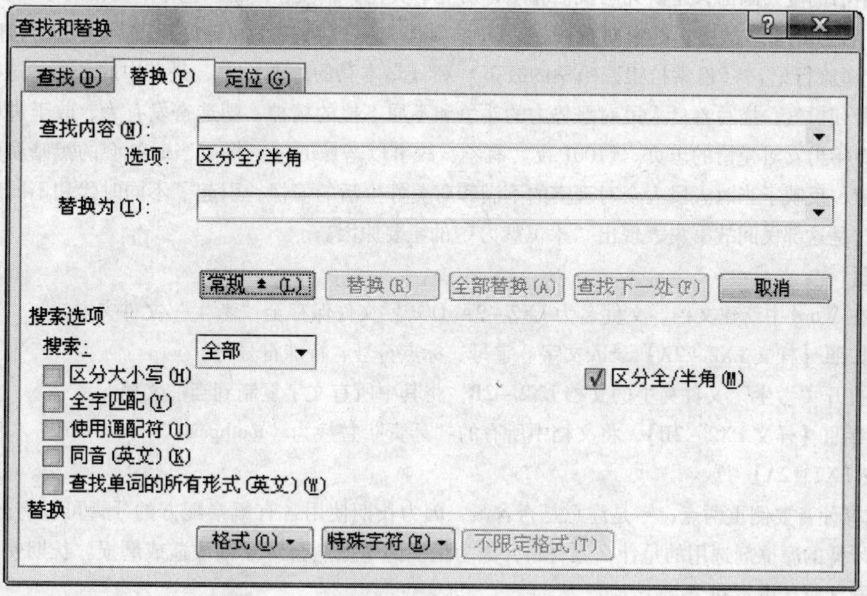

图 2-8　“高级”设置

自己做

打开“考生”文件夹中的文档XT2－1C.DOC，将文档中所有的“猫”替换为“Cat”。

课后练习

第1题

(1) 在Word中新建文档，文件名为LX2－1A.DOC，文件保存至“考生”文件夹中。

（2）按照【样文 LX2－1A】录入文字、字母、标点符号、特殊符号等。

（3）打开“考生”文件夹中的文档 LX2－1B，将其中所有文字复制到当前文档。

（4）参照【样文 LX2－1B】，将文档中所有的“一千零一夜”替换为“1001 夜”。

【样文 LX2－1A】

◇《一千零一夜》是阿拉伯民间故事集，中国又译《天方夜谭》。《一千零一夜》的名称，出自这部故事集的引子。相传古时候，有一个萨桑国，国王山鲁亚尔生性残暴，每日娶一少女，翌日清晨即杀掉。宰相的女儿山鲁佐德为拯救无辜的女子，自愿嫁给国王，用每夜讲述故事的方法，引起国王的兴趣，免遭杀戮。她的故事一直讲了一千零一夜，终使国王感化。

【样文 LX2－1B】

◇《1001 夜》是阿拉伯民间故事集，中国又译《天方夜谭》。《1001 夜》的名称，出自这部故事集的引子。相传古时候，有一个萨桑国，国王山鲁亚尔生性残暴，每日娶一少女，翌日清晨即杀掉。宰相的女儿山鲁佐德为拯救无辜的女子，自愿嫁给国王，用每夜讲述故事的方法，引起国王的兴趣，免遭杀戮。她的故事一直讲了一千零一夜，终使国王感化。

《1001 夜》中包括神话传说、寓言童话、婚姻爱情故事、航海冒险故事、宫廷趣闻和名人逸事等，故事人物有天仙精怪，国王大臣，富商巨贾，庶民百姓等。这些故事和人物形象相互交织，组成了中世纪阿拉伯社会生活的复杂画面，是研究阿拉伯和东方历史、文化、宗教、语言、艺术、民俗的珍贵资料。

《1001 夜》的多数故事，健康而有教益。《渔夫和魔鬼》、《阿拉丁和神灯》、《阿里巴巴和四十大盗》、《辛伯达航海旅行记》、《巴索拉银匠哈桑的故事》和《乌木马的故事》等，是其中的名篇。这些故事歌颂人类的智慧和勇气，描写善良人民对恶势力的斗争和不屈不挠的精神，塑造奋发有为、敢于进取的勇士形象，赞扬青年男女对爱情的忠贞。《1001 夜》有不少故事以辛辣的笔触揭露当时社会的黑暗腐败、统治者的昏庸无道，反映了当时人民大众对现实的不满和对美好生活的憧憬，引起了不同时代和不同地区的读者的共鸣。这是这部民间故事集表现出“永恒魅力”的主要原因。

第 2 题

（1）在 Word 中新建文档，文件名为 LX2－2A. DOC，文件保存至“考生”文件夹中。

（2）按照【样文 LX2－2A】录入文字、字母、标点符号、特殊符号等。

（3）打开“考生”文件夹中的文档 LX2－2B，将其中所有文字复制到当前文档。

（4）参照【样文 LX2－2B】，将文档中所有的“牙膏”替换为“toothpaste”。

【样文 LX2－2A】

○ 选择牙膏要侧重两点，一是注意是否含氟，因为长期使用含有氟泰配方的牙膏可以有效防止蛀牙；二是要看牙膏的摩擦剂选用的是什么原材料，因为粗糙的摩擦剂会对牙釉质造成磨损。长期使用粗糙摩擦剂的牙膏刷牙对牙齿不利。

【样文 LX2－2B】

○ 选择 toothpaste 要侧重两点，一是注意是否含氟，因为长期使用含有氟泰配方的 toothpaste 可以有效防止蛀牙；二是要看 toothpaste 的摩擦剂选用的是什么原材料，因为粗糙的摩擦剂会对牙釉质造成磨损。长期使用粗糙摩擦剂的 toothpaste 刷牙对牙齿不利。

一般来说，toothpaste 的膏体呈冻状的、质地比较细腻光滑的，通常是用高档硅作为摩擦剂，对牙釉质磨损少。也可以将不同的 toothpaste 分别在新的 CD 盒上刷五六次，看看是否有刮痕，没有刮痕的 toothpaste，其中的摩擦剂较细腻。还可以把 toothpaste 放在口中尝一尝，若感觉粗糙，需要多次漱口才能清除的，大多内含的摩擦剂比较粗糙，建议不用。

第 3 题

（1）在 Word 中新建文档，文件名为 LX2－3A. DOC，文件保存至“考生”文件夹中。

（2）按照【样文 LX2-3A】录入文字、字母、标点符号、特殊符号等。

（3）打开“考生”文件夹中的文档 LX2-3B，将其中所有文字复制到当前文档。

（4）参照【样文 LX2-3B】，将文档中所有的“金字塔”替换为“Pyramid”。

【样文 LX2-3A】

△ 很多人都知道有一个食物“金字塔”，它把我们每天所吃食物的种类和数量按金字塔形排列，使我们能够根据它来合理地安排饮食。最近有些专家提出一个运动“金字塔”模型。他们指出，在日常生活中，只有同时遵循两种“金字塔”模型，才能达到健康的目的。

【样文 LX2-3B】

△ 很多人都知道有一个食物“Pyramid”，它把我们每天所吃食物的种类和数量按 Pyramid 形排列，使我们能够根据它来合理地安排饮食。最近有些专家提出一个运动“Pyramid”模型。他们指出，在日常生活中，只有同时遵循两种“Pyramid”模型，才能达到健康的目的。

运动“Pyramid”共分三层，底层是每天进行不少于 30 分钟的心血管运动。所谓心血管运动是指一些有益于心血管系统的有氧运动，包括散步、慢跑、骑车、游泳等。实际上这种运动不但会降低冠心病、高血压等心血管疾病的发病率，还对糖尿病、结肠癌等其他一些疾病起到很好地预防作用。做这类运动可以一次完成，也可以分散进行，如每次 10 分钟，共做 3 次。如果要想减肥的话，每天的运动时间不能少于 60 分钟。

第 4 题

（1）在 Word 中新建文档，文件名为 LX2-4A. DOC，文件保存至“考生”文件夹中。

（2）按照【样文 LX2-4A】录入文字、字母、标点符号、特殊符号等。

（3）打开“考生”文件夹中的文档 LX2-4B，将其中所有文字复制到当前文档。

（4）参照【样文 LX2-4B】，将文档中所有的“八月十五”替换为“8. 15”。

【样文 LX2-4A】

□ 八月十五，又名“中秋节”，是中国的一个古老节日，因为八月十五这一天是在秋季的正中，所以称为“中秋节”。节日的特色是吃月饼和提灯笼。中秋节和农历新年一样，是一个家人大团圆的日子。

【样文 LX2-4B】

□ 8. 15，又名“中秋节”，是中国的一个古老节日，因为 8. 15 这一天是在秋季的正中，所以称为“中秋节”。节日的特色是吃月饼和提灯笼。中秋节和农历新年一样，是一个家人大团圆的日子。

中秋之夜，月亮最圆、最亮，月色也最美。家家户户把瓜果、月饼等食物，摆在院中的桌子上，一家人一面赏月一面吃月饼，正是“天上一轮才捧出，人间万姓仰头看”，这是多么美好的图景。

第 5 题

（1）在 Word 中新建文档，文件名为 LX2-5A. DOC，文件保存至“考生”文件夹中。

（2）按照【样文 LX2-5A】录入文字、字母、标点符号、特殊符号等。

（3）打开“考生”文件夹中的文档 LX2-5B，将其中所有文字复制到当前文档。

（4）参照【样文 LX2-5B】，将文档中所有的“康熙”替换为“Kangxi”。

【样文 LX2-5A】

↑ 康熙，名爱新觉罗·玄烨，是清朝入关后第一位皇帝——顺治皇帝的第三子，后被封为皇太子，继而即位为大清之君。康熙皇帝八岁登基，十岁丧母，在其祖母孝庄太后的教导下长大成人。

【样文 LX2-5B】

↑ Kangxi，名爱新觉罗·玄烨，是清朝入关后第一位皇帝——顺治皇帝的第三子，后被封为皇太子，继而即位为大清之君。Kangxi 皇帝八岁登基，十岁丧母，在其祖母孝庄太后的教导下长大成人。

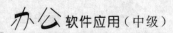

他虽年幼，却年少老成，十六岁便铲除了鳌拜，继而平定三藩，稳定了西南边陲；他收复台湾省，扩大了大清的版图，他讨伐准噶尔噶尔丹，更加稳定了大清的西北疆土。Kangxi 皇帝在位 61 年，凭借其聪明才智以及爱民之心，不仅将大清的版图扩张，更重要的是，为老百姓创造了一个和平盛世。

项目二　文本的格式设置与编排

任务一　字符格式的设置

任务描述

打开 Word 文档，对其进行字符格式设置。

任务分析

在 Word 中，使用“字体”格式菜单可以对文档进行字体、字形、字号、字符间距等设置。

参考做法

打开“考生”文件夹中的文档 LT2 - 2，对其进行字符格式设置，参照【样文 LT2 - 2A】所示，设置要求为

1）字体　第一行：隶书；第二行：黑体；正文：楷体_ GB2312。

2）字号　第一行：二号；第二行：四号；正文：小四。

3）字形　第一行：加粗；第二行：加波浪下划线；正文：倾斜。

4）字符间距　第一行：间距加宽 3 磅，缩放设置为 150%。

【样文 LT2 - 2A】

匆 匆

朱自清

燕子去了，有再来的时候；杨柳枯了，有再青的时候；桃花谢了，有再开的时候。但是，聪明的，你告诉我，我们的日子为什么一去不复返呢？——是有人偷了他们罢：那是谁？又藏在何处呢？是他们自己逃走了罢：现在又到了哪里呢？

我不知道他们给了我多少日子；但我的手确乎是渐渐空虚了。在默默里算着，八千多日子已经从我手中溜去；像针尖上一滴水滴在大海里，我的日子滴在时间的流里，没有声音，也没有影子。我不禁头涔涔而泪潸潸了。

去的尽管去了，来的尽管来着；去来的中间，又怎样地匆匆呢？早上我起

来的时候，小屋里射进两三方斜斜的太阳。太阳他有脚啊，轻轻悄悄地挪移了；我也茫茫然跟着旋转。于是——洗手的时候，日子从水盆里过去；吃饭的时候，日子从饭碗里过去；默默时，便从凝然的双眼前过去。我觉察他去的匆匆了，伸出手遮挽时，他又从遮挽着的手边过去，天黑时，我躺在床上，他便伶伶俐俐地从我身上跨过，从我脚边飞去了。等我睁开眼和太阳再见，这算又溜走了一日。我掩着面叹息。但是新来的日子的影儿又开始在叹息里闪过了。

在逃去如飞的日子里，在千门万户的世界里的我能做些什么呢？只有徘徊罢了，只有匆匆罢了；在八千多日的匆匆里，除徘徊外，又剩些什么呢？过去的日子如轻烟，被微风吹散了，如薄雾，被初阳蒸融了；我留着些什么痕迹呢？我何曾留着像游丝样的痕迹呢？我赤裸裸来到这世界，转眼间也将赤裸裸的回去罢？但不能平的，为什么偏要白白走这一遭啊？

你聪明的，告诉我，我们的日子为什么一去不复返呢？

首先选中要设置的文字，然后单击“格式”菜单栏中的“字体”命令，即打开“字体”对话框，对话框中包括“字体”、“字符间距”和“文字效果”三个选项卡，通过“字体”选项卡即可完成字体、字号、字形及各种修饰的设置，如图 2-9 所示。

通过“字符间距”选项卡可以完成字符缩放、字符间距及字符位置的设置，如图 2-10 所示。

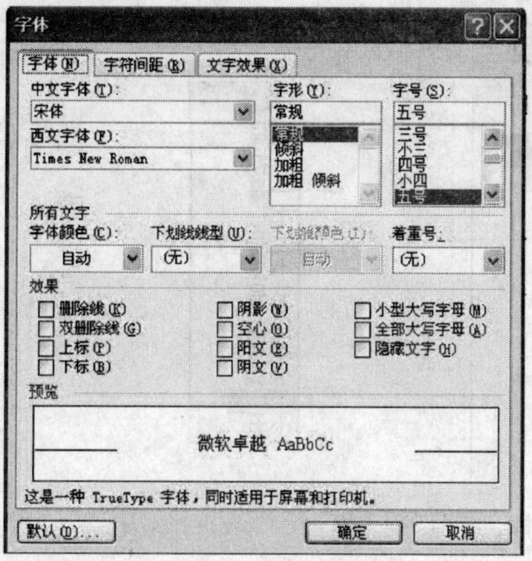

图 2-9　“字体”选项卡

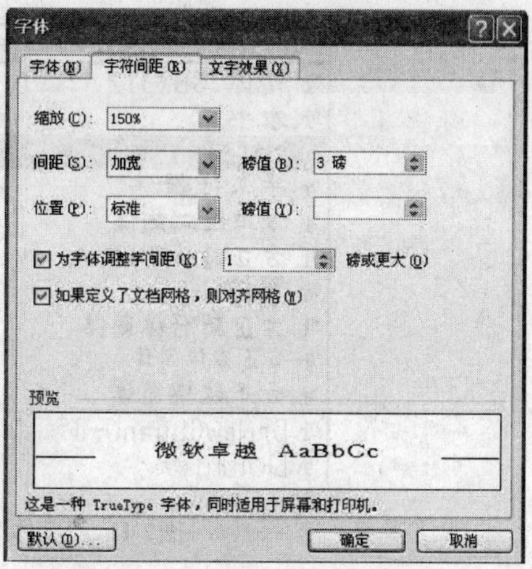

图 2-10　“字符间距”选项卡

1. 设置字体

第 1 步：选定第一行，在“字体”选项卡内的“中文字体”列表框中选择“隶书”，单击“确定”按钮。

第 2 步：选定第二行，在“字体”选项卡内的“中文字体”列表框中选择“黑体”，单击“确定”按钮。

第3步：选定正文，在“字体”选项卡内的“中文字体”列表框中选择“楷体_GB2312”，单击“确定”按钮。

2. 设置字号

选定第一行，在“字体”选项卡内的“字号”列表框中选择“二号”，单击“确定”按钮；第二行及正文的设置相似。

3. 设置字形

选定第一行，在“字体”选项卡内的“字形”列表框中选择“加粗”，单击“确定”按钮；第二行及正文的设置相似。

4. 设置字符间距

选定第一行，在“字符间距”选项卡内的“缩放”列表框中选择“150%”，在“间距”列表框中选择“加宽”，后面的“磅值”中填入“3磅”，如图2-10所示。

小知识

设置字体格式还有一种方法就是使用“格式”工具栏。

使用“格式”工具栏：首先选中要设置的文字，若要改变字体、字号，则可以单击“格式”工具栏中的“字体”、“字号”框右边的下拉列表按钮，即可出现如图2-11所示的“字体”列表框、“字号”列表框，从中选择所需字体、字号即可。

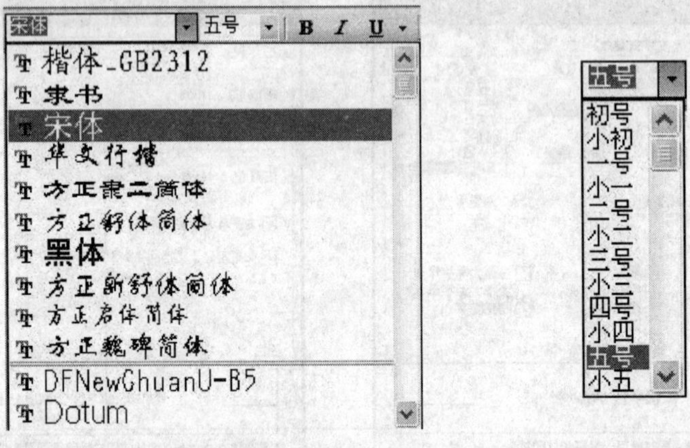

图2-11 “字体”列表框、“字号”列表框

若要对文字进行修饰，则可以通过单击“格式”工具栏中的“加粗”、“倾斜”、“下划线”、“字符边框”、“字符底纹”、“字符缩放”及“字体颜色”按钮中的任意一个或多个，即可给文字加上相应的效果，其中“下划线”、“字符缩放”、“字体颜色”三个按钮被单击后将弹出对应的列表框，如图2-12所示。

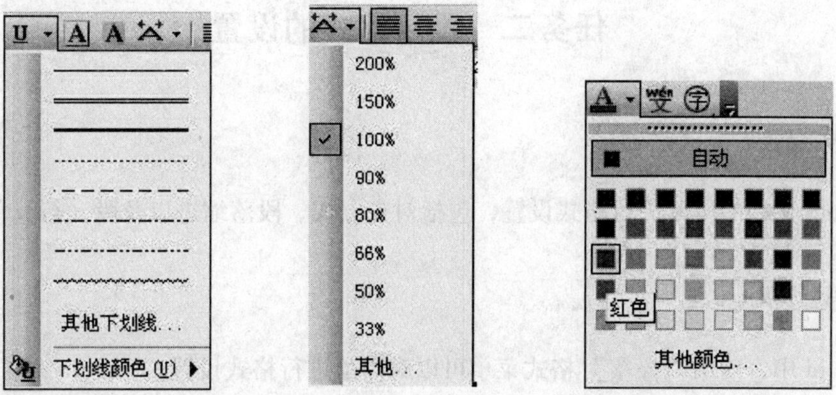

图 2-12　“下划线”列表框、“字符缩放”列表框、“字体颜色”列表框

自己做

打开“考生”文件夹中的文档 XT2－2，对其进行字体格式设置，参照【样文 XT2－2A】所示，设置要求为

1）设置字体：标题为楷体；正文第一段为楷体，第二段为仿宋，第三段为黑体。

2）设置字号：标题为小一；正文为小四。

3）设置字形：标题加粗；正文第二段加下划线，第三段加着重号。

【样文 XT2－2A】

南极洲大陆

南极洲大陆又称第七大陆，是地球上最后一个被发现、唯一没有土著人居住的大陆。南极洲大陆为通常所说的南大洋（太平洋、印度洋和大西洋的南部水域）所包围，南极洲大陆的总面积约 1390 万平方千米，相当于中国和印巴次大陆面积的总和，居世界各洲第五位。

南极洲素有『寒极』之称，南极洲低温的根本原因在于南极洲冰盖将 80% 的太阳辐射反射掉了，致使南极洲大陆热量入不敷出，成为永久性冰封雪覆的大陆。

南极洲大陆是地球上最遥远最孤独的大陆，它严酷的奇寒和常年不化的冰雪，长期以来拒人类于千里之外。数百年来，为征服南极洲大陆，揭开它的神秘面纱，数以千计的探险家，前仆后继，奔向南极洲大陆，表现出不畏艰险和百折不挠的精神，创造了可歌可泣的业绩，为我们今天能够认识神秘的南极洲做出了巨大的贡献。我们在欣赏南极洲美丽景色的同时，不应忘记对他们表示我们崇高的敬意。

任务二　段落格式的设置

任务描述

对 Word 文档的段落进行格式设置，包括对齐方式、段落缩进以及段（行）间距。

任务分析

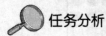

在 Word 中，使用“段落”格式菜单可以对段落进行格式设置。

参考做法

继续设置文档 LT2－2，对其进行段落格式设置，参照【样文 LT2－2B】，设置要求为

1）对齐方式：第一行、第二行居中。
2）段落缩进：正文所有段落首行缩进 2 个字符。
3）段（行）距：第一行段前 1.5 行；第二行段后 1 行；正文第一段 1.5 倍行间距。

【样文 LT2－2B】

匆匆

朱自清

燕子去了，有再来的时候；杨柳枯了，有再青的时候；桃花谢了，有再开的时候。但是，聪明的，你告诉我，我们的日子为什么一去不复返呢？——是有人偷了他们罢：那是谁？又藏在何处呢？是他们自己逃走了罢：现在又到了哪里呢？

我不知道他们给了我多少日子；但我的手确乎是渐渐空虚了。在默默里算着，八千多日子已经从我手中溜去；像针尖上一滴水滴在大海里，我的日子滴在时间的流里，没有声音，也没有影子。我不禁头涔涔而泪潸潸了。

去的尽管去了，来的尽管来着；去来的中间，又怎样地匆匆呢？早上我起来的时候，小屋里射进两三方斜斜的太阳。太阳他有脚啊，轻轻悄悄地挪移了；我也茫茫然跟着旋转。于是——洗手的时候，日子从水盆里过去；吃饭的时候，日子从饭碗里过去；默默时，便从凝然的双眼前过去。我觉察他去的匆匆了，伸出手遮挽时，他又从遮挽着的手边过去，天黑时，我躺在床上，他便伶伶俐

倒地从我身上跨过，从我脚边飞去了。等我睁开眼和太阳再见，这算又溜走了一日。我掩着面叹息。但是新来的日子的影儿又开始在叹息里闪过了。

在逃去如飞的日子里，在千门万户的世界里的我能做些什么呢？只有徘徊罢了，只有匆匆罢了；在八千多日的匆匆里，除徘徊外，又剩些什么呢？过去的日子如轻烟，被微风吹散了，如薄雾，被初阳蒸融了；我留着些什么痕迹呢？我何曾留着像游丝样的痕迹呢？我赤裸裸来到这世界，转眼间也将赤裸裸的回去罢？但不能平的，为什么偏要白白走这一遭啊？

你聪明的，告诉我，我们的日子为什么一去不复返呢？

所谓段落，就是以回车符为结束标志的一段文字。要设置段落格式，首先应选取要设置的段落或者将光标定位在要设置的段落中，然后单击“格式”菜单，选择“段落”命令，如图 2-13 所示。被打开的“段落”对话框如图 2-14 所示。

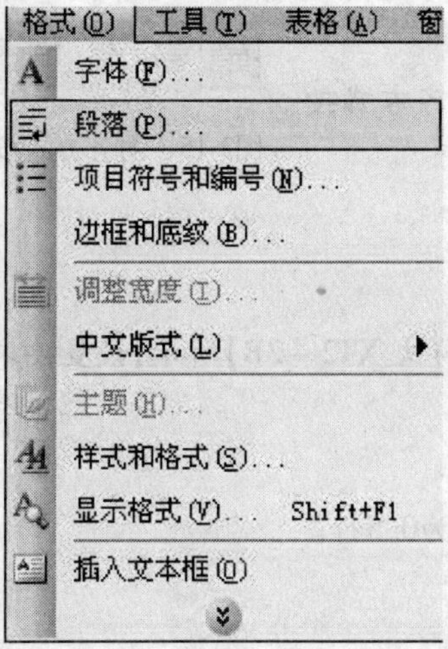

图 2-13 选择“段落”命令

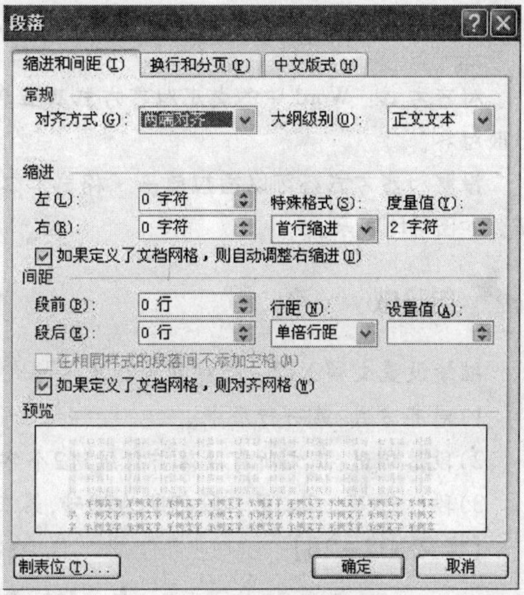

图 2-14 “段落”对话框

1. 设置段落对齐方式

第 1 步：选定第一行和第二行。

第 2 步：单击“格式”菜单，选择“段落”命令，即打开“段落”对话框。

第 3 步：在“缩进和间距”选项卡中，选择“对齐方式”为“居中”，单击“确定”按钮。

2. 设置段落缩进

第 1 步：将正文所有段落选定。

第 2 步：单击“格式”菜单，选择“段落”命令。

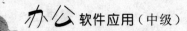

第 3 步：在“缩进和间距”选项卡中“特殊格式”下选择“首行缩进”，“度量值”中设为“2 字符”，单击“确定”按钮。

3. 设置段（行）距

第 1 步：将光标定位在第一行。

第 2 步：单击“格式”菜单，选择“段落”命令。

第 3 步：将“缩进和间距”选项卡中“间距”下的“段前”改为 1.5 行。

第 4 步：将光标定位在第二行。

第 5 步：单击“格式”菜单，选择“段落”命令。

第 6 步：将“缩进和间距”选项卡中“间距”下的“段后”改为 1 行。

第 7 步：将光标定位在正文的第一段。

第 8 步：单击“格式”菜单，选择“段落”命令。

第 9 步：在“缩进和间距”选项卡中“行距”下拉列表中选择“1.5 倍行距”。

小知识

对齐方式：Word 中的文本对齐方式有五种：两端对齐、居中对齐、左对齐、右对齐和分散对齐。

设置对齐方式还可以通过单击“格式”工具栏中的对齐方式按钮，如图2-15所示。

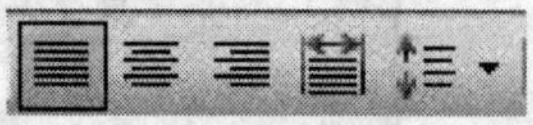

图2-15　对齐方式按钮

自己做

继续设置文档 XT2－2，对其进行段落格式设置，参照【样文 XT2－2B】所示，设置要求为

1）对齐方式：第一行居中。

2）段落缩进：正文所有段落首行缩进2个字符。

3）段（行）距：正文第二段行距为20磅，第三段段前间距为0.5行。

【样文 XT2－2B】

南极洲大陆

南极洲大陆又称第七大陆，是地球上最后一个被发现、唯一没有土著人居住的大陆。南极洲大陆为通常所说的南大洋（太平洋、印度洋和大西洋的南部水域）所包围，南极洲大陆的总面积约 1390 万平方千米，相当于中国和印巴次大陆面积的总和，居世界各洲第五位。

南极洲素有『寒极』之称，南极洲低温的根本原因在于南极洲冰盖将 80% 的太阳辐射反射掉了，致使南极洲大陆热量入不敷出，成为永久性冰封雪覆的大陆。

南极洲大陆是地球上最遥远最孤独的大陆，它严酷的奇寒和常年不化的冰雪，长期以来拒人类于千里之外。数百年来，为征服南极洲大陆，揭开它的神秘面纱，数以千计的探险家，前仆后继，奔向南极洲大陆，表现出不畏艰险和百折不挠的精神，创造了可歌可泣的业绩，为我们今天能够认识神秘的南极洲做出了巨大的贡献。我们在欣赏南极洲美丽景色的同时，不应忘记对他们表示我们崇高的敬意。

任务三　拼 写 检 查

任务描述

在英文文档中，改正拼写错误的单词。

任务分析

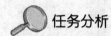

在 Word 中，拼写检查可在输入文本时自动进行，也可对已完成的文档进行。若要使 Word 在输入时自动检查拼写和语言错误，则需要通过“选项”设置。Word 将对存在拼写错误的单词用红色波浪线进行标记；存在语法错误的部分用绿色波浪线标记。

参考做法

打开“考生”文件夹中的文档 LT2 - 2C，改正文档中的单词拼写错误，参照【样文 LT2 - 2C】所示。

【样文 LT2 - 2C】

All you remember

All you remember about your child being an infant is the incredible awe you felt about the precious miracle you created. You remember having plenty of time to bestow all your wisdom and knowledge. You thought your child would take all of your advice and make fewer mistakes, and be much smarter than you were. You wished for your child to hurry and grow up.

双击打开该文档，如果在错误的单词拼写下方没有显示红色波浪线，则说明拼写检查没有打开，通过“选项”中的设置可以自动检查出拼写错误，方法如下。

单击“工具”菜单栏中的“选项”，选择“拼写和语法”选项卡，在“拼写”处，选中“键入时检查拼写”复选框，单击“确定”按钮，如图 2-16 所示。

设置完成后，Word 将自动检查出该文档中存在的几处拼写错误。下面通过“拼写和语法”命令可以将错误的拼写更改过来，操作方法如下。

第 1 步：单击“工具”菜单中的“拼写和语法”命令，即可打开“拼写和语法”对话框，如图 2-17 所示。

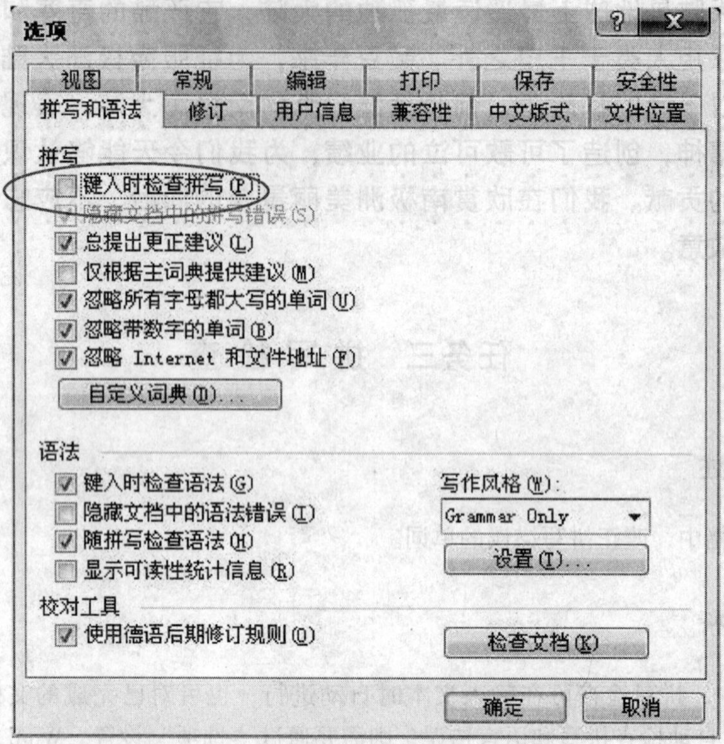

图 2-16 “拼写和语法”选项卡

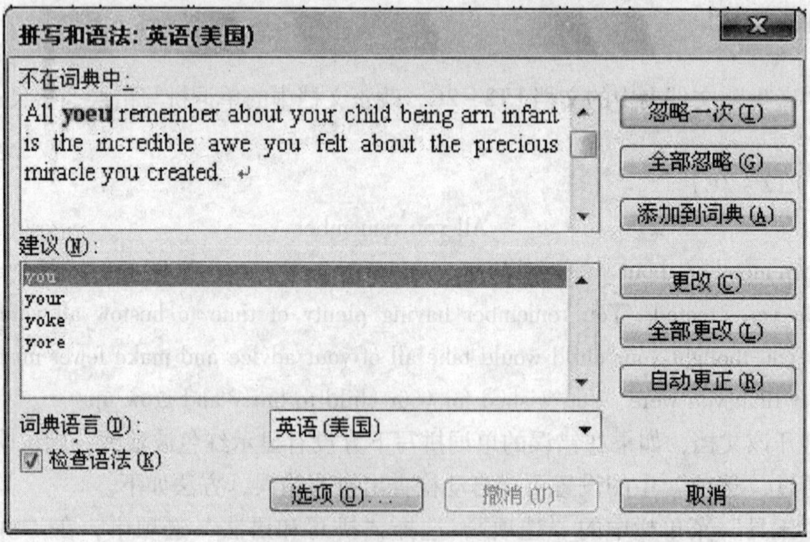

图 2-17 “拼写和语法”对话框

第 2 步：在“拼写和语法”对话框中的“建议”列表框中选择要更改的单词，单击“更改”按钮，即可将单词改正，同时检查到下一个错误，直到拼写错误全部更改完成。

小知识

更改拼写错误的方法还可以更简单，在自动拼写检查后将光标定在红色波浪线的地方，单击鼠标右键，选择相应的单词即可更正，如图2-18所示。

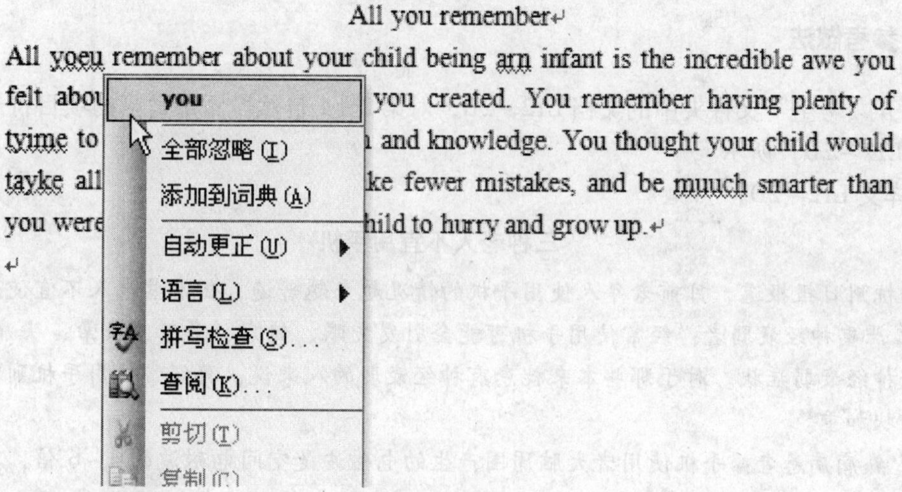

图2-18　拼写更正

自己做

打开“考生”文件夹中的文档XT2－2C，改正文档中的单词拼写错误，参照【样文XT2－2C】所示。

【样文XT2－2C】

Love your life

However mean your life is，meet it and live it；do not shun it and call it hard names.

It is not as bad as you are. It looks poorest when you are richest. The fault－finder will find faults in paradise. Love your life，poor as it is.

You may perhaps have some pleasant，thrilling，glorious hours，even in a poor－house.

The setting shun is reflected from the windows of the alms－house as brightly as from the rich man’s abode；the snow melts before its door as early in the spring.

任务四　项目符号和编号

任务描述

在段落中，为已经输入的文本添加项目符号和编号列表。

任务分析

在 Word 中，对于已经输入的文本可以通过“格式”菜单中的“项目符号和编号”命令添加项目符号和编号列表。

参考做法

打开“考生”文件夹中的文档 LT2－2D，对第 2～4 自然段添加适当的项目符号，参照【样文 LT2－2D】所示。

【样文 LT2－2D】

三种老人不宜用手机

据杭州日报报道，目前老年人使用手机的情况越来越普遍，但有些老人不宜使用手机。

√ 严重神经衰弱者：经常使用手机可能会引发失眠、健忘、多梦、头晕、头痛、烦躁、易怒等神经衰弱症状。对于那些本来就患有神经衰弱的人来说，再经常使用手机则有可能使上述症状加重。

√ 癫痫病患者：手机使用者大脑周围产生的电磁波是空间电磁波的 4～6 倍，可诱发癫痫发作。

√ 白内障患者：手机发射出的电磁波能使白内障病人眼球晶状体温度上升、水肿，可加重病情。

第 1 步：选定要添加项目符号的文本，本题中选定 2～4 自然段。

第 2 步：单击“格式”菜单中的“项目符号和编号”命令，如图 2-19 所示。打开的“项目符号和编号”对话框如图 2-20 所示。

第 3 步：单击该对话框中的三个不同的选项卡“项目符号”、“编号”和“多级符号”，可以进行项目符号和编号的设定，本题在“项目符号”中选定相应的符号即可。

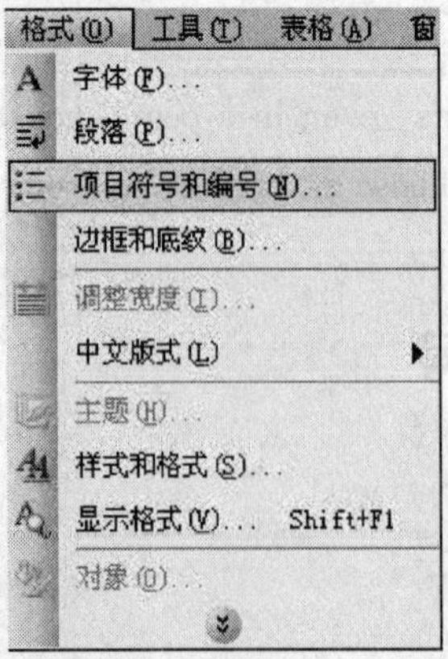

图 2-19 选择“项目符号和编号”命令

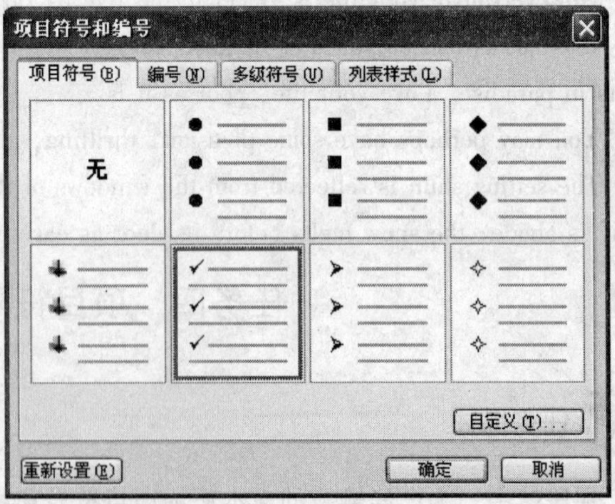

图 2-20 “项目符号和编号”对话框

小知识

(1) 在“项目符号和编号”对话框的“项目符号”选项卡中，如果现有的项目符号不能满足用户的需求，则可以通过单击任意符号框，再单击“自定义”按钮，便会出现“自定义项目符号列表”对话框，如图2-21所示。从列举的符号中选择或单击该对话框中的“符号”按钮，打开“符号”对话框，如图2-22所示。从中选择符号，单击“确定”按钮返回“自定义项目符号列表”对话框，还可以通过“字体”按钮进入“字体”对话框进行设置。设置完毕后单击“插入”按钮。

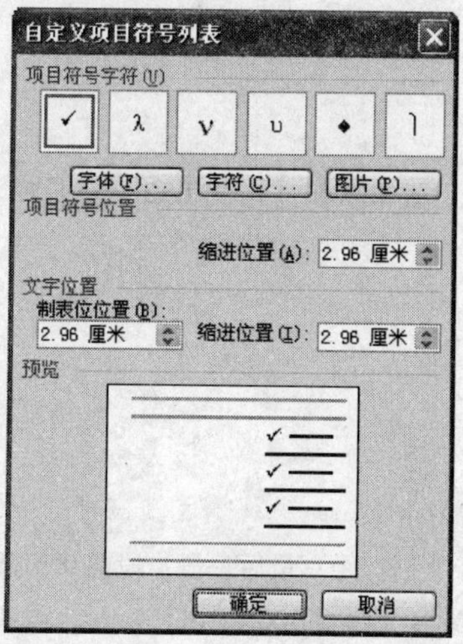

图 2-21 “自定义项目符号列表”对话框

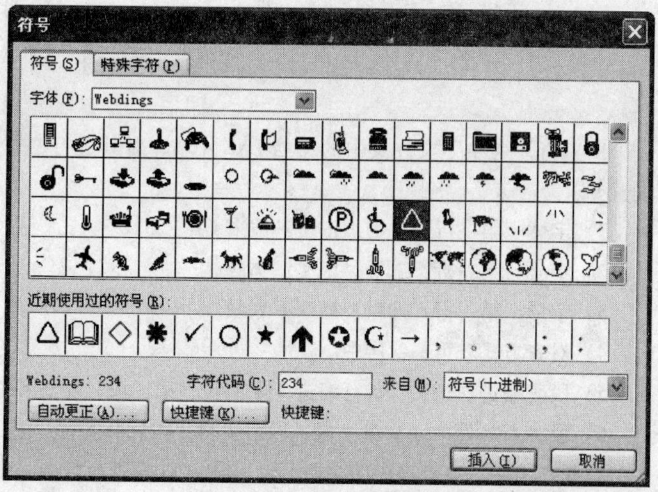

图2-22 “符号”对话框

(2) 在“项目符号和编号”对话框的“编号”选项卡中，也可以按需要选择其中一种编号样式，然后单击“自定义”按钮，在出现的“自定义编号列表”对话框中设置，如图2-23所示。

(3) 另外，用户还可以通过单击“格式”工具栏中的“项目符号”按钮和“编号”按钮直接添加项目符号和编号，再次单击相应按钮则可以去掉添加的项目符号和编号。

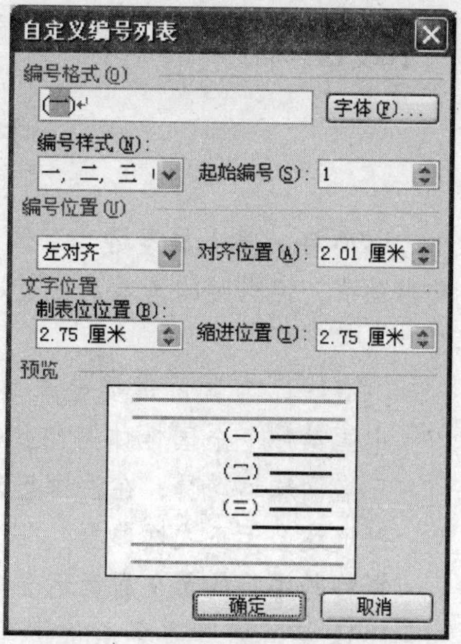

图2-23 “自定义编号列表”对话框

自己做

打开“考生”文件夹中的文档XT2－2D，对第2～4自然段添加适当的项目符号，参照【样文XT2－2D】所示。

【样文XT2－2D】

中国于1984年重返奥运会，并实现了中国在奥运会历史上金牌零的突破。1993 年中国北京申办了 2000 年的奥运会举办权，但没有成功；2001 年中国北京再次申办了 2008 年奥运会的举办权，并获得成功。

截至 2001 年，中国在奥运会上共获得了 80 枚金牌。

1. 1984 年洛杉矶奥运会获得 15 枚金牌。

2. 1988 年汉城（现改名为首尔）奥运会获得 5 枚金牌。

3. 1992 年巴塞罗那奥运会获得 16 枚金牌。

4. 1996 年亚特兰大奥运会获得 16 枚金牌。

5. 2000 年悉尼奥运会获得 28 枚金牌。

课后练习

1. 打开“考生”文件夹中的文档 LX2－6A，对其进行格式设置，效果参照【样文 LX2－6A】所示，设置要求为

1）字体　第一行：隶书；正文：仿宋 GB_ 2312。

2）字号　第一行：二号；正文：小四。

3）字形　第一行：加粗，加双下划线。

4）对齐方式　第一：居中。

5）段落缩进　正文：首行缩进 2 个字符；第二段，左右各缩进 2 个字符。

6）段（行）距　正文第一段：段前 1 行，段后 0.5 行；第三段：2 倍行距；最后一段：段前 0.5 行。

打开“考生”文件夹中的文档 LX2－6B，对其进行设置，效果参照【样文 LX2－6B】所示，设置要求为

1）拼写检查：改正【样文 LX2－6B】中的单词拼写错误。

2）项目符号和编号：按照【样文 LX2－6B】设置项目符号和编号。

【样文 LX2－6A】

<u>中国与奥运</u>

1896 年，第 1 届奥运会召开前，国际奥委会曾通过法国驻华使馆向清政府发出邀请。但当时的清政府正处于内忧外患之中，对体育事业毫不关心，所以没有应邀参加。

1922 年国际奥委会选举我国王正廷为国际奥委会委员。1924 年，中国第一个全国性体育组织——中华全国体育协进会成立。同年派出三名网球运动员，在法国巴黎举行的第 8 届奥运会上作了表演赛（当时奥运会无正式网球赛）。4 年后，中国又派宋如海观光了在荷兰阿姆斯特丹举行的第 9 届奥运会。

1931 年国际奥委会承认中华全国体育协进会。此后，中国正式参加了第 10、11、14 届奥运会，但均未能取得任何成绩。在此期间，国际奥委会于 1939

年、1947 年选出了我国孔祥熙、董守义为国际奥委会委员。

1949 年新中国成立后，原中华全国体育协进会改组为中华全国体育总会(中国奥林匹克委员会)。但是，由于一些原因中华全国体育总会在国际奥委会的合法席位直到 1954 年在雅典召开的国际奥委会第 49 届会议上才得到确认。

【样文 LX2－6B】

◇ There once lived an old queen whose husband had been dead for many years, and she had a beautiful daughter.

◇ When the princess grew up she was promised in marriage to a prince who lived far away.

◇ When the time came for her to be married, and she had to depart for the distant kingdom, the old queen packed up for her many costly vessels and utensils of silver and gold, and trinkets also of gold and silver, and cups and jewels, in short, everything that belonged to a royal dowry, for she loved her child with all her heart.

2. 打开“考生”文件夹中的文档 LX2－7A，对其进行格式设置，效果参照【样文 LX2－7A】所示，设置要求为

1）字体　第一行：黑体；正文：隶书。

2）字号　第一行：三号；正文：小四。

3）字形　第一行：加粗；加红色虚线下划线。

4）对齐方式　第一行：居中。

5）段落缩进　正文各段首行缩进 2 个字符，最后一段左缩进 2 个字符。

6）段（行）距　正文第一段、第二段：段后距 1 行。

打开“考生”文件夹中的文档 LX2－7B，对其进行设置，效果参照【样文 LX2－7B】所示，设置要求为

1）拼写检查：改正【样文 LX2－7B】中的单词拼写错误。

2）项目符号和编号：按照【样文 LX2－7B】设置项目符号和编号。

【样文 LX2－7A】

诗歌的由来

在我们这个诗的国度，几千年来，诗歌一直是文学史的主流。

诗是怎么样产生的呢？原来在文学还没形成之前，我们的祖先为把生产斗争中的经验传授给别人或下一代，以便记忆、传播，就将其编成了顺口溜式的韵文。据闻一多先生考证“诗”与“志”原是同一个字，“志”上从“士”，下从“心”，表示停止在心上，实际就是记忆。文字产生以后，有了文学的帮助，不必再死记了，这时把一切文字的记载叫“志”。志就是诗。在心为志，发言为诗。

歌的称谓又是怎样来的呢？诗和歌原不是一个东西，歌是与人类的劳动同时产生的，它的产生远在文学形成之前，比诗早得多。考察歌的产生，最初只在用感叹来表示情绪，如“啊、兮、哦、唉”等，这些字当时都读同一个音“啊”。歌是形声字，由“可”得声。在古代“歌”与“啊”是

一个字，人们就把在劳动中发出的“啊”叫做歌。因此歌的名字就这样沿用下来。

【样文 LX2－7B】

➢ Let our looks change from young to old synchronizing with the natural ageing process so saw to keep in harmony with nature, for harmony itself is beauty, while the other way round will only end in unpleasantness.

➢ To be in the elder's company is like reading a thick book of Dee lure edition that fascinates one so much as to be reluctant to part with.

3. 打开“考生”文件夹中的文档 LX2－8A，对其进行格式设置，效果参照【样文 LX2－8A】所示，设置要求为

1）字体　第一行：华文细黑；正文第一段：楷体 GB－2312；第二段、第三段：隶书；第四段：幼圆。

2）字号　第一行：小一；正文：小四。

3）字形　第二段：加绿色下划线；第三段：加着重号。

4）对齐方式　第一行：居中对齐。

5）段落缩进　第二段：左缩进 2 个字符。

6）段（行）距　第二段：段前、段后距 0.5 行。

打开“考生”文件夹中的文档 LX2－8B，对其进行设置，效果参照【样文 LX2－8B】所示，设置要求为

1）拼写检查：改正【样文 LX2－8B】中的单词拼写错误。

2）项目符号和编号：按照【样文 LX2－8B】设置项目符号和编号。

【样文 LX2－8A】

庙会

庙会，又称“庙市”或“节场”。这些名称，可以说正是庙会形成过程中所留下的历史“轨迹”。作为一种社会风俗的形成，有其深刻的社会原因和历史原因，而庙会风俗则与佛教寺院以及道教庙观的宗教活动有着密切的关系，同时它又是伴随着民间信仰活动而发展、完善和普及起来的。东汉时期佛教开始传入中国。同时，这一时期的道教也逐渐形成。它们互相之间展开了激烈的生存竞争，在南北朝时都各自站稳了脚跟。而在唐宋时，则又都达到了自己的全盛时期，出现了名目繁多的宗教活动，如圣诞庆典、坛醮斋戒、水陆道场等。

佛道二教竞争的焦点，一是寺庙、道观的修建。二是争取信徒，招徕群众。为此在其宗教仪式上均增加了媚众的娱乐内容，如舞蹈、戏剧、出巡等。这样，不仅善男信女们趋之若鹜，乐此不疲，而且许多凡夫俗子亦多愿意随喜添趣。

为了争取群众，佛道二教常常用走出庙观的方式扩大影响。北魏时佛教盛行的“行像”活动就是如此。所谓“行像”，是把神佛塑像装上彩车，在城乡巡行的一种宗教仪式，所以又称“行城”、“巡城”等。

北魏孝文帝太和九年（公元485年）迁都洛阳后，大兴佛事，每年释迦牟尼诞日都要举行佛像出行大会。佛像出行前一日，洛阳城各寺都将佛像送至景明寺。多时，佛像有千余尊。出行时的队伍中以避邪的狮子为前导，宝盖幡幢等随后，音乐百戏，诸般杂耍，热闹非凡。唐宋以后庙会的迎神、出巡大都是这一时期行像活动的沿袭和发展，并渐次推广到四川、湖广、西夏各地。元、明以后，行像之风才衰落，很少见于记载。

【样文 LX2－8B】

◆ Our knowledge of the universe is growing all the time. Our knowledge grows and the universe develops.

◆ Thanks to space satellites, the world itself is becoming a much smaller place and people from different countries now understand each other better.

◆ Look at your watch for just one minute. During that time, the population of the world increased by 259. Perhaps you think that isn' t much.

◆ However, during the next hour, over 15, 540 more babies will be born on the earth.

4. 打开“考生”文件夹中的文档 LX2－9A，对其进行格式设置，效果参照【样文 LX2－9A】所示，设置要求为

1）字体　第一行：幼圆；正文第一段：仿宋 GB－2312；第二段：华文行楷；第三段：楷体 GB－2312；第四段：华文新魏。

2）字号　第一行：二号；正文：小四。

3）字形　第一行：加粗；最后一段：倾斜。

4）对齐方式　第一行：居中。

5）段落缩进　第三段：左右各缩进1个字符。

6）段（行）距　第一行：段后距为1.5行；正文第一段：段后距0.5行。

打开“考生”文件夹中的文档 LX2－9B，对其进行设置，效果参照【样文 LX2－9B】所示，设置要求为

1）拼写检查：改正【样文 LX2－9B】中的单词拼写错误。

2）项目符号和编号：按照【样文 LX2－9B】设置项目符号和编号。

【样文 LX2－9A】

日全食

日全食是日食的一种，即太阳被月亮全部遮住的天文现象。

如果太阳、月球、地球三者正好排成或接近一条直线，月球挡住了射到地球上去的太阳光，月球身后的黑影正好落到地球上，这时发生日食现象。

在地球上月影里的人们开始看到阳光逐渐减弱，太阳面被圆的黑影遮住，天色转暗，全部遮住时，天空中可以看到最亮的恒星和行星，几分钟后，从月球黑影边缘逐渐露出阳光，开始生光、复圆。由于月球比地球小，只有在月影中的人们才能看到日全食。

月球把太阳全部挡住时发生日全食，遮住一部分时发生日偏食，遮住太阳中央部分发生日环食。发生日全食的延续时间不超过7 分31 秒。中国有世界上最古老的日全食记录，公元前一千年已有确切的日全食记录。

【样文 LX2－9B】

❖ One of the unique features of Beijing is its numerous Hutton ' s which means small lanes.

❖ The life of ordinary people in these lanes contributes greatly to the charm of this ancient capital. Being ' s hooting are not only an appellation for the lanes but also a kind of architecture.

❖ It is the living environment of ordinary Beijing. It reflects the vicissitude of society. Most of the Hutton's look almost the same as gray walls and bricks.

❖ Hutton's are a happy kind of place for children. There are often 4 to 10 families with an average of 20 people sharing the rooms of one courtyard complex named Shauna.

5. 打开“考生”文件夹中的文档 LX2－10A，对其进行格式设置，效果参照【样文 LX2－10A】所示，设置要求为

1）字体　第一行：仿宋 GB－2312；正文：隶书。

2）字号　第一行：二号；正文：小四。

3）字形　第一行：空心。

4）对齐方式　第一行：居中。

5）段落缩进　正文各段首行缩进 2 个字符，第二段左、右各缩进 2 个字符。

6）段（行）距　第一行：段前、段后距分别为 0.5 行；正文第三段：段前距 0.5 行，段后距 1 行；正文固定行距为 18 磅。

打开“考生”文件夹中的文档 LX2－10B，对其进行设置，效果参照【样文 LX2－10B】所示，设置要求为

1）拼写检查：改正【样文 LX2－10B】中的单词拼写错误。

2）项目符号和编号：按照【样文 LX2－10B】设置项目符号和编号。

【样文 LX2－10A】

雪莲

新疆雪莲，名雪荷花，是新疆的著名特产，正逐渐危种。

雪莲多年生草本，高 15～25（15～35）cm；根状茎粗，黑褐色，基部残存多数棕褐色枯叶柄纤维；茎单生，直立，中空，直径 2～4cm，无毛。叶密集，近革质，绿色，叶片长圆形或卵状长圆形，长约 14cm，宽 2～4cm，先端钝或微尖，基部下延，边缘有稀疏小锯齿，具乳头状腺毛，最上部苞叶 13～17cm，膜质透明，淡黄色，边缘具整齐的疏齿，稍被腺毛，先端钝尖，基部收缩，常超出花序 2 倍。

在中国分布于西北部的高寒山地。主要生长于天山南北坡，阿尔泰山及昆仑山雪线附近的高旱冰碛地带的悬崖峭壁之上，是一种高疗效药用植物。

早在清代，赵学敏著的《本草纲目拾遗》艺术中就有“大寒之地积雪，春夏不散，雪间有草，类荷花独茎，婷婷雪间可爱”和“其地有天山，冬夏积雪，雪中有莲，以天山峰顶者为第一”的记载。

【样文 LX2－10B】

♥ And even then a man can onto smile like a child, for a child smiles with his eyes, whereas a man smiles with his lips alone.

♥ It is not a smile; but a grin; something to do with humor, but little to do with happiness.

♥ It is obvious that it is nothing to do with success. For Sir Henry Stewart was certainly successful.

♥ It is twenty years ago since he came down to our village from London, and bought a couple of old cottages, which he had knocked into one. He used his house an weekend refuge.

项目三　文档表格的创建与设置

任务一　创建表格并套用格式

任务描述

在 Word 文档的某个特定位置插入一个表格，并为新创建的表格设置自动套用格式。

任务分析

在文档中添加表格，有多种方法，基本操作方法是使用“表格”菜单中的“插入”命令，在建立表格时可设置表格的自动套用格式。

参考做法

新建文档 LT2－3A，按要求创建并设置表格，参照【样文 LT2－3A】所示，设置要求为

1）创建表格：将光标置于文档第一行，创建一个 4 行 5 列的表格。

2）设置自动套用格式：为新创建的表格设置自动套用格式为彩色型 2。

【样文 LT2－3A】

根据分析，使用表格菜单创建一个 4 行 5 列的表格，操作方法如下。

第 1 步：将光标定位到插入位置，本题定位在文档第一行。

第 2 步：单击“表格”菜单，选择“插入”中的“表格”命令，如图 2-24 所示。

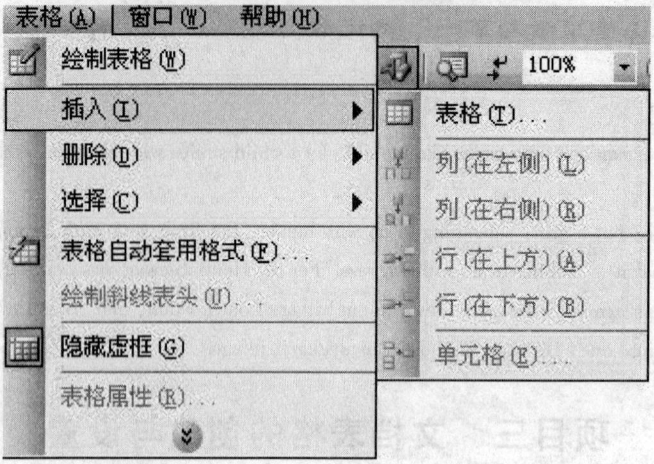

图 2-24　选择“表格”命令

第 3 步：打开“插入表格”对话框，如图 2-25 所示。

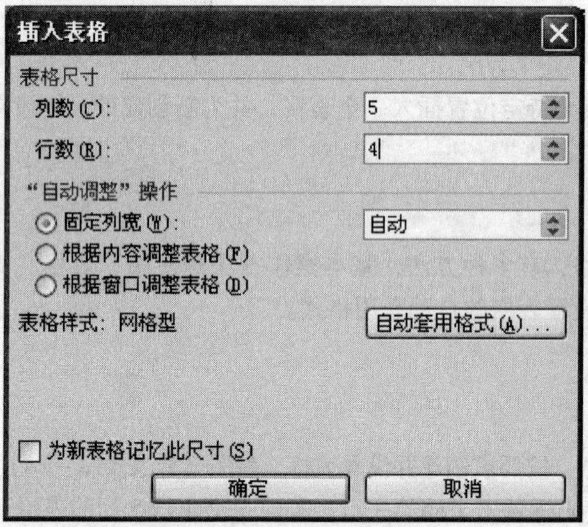

图 2-25　“插入表格”对话框

第 4 步：分别在表格尺寸项设置表格列数为 5，行数为 4。

第 5 步：单击“自动套用格式”按钮，打开“表格自动套用格式”对话框，如图 2-26 所示。

第 6 步：选择“彩色型 2”，单击“确定”按钮，返回“插入表格”对话框，再次单击“确定”按钮，表格就插入到文档中了。

小知识

使用“插入表格”命令按钮。创建表格还可以使用更快速、简单的方法，通过单击“常用”工具栏中的“插入表格”命令按钮，如图2-27所示。

当用鼠标单击该按钮时，即可打开一个网格，按住鼠标左键沿网格左上角向右拖动，指定要绘制表格的列数，向下拖动以指定要绘制表格的行数，松开鼠标即可插入一个空白表格。

使用“插入表格”命令按钮创建的表格不能事先设置自动套用格式，需要另行调整。

通过“表格”菜单中的“表格自动套用格式”命令，可以给已创建的表格设置自动套用格式。将表格全选，单击“表格”菜单中的“表格自动套用格式”，如图2-28所示。被打开的“表格自动套用格式”对话框如图2-26所示，选择表格样式即可。

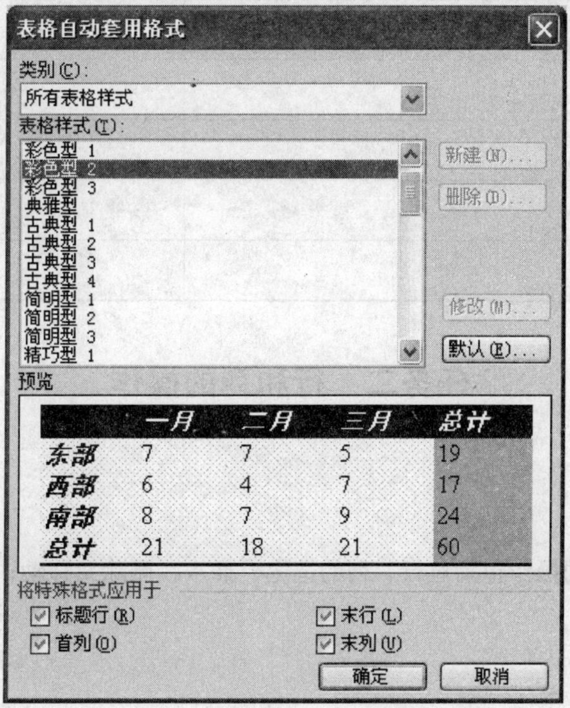

图 2-26 “表格自动套用格式”对话框

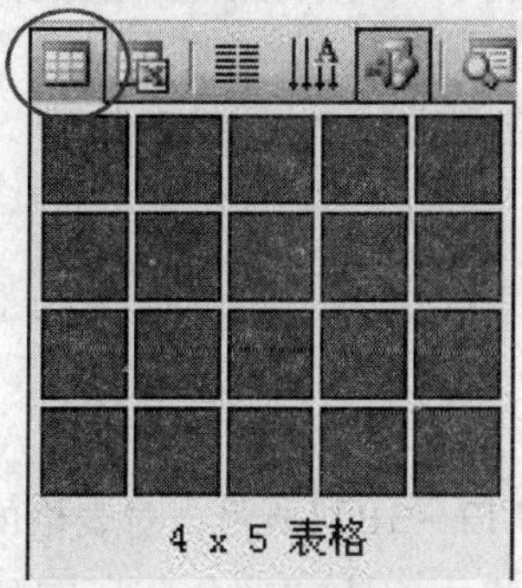

图 2-27 “插入表格”按钮

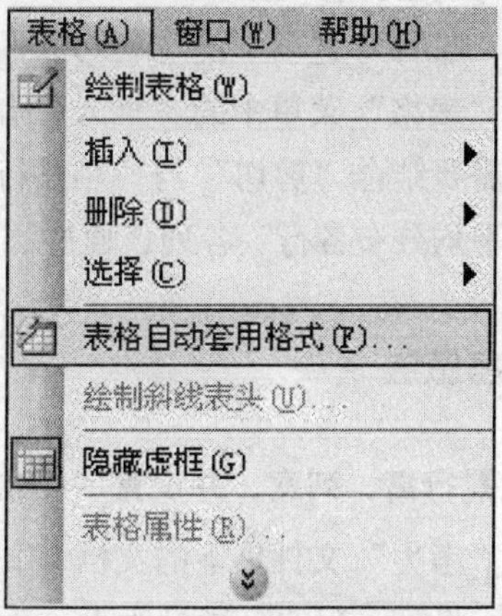

图 2-28 选择“表格自动套用格式”命令

自己做

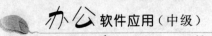

新建文档 XT2－3A，按要求创建并设置表格，参照【样文 XT2－3A】所示，设置要求为

1）创建表格：将光标置于文档第一行，创建一个 5 行 5 列的表格。

2）设置自动套用格式：为新创建的表格设置自动套用格式为竖列型 2。

【样文 XT2－3A】

任务二　行和列的操作

任务描述

对表格中行、列的操作包括对行、列的选定、插入、删除及移动；设置行高、列宽；平均分布各行、各列。

任务分析

选定是其他操作的基础。对行、列的选定有两种方法：一种方法是通过选择“表格”菜单中的“选择”选项下的“行/列”；另一种方法是通过鼠标单击。

通过“表格”菜单中的“插入”和“删除”，可以对行、列进行插入、删除操作；行、列的移动需要结合“剪切”与“粘贴行”两个操作完成。

设置平均分布各行、各列，通过“表格”菜单中的“自动调整”来设置。

参考做法

1. 设置行高、列宽，并设置“平均分布各行/各列”

打开“考生”文件夹下的文档 LT2－3B，参照【样文 LT2－3B】所示，对表格的行、列进行设置，将第一行的行高设为 1cm；将最后一列（单元格内容为“照片”所在列）列宽设置为 2cm，其他各列设置成“平均分布各列”。

【样文 LT2 -3B】

学生基本情况登记表						
姓名		曾用名		出生年月		照片
年龄		籍贯		身体状况		
性别		民族		政治面貌		

第 1 步：将光标定位在第一行的单元格中，打开“表格”菜单，单击“选择”中的“行”命令，选中第一行，如图 2-29 所示。

第 2 步：单击“表格”菜单，选择“表格属性”命令，弹出“表格属性”对话框，选择“行”选项卡，如图 2-30 所示。

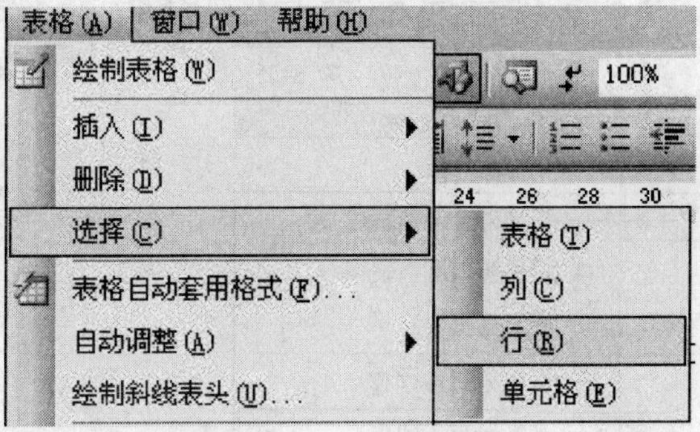

图 2-29　选择“行”命令

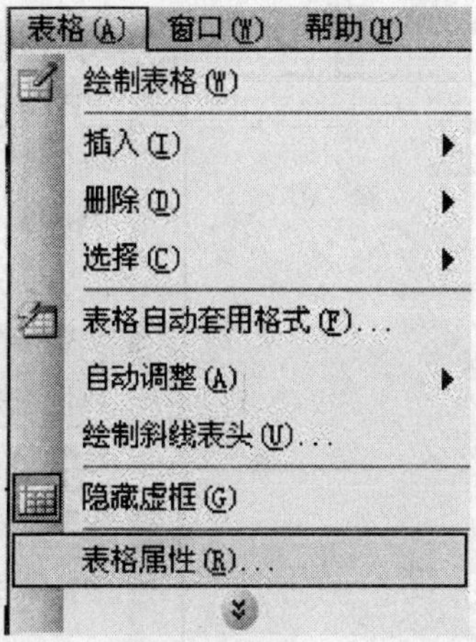

图 2-30　选择“表格属性”命令

第 3 步：选中“指定高度”前面的复选框，在“指定高度”后面的框中输入设置行的高度，在这里我们输入 1cm，单击“确定”按钮，如图 2-31 所示。

第 4 步：设置列宽方法同设置行高，首先选中最后一列。

第 5 步：单击“表格”菜单，选择“表格属性”命令，弹出“表格属性”对话框，选择“列”选项卡。

第 6 步：选中“指定宽度”前面的复选框，在“指定宽度”后面的框中输入设置列的宽度，在这里我们输入 2cm，单击“确定”按钮，如图 2-32 所示。

第 7 步：选中 1 ~ 6 列，单击“表格”菜单，打开“自动调整”，选择“平均分布各列”，如图 2-33 所示，即设置完成。

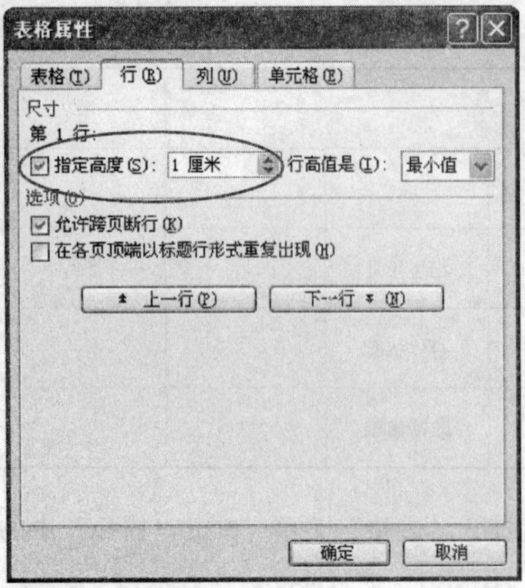

图 2-31　“行”选项卡

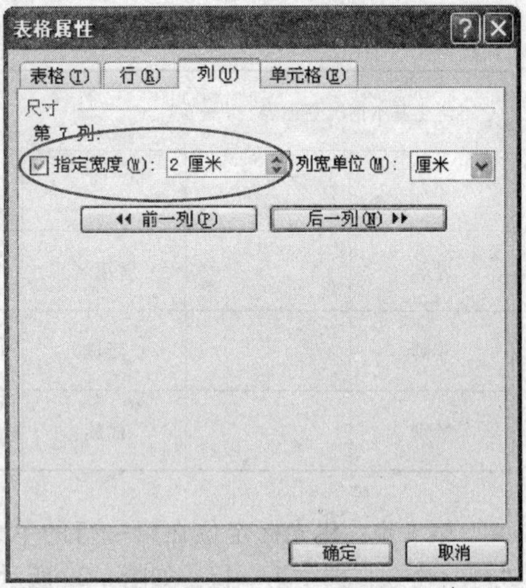

图 2-32　“列”选项卡

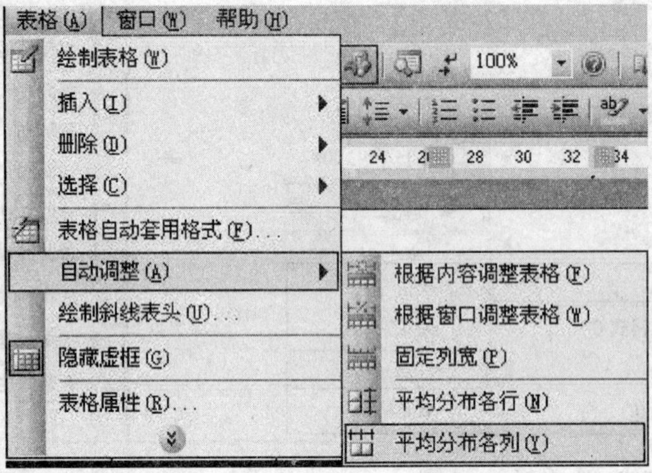

图 2-33　选择“平均分布各列”命令

小知识

1. 通过鼠标对行、列选定

选定表格的一行：将鼠标指针移动到表格一行的左边，当鼠标指针变成↗时，单击就可以选定此行。

选定表格的一列：将鼠标指针移动到表格一列的上边界，当鼠标指针变成⬇时，单击就可以选定此列。

选定表格的多行：将鼠标指针移动到表格左边，当鼠标指针变成↗时，拖动鼠标就可选定多行。

选定表格的多列：将鼠标指针移动到表格一列的上边界，当鼠标指针变成⬇时，拖动鼠标就可选定多列。

取消选定：单击文档的任何区域即可取消。

2. 通过鼠标改变行高、列宽

改变列宽：将鼠标指针移动到要调整列宽的表格线上，当鼠标指针变成左右双向箭头形状⇹时，单击鼠标左键，出现一条垂直的虚线，此时左右移动鼠标可以改变表格列宽的大小。

改变行高：将鼠标指针移动到要调整行高的上线或下线上，当鼠标指针变成上下双向箭头形状⇕时，单击鼠标左键，出现一条垂直的虚线，此时上下移动鼠标可以改变表格行高的大小。

通过鼠标只能粗略地修改，若要精确设置，仍要使用前面的方法。

2. 行、列的插入、删除及移动操作

继续设置 LT2－3B 文档中的表格，参照【样文 LT2－3C】所示，将第二行（空行）删除；再在最下部插入一行，并在此行最左侧单元格输入“毕业学校”四个字；将单元格内容为“性别”所在的行与单元格内容为“年龄”所在的行交换位置。

【样文 LT2－3C】

学生基本情况登记表						
姓名		曾用名		出生年月		照片
性别		民族		政治面貌		
年龄		籍贯		身体状况		
毕业学校						

第 1 步：选中第二行，打开“表格”菜单，单击“删除”中的“行”命令，删除第二行，如图 2-34 所示。

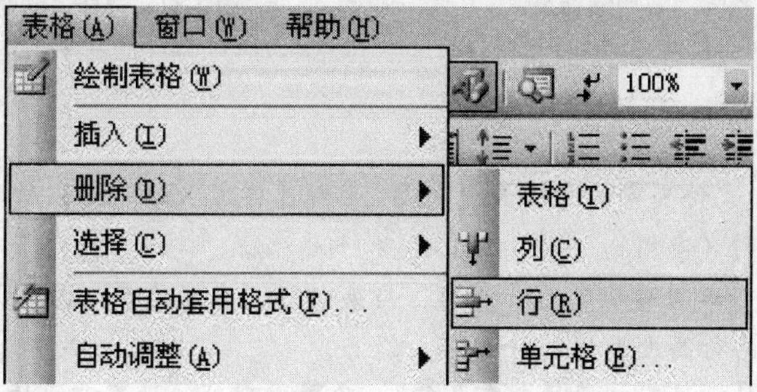

图 2-34　选择“行”命令

第 2 步：将光标定位在最下面一行，打开“表格”菜单，单击“插入”中的“行（在下方）”命令，在最下部插入一行，如图 2-35 所示。

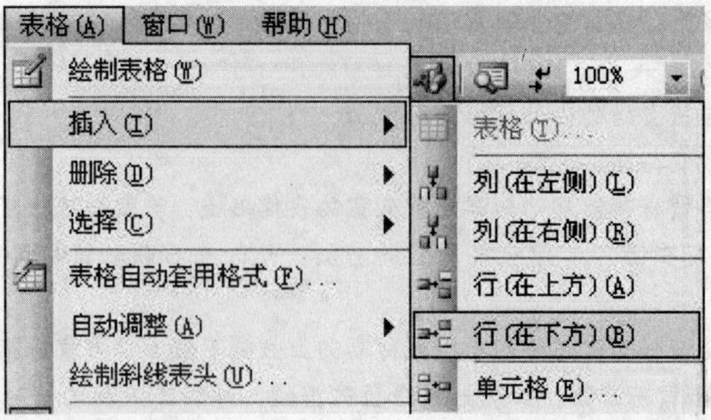

图 2-35　选择“行（在下方）”命令

第 3 步：在新插入行的最左侧单元格输入“毕业学校”。

第 4 步：选中单元格内容为“性别”所在的行，用鼠标右键单击，打开快捷菜单，单击“剪切”命令，如图 2-36 所示。

第 5 步：将光标定位在“年龄”单元格，用鼠标右键单击，打开快捷菜单，单击“粘贴行”命令，完成了两行交换位置的操作，如图 2-37 所示。

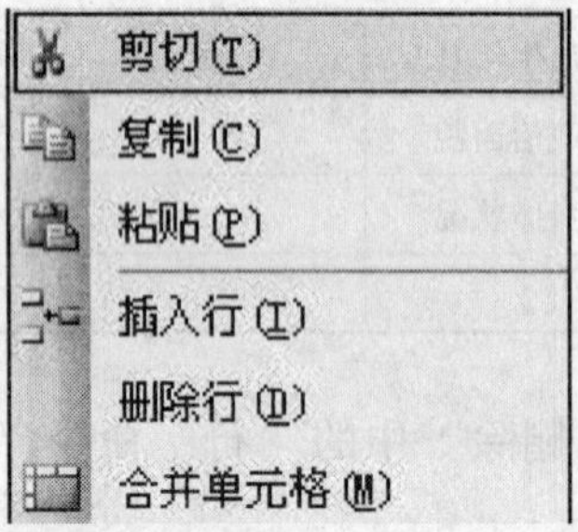

图 2-36　选择“剪切”命令

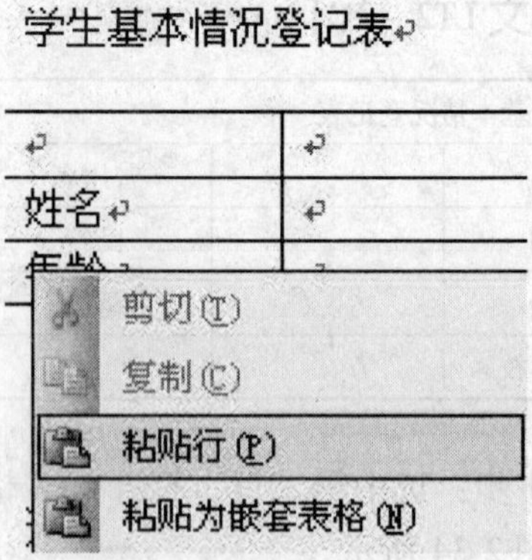

图 2-37　选择“粘贴行”命令

自己做

打开“考生”文件夹中的文档 XT2－3B，参照【样文 XT2－3B】所示，设置要求为

1）删除第四列（空列）。

2）将第三行“车间编号”为“0003”与第四行“车间编号”为“0004”互换位置。

3）将第一行的行高设置为 1.5cm。

4）除第一行外，设置“平均分布各行”；除第一列外，设置“平均分布各列”。

【样文 XT2－3B】

产品第一季度各车间生产情况

车间编号		总产品数（件）	不合格产品（件）	合格率（%）
0001		3684	12	99.67

（续）

车间编号	总产品数（件）	不合格产品（件）	合格率（%）
0002	5847	20	99.66
0003	4962	34	99.31
0004	4631	18	99.61
0005	7321	42	99.43

任务三　单元格的操作

任务描述

对单元格的操作包括对单元格的选定、插入、删除以及单元格的合并与拆分。

任务分析

对单元格的选定同行、同列的选定，有两种方法：一种方法是通过选择“表格”菜单中的“选择”选项下的“单元格”；另一种方法是通过鼠标单击。

通过“表格”菜单中的“插入”和“删除”，可以对单元格进行插入、删除操作。

单元格的合并、拆分则需要通过“表格”菜单中的“合并单元格”或“拆分单元格”命令完成。

参考做法

继续设置文档 LT2－3B 中的表格，参照【样文 LT2－3D】所示，将第一行单元格合并，“照片”单元格与下面三个单元格合并，最后一行“毕业学校”右侧的五个空单元格合并，将“性别”右侧的单元格拆分成两列。

【样文 LT2－3D】

<table>
<tr><td colspan="8">学生基本情况登记表</td></tr>
<tr><td>姓名</td><td colspan="2"></td><td>曾用名</td><td></td><td>出生年月</td><td></td><td rowspan="4">照片</td></tr>
<tr><td>性别</td><td></td><td></td><td>民族</td><td></td><td>政治面貌</td><td></td></tr>
<tr><td>年龄</td><td colspan="2"></td><td>籍贯</td><td></td><td>身体状况</td><td></td></tr>
<tr><td>毕业学校</td><td colspan="6"></td></tr>
</table>

第 1 步：选中第一行，单击“表格”菜单，选择“合并单元格”命令，即可把选定的单元格合并为一个单元格，如图 2-38 所示。

第 2 步：同时选中“照片”单元格与下面三个单元格，操作方法同上，或直接用鼠标右键单击选中的单元格，在打开的快捷菜单中选择“合并单元格”命令，也可完成合并单元格的操作，如图 2-39 所示。

第 3 步：选中“毕业学校”右侧的五个空单元格，操作方法同上。

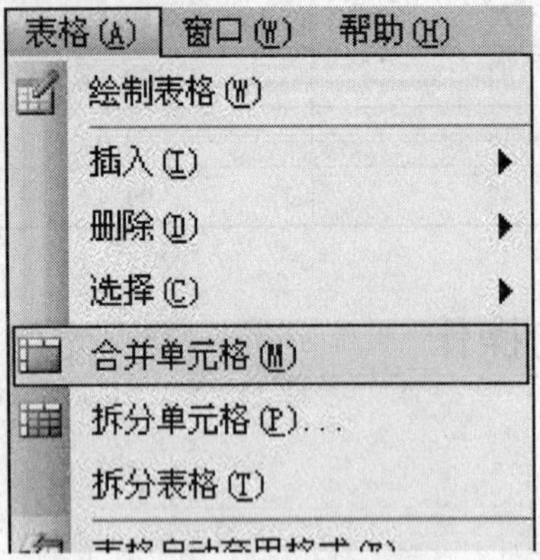

图 2-38　选择“合并单元格”命令

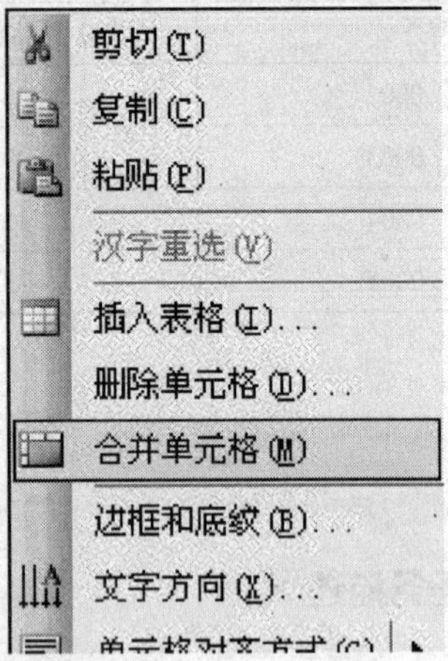

图 2-39　用快捷方式选择“合并单元格”命令

第 4 步：将光标定位在“性别”右侧的单元格，单击“表格”菜单，选择“拆分单元格”命令，如图 2-40 所示。被打开的“拆分单元格”对话框如图 2-41 所示。将列数改为 2，单击“确定”按钮，即把选定的单元格拆分为左右两个单元格。

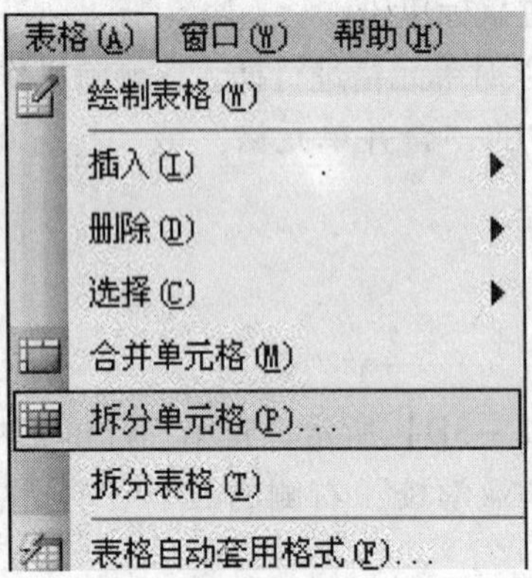

图 2-40　选择“拆分单元格”命令

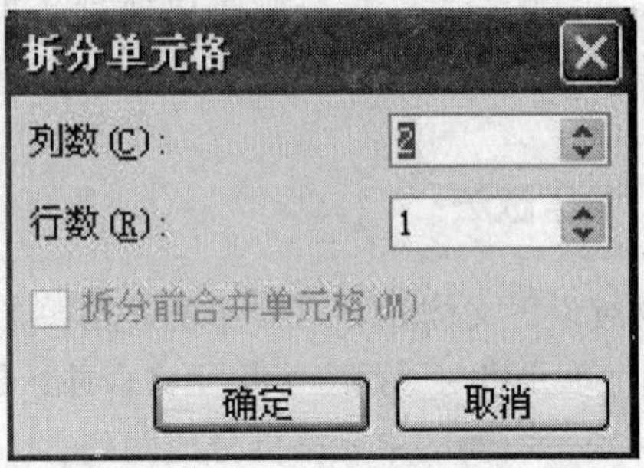

图 2-41　“拆分单元格”对话框

小知识

(1) 单元格的选定。

选定单个单元格：将鼠标指针移到表格某单元格的左下角，当鼠标指针变成➚时，单击就可以选定此单元格。

选定多个单元格：在需要选定的单元格区域内拖动鼠标键，即可选定多个单元格。

选定整个表格：通过单击“表格”菜单中的“选择”选项下的“表格”命令，或单击表格左上角的⊞标志。

(2) 插入单元格。将光标定位在要插入单元格的位置，选择“表格”菜单后，单击“插入”中的“单元格”命令，如图2-42所示。出现“插入单元格”对话框，选择其中一种插入方式，如图2-43所示。

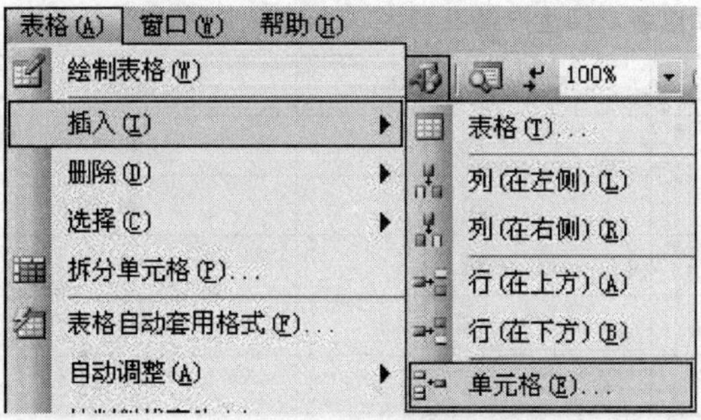

图2-42 选择“插入”→“单元格”命令

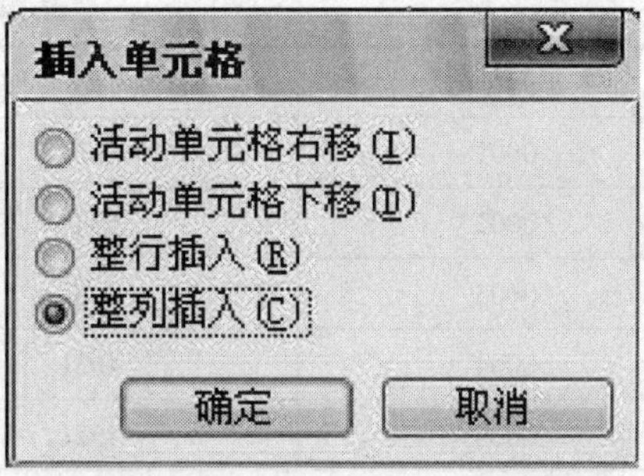

图2-43 “插入单元格”对话框

四种插入方式：

1）活动单元格右移，可在选定单元格的左边插入新单元格。

2）活动单元格下移，可在选定单元格的上方插入新单元格。

3）整行插入，可在选定单元格的上方插入新行。

4）整列插入，可在选定单元格的左侧插入新列。

(3) 删除单元格。选定要删除的一个或多个单元格，选择“表格”菜单后，单击“删除”中的“单元格”命令，如图2-44所示。出现“删除单元格”对话框，选择其中一种插入方式，如图2-45所示。

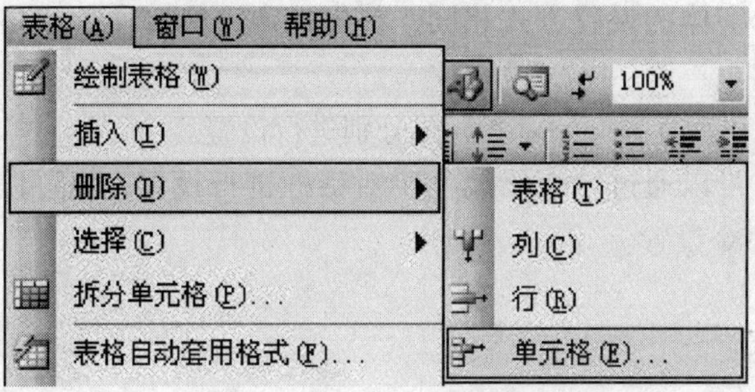

图2-44 选择“删除→单元格”命令

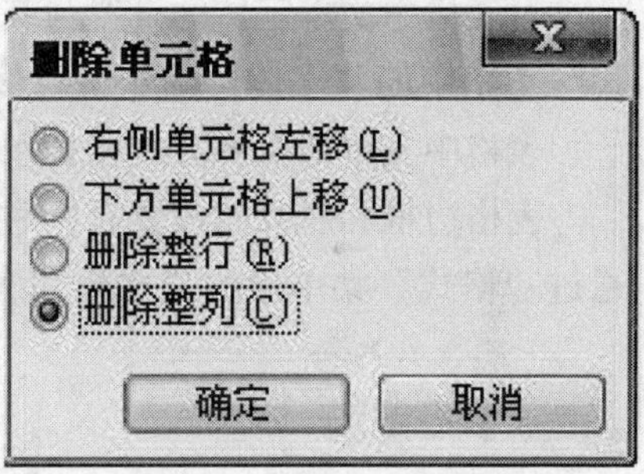

图2-45 “删除单元格”对话框

四种删除方式：

1）右侧单元格左移，删除选定单元格，右侧的单元格左移来填补被删除的区域。

2）下方单元格上移，删除选定单元格，下方单元格上移来填补被删除的区域。

3）删除整行，删除选定单元格所在的行。

4）删除整列，删除选定单元格所在的列。

自己做

继续设置文档XT2－3B中的表格，参照【样文XT 2－3C】所示，设置要求是将“车间编号”与其右边的单元格合并。

【样文 XT2－3C】

产品第一季度各车间生产情况

车间编号	总产品数（件）	不合格产品（件）	合格率（%）
0001	3684	12	99.67
0002	5847	20	99.66
0003	4962	34	99.31
0004	4631	18	99.61
0005	7321	42	99.43

任务四　表格格式与边框

任务描述

对表格格式的设置包括设置表格文本字体、设置文本对齐方式以及设置表格边框和底纹。

任务分析

对表格中文本字体的设置与其他文本字体的设置方式相同，首先选定，然后通过“格式”菜单中的“字体”命令进行修改。

表格中文本的对齐方式分为水平方向和垂直方向的对齐，要分别进行设置。

表格边框和底纹的设置有两种方法，可以通过“表格属性”对话框进行设置，也可以通过“格式”菜单中的“边框和底纹”命令设置。

参考做法

1. 设置表格文本字体

继续对文档 LT2－3B 表格中的字体进行设置，参照【样文 LT2－3E】所示，设置表格文本：第一行的标题设置为黑体、加粗、小四号字，字间距加宽 5 磅。

【样文 LT2－3E】

<table>
<tr><td colspan="8">学 生 基 本 情 况 登 记 表</td></tr>
<tr><td>姓名</td><td colspan="2"></td><td>曾用名</td><td></td><td>出生年月</td><td></td><td rowspan="4">照片</td></tr>
<tr><td>性别</td><td></td><td></td><td>民族</td><td></td><td>政治面貌</td><td></td></tr>
<tr><td>年龄</td><td colspan="2"></td><td>籍贯</td><td></td><td>身体状况</td><td></td></tr>
<tr><td>毕业学校</td><td colspan="6"></td></tr>
</table>

第 1 步：选定第一行的标题，单击“格式”菜单中的“字体”命令。

第2步：在“字体”选项卡的“中文字体”中选取“黑体”；字形选取“加粗”；字号选取“小四”。

第3步：在“字符间距”选项卡的“间距”中选取“加宽”；“磅值”改为5磅。

第4步：单击“确定”按钮，完成设置。

2. 设置文本对齐方式

继续对文档LT2－3B表格中的对齐方式进行设置，参照【样文LT2－3F】所示，将各单元格对齐方式设置为中部居中。

【样文LT2－3F】

<table>
<tr><td colspan="8">学 生 基 本 情 况 登 记 表</td></tr>
<tr><td>姓名</td><td colspan="2"></td><td>曾用名</td><td></td><td>出生年月</td><td></td><td rowspan="4">照片</td></tr>
<tr><td>性别</td><td></td><td></td><td>民族</td><td></td><td>政治面貌</td><td></td></tr>
<tr><td>年龄</td><td colspan="2"></td><td>籍贯</td><td></td><td>身体状况</td><td></td></tr>
<tr><td>毕业学校</td><td colspan="6"></td></tr>
</table>

第1步：选定所有单元格并用鼠标右键单击，打开一个快捷菜单，如图2-46所示。

第2步：快捷菜单中的“单元格对齐方式”有九种对齐方式，通过单击即可选定相应的对齐方式。

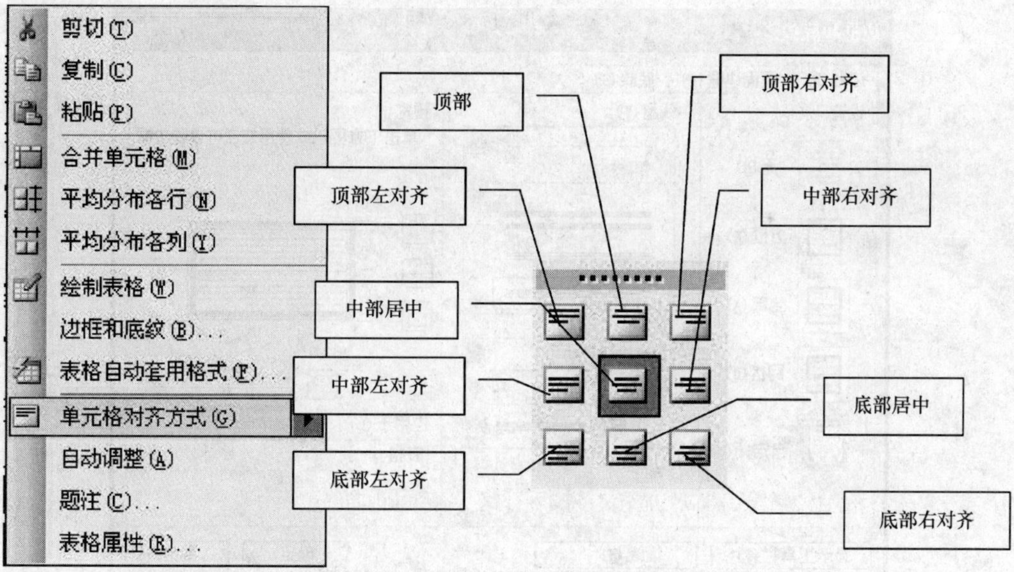

图2-46 “单元格对齐方式”快捷菜单

3. 设置表格边框

继续对文档LT2－3B表格中的边框进行设置，参照【样文LT2－3G】所示，设置表格的边框：外边框线为3磅上粗下细线，内框为1磅实线。

【样文 LT2－3G】

学 生 基 本 情 况 登 记 表							
姓名			曾用名		出生年月		照片
性别			民族		政治面貌		
年龄			籍贯		身体状况		
毕业学校							

第 1 步：选中全部表格，单击“格式”菜单中的“边框和底纹”命令，选择“边框”选项卡，如图 2-47 所示。

第 2 步：在“设置”选项组中单击“自定义”，在“线型”中选择“上粗下细”线，宽度为 3 磅，依次单击，即设置了表格外边框。

第 3 步：选中除标题外的所有单元格，单击“格式”菜单中的“边框和底纹”命令，选择“边框”选项卡。

第 4 步：在“线型”中选择“实细”线，宽度为 1 磅，依次单击，即设置了表格内边框。单击“确定”按钮，完成设置。

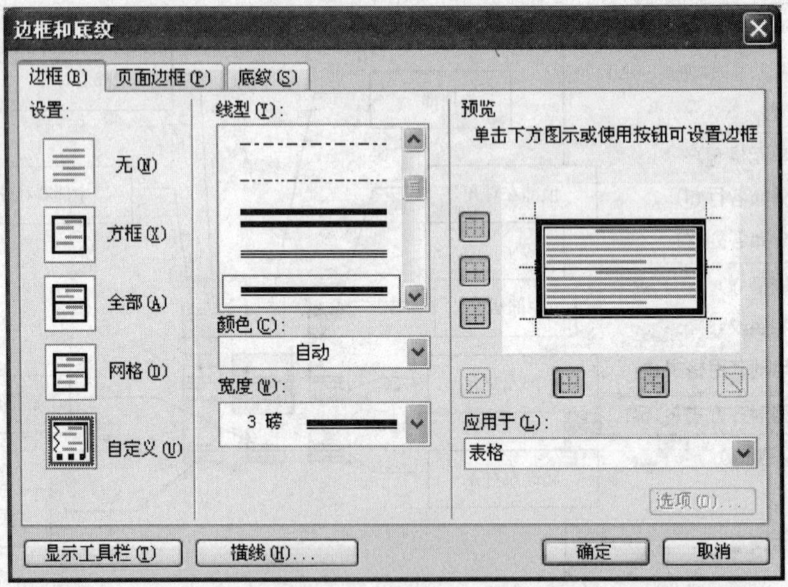

图 2-47　“边框”选项卡

4. 设置表格底纹

继续对文档 LT2－3B 表格中的底纹进行设置，参照【样文 LT2－3H】所示，设置表格的底纹：将第一行标题底纹设置为海绿色，第一、第三、第五列底纹设置样式为 20%。

【样文 LT2－3H】

学生基本情况登记表							
姓名			曾用名		出生年月		
性别			民族		政治面貌		照片
年龄			籍贯		身体状况		
毕业学校							

第1步：选定第一行，单击“格式”菜单中的“边框和底纹”命令，选择“底纹”选项卡，如图2-48所示。

第2步：在填充颜色中，选择“海绿”（右侧显示颜色名称），单击“确定”按钮。

第3步：选定第一列，同时按住<Ctrl>键，再依次选定第三列和第五列。

第4步：单击“格式”菜单中的“边框和底纹”命令，选择“底纹”选项卡，在“样式”下拉列表中选择“20%”，单击“确定”按钮。

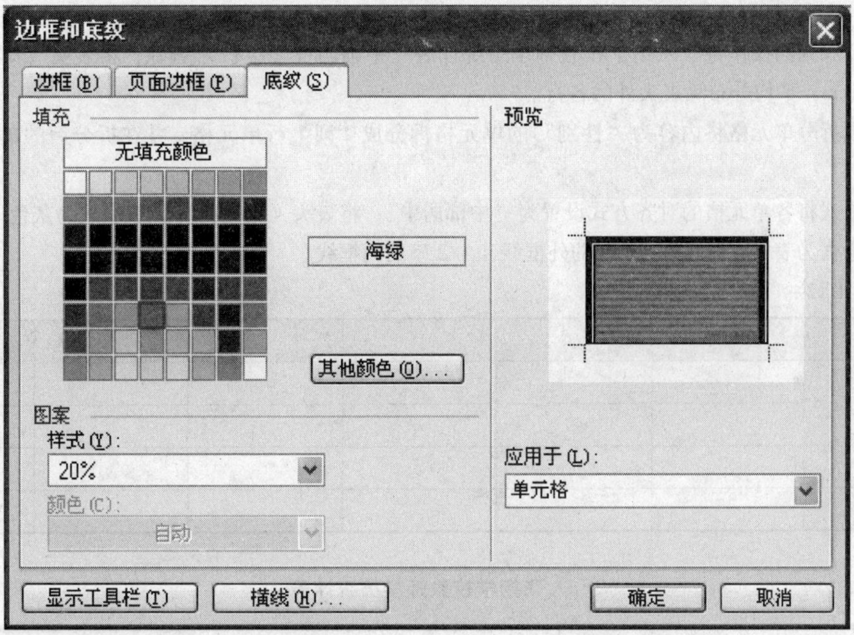

图2-48 “底纹”选项卡

自己做

继续设置文档XT2－3B中的表格，参照【样文XT2－3D】所示，设置要求为

1）将第一行表格中的文字字体设置为黑体，字号为小四。

2）将表格中各单元格的对齐方式设置为中部居中。

3）为第一行设置底纹：填充为浅橙色，样式为5%，颜色为黄色。

4）为整个表格设置边框：外框双实线，宽度1/2磅；内框虚线，宽度1/2磅。

【样文 XT2－3D】

产品第一季度各车间生产情况

车间编号	总产品数（件）	不合格产品（件）	合格率（%）
0001	3684	12	99.67
0002	5847	20	99.66
0003	4962	34	99.31
0004	4631	18	99.61
0005	7321	42	99.43

课后练习

1. 打开“考生”文件夹中的文档 LX2－11，按下列要求创建并设置表格，参照样文 LX2－11 所示。

创建表格并设置自动套用格式将光标置于文档第一行，创建一个 5 行 7 列的表格；为该表格设置自动套用格式：古典型 2。

表格行和列的操作将“飞扬学校教师学历统计表”中第四行（空行）删除；将表头（第一行）的行高设置为 1cm；平均分布除表头外的各行。

合并或拆分单元格将内容为“性别”的单元格拆分成 2 列 1 行单元格，并在拆分后的单元格中输入“职称”。

表格格式将各单元格的对齐方式设置为“中部居中”，将表头（第一行）设置底纹为灰色－15%。

表格边框为表格设置边框：3 磅的外框线和 1/2 磅的内框线。

【样文 LX2－11】

飞扬学校教师学历统计表

姓名	性别	职称	所教专业	学历
王洪阳	男		组装维修	大专
孙江	男		组装维修	大专
刘依云	女		办公软件	本科
张月华	女		办公软件	大专
高庆国	男		网页制作	本科
李天鹏	男		平面设计	本科
张赛峰	男		平面设计	研究生
赵艳丽	女		网页制作	研究生

2. 打开“考生”文件夹中的文档 LX2－12，按下列要求创建并设置表格，参照【样文 LX2－12】所示。

创建表格并设置自动套用格式将光标置于文档第一行，创建一个 5 行 6 列的表格；为该表格设置自动套用格式：网格型 8。

表格行和列的操作在“个人简历表”中设置平均分布各行，将“学习工作经历”一行与“个人爱好”一行互换位置。

合并或拆分单元格将“个人爱好”单元格右侧的单元格合并，将“学习工作经历”与其右侧的单元格全部合并。

表格格式将各单元格的对齐方式设置为“中部居中”，将前三行设置底纹为淡黄色。

表格边框为表格设置边框：1 磅的虚线（线型列表第三个）。

【样文 LX2－12】

个人简历表

姓名		性别		年龄	
籍贯		身体状况		婚否	
个人爱好					
学习工作经历					
起始日期	终止日期	所在单位（学校）		具体职务	

3. 打开“考生”文件夹中的文档 LX2－13，按下列要求创建并设置表格，参照【样文 LX2－13】所示。

创建表格并设置自动套用格式将光标置于文档第一行，创建一个 6 行 6 列的表格；为该表格设置自动套用格式：彩色型 3。

表格行和列的操作在“近五年产品销售统计表（万元）”中，将第四行和第七行（空行）删除；将第一行的行高设置为 1cm；平均分布除第一列外的各列。

表格格式将各单元格的对齐方式设置为“中部居中”。

表格边框为表格设置边框：外框线为 1/2 磅的双实线，内框线为 1/2 磅的点短虚线（第五个）。

【样文 LX2－13】

近五年产品销售统计表（万元）

年 产品	2004	2005	2008	2007	2006
E001	34.5	40.50	52.50	50.50	43.60
F1A3	40.70	34.67	39.70	36.28	30.70
D34A	20.80	30.80	43.80	41.90	35.50
4A5F1	40.67	60.78	71.90	69.80	65.34

4. 打开“考生”文件夹中的文档 LX2－14，按下列要求创建并设置表格，参照【样文 LX2－14】所示。

创建表格并设置自动套用格式将光标置于文档第一行，创建一个 4 行 6 列的表格；为该表格设置自动套用格式：列表型 1。

表格行和列的操作在“进货单”中，第一行高设置为 1.5cm；平均分布除表头外的各行。

合并或拆分单元格将“金额”下面的单元格拆分成 1 列 4 行单元格。

表格格式将各单元格的对齐方式设置为“中部居中”，将第一行设置底纹为橙色，其余各行设置为玫瑰红色。

表格边框为表格设置边框：外框线为 3 磅上粗下细，内框线横线为 1 磅短虚线（线型列表中第三个），竖线为 1/2 磅实线。

【样文 LX2－14】

进货单

单位名称：

货号	品名规格	单位	数量	单价	金额
01	天一	元	1	70	
04	恒泰	元	2	120	
03	诚佳	元	4	80	
02	志远	元	10	12	

5. 打开“考生”文件夹中的文档 LX2－15，按下列要求创建并设置表格，参照【样文 LX2－15】所示。

创建表格并设置自动套用格式将光标置于文档第一行，创建一个 3 行 4 列的表格；为该表格设置自动套用格式：专业型。

表格行和列的操作在“永泰公司营销汇总分析”中，将第五列（空列）删除；将第二列的列宽设为 2cm，将“2008 年”一列与“2007 年”一列交换位置。

合并或拆分单元格将“2007 年”和“2008 年”单元格分别与其右侧的单元格合并，“第一公司”和“第二公司”单元格分别与其下侧的单元格合并。

表格格式将各单元格的对齐方式设置为“中部居中”，将前两列设置底纹为浅蓝色，其余各列设置为灰色－20%。

表格边框为表格设置边框：外框线为1/2磅的三实线，内框线为1/2磅的点点短虚线（线型列表第六个）。

【样文LX2－15】

永泰公司营销汇总分析

分公司	市场情况	2007年		2008年	
		概率	利润（元）	概率	利润（元）
第一公司	良好	60%	60000	50%	100000
	一般	20%	40000	20%	80000
	较差	20%	40500	30%	70000
第二公司	良好	30%	38000	20%	60000
	一般	50%	100000	60%	60000
	较差	20%	80000	20%	40000

项目四　文档的版面设置与编排

任务一　页面设置

任务描述

对Word进行页面设置，主要包括纸张大小的设置、页边距的设置以及文字方向的设置。

任务分析

通过“文件”菜单中的“页面设置”命令对Word页面进行设置，其中包括“页边距”、“纸张”、“版式”及“文档网格”四个选项卡。

参考做法

打开“考生”文件夹中的文档LT2－4，参照图2-49所示，对文档进行页面设置，设置要求为

1）纸型：自定义大小，宽度19cm，高度25cm。

2）上、下页边距：3cm；左、右边距：3.5cm。

3）文字方向：纵向。

第1步：单击“文件”菜单，选择“页面设置”命令，如图2-50所示。打开“页面设置”对话框如图2-51所示。

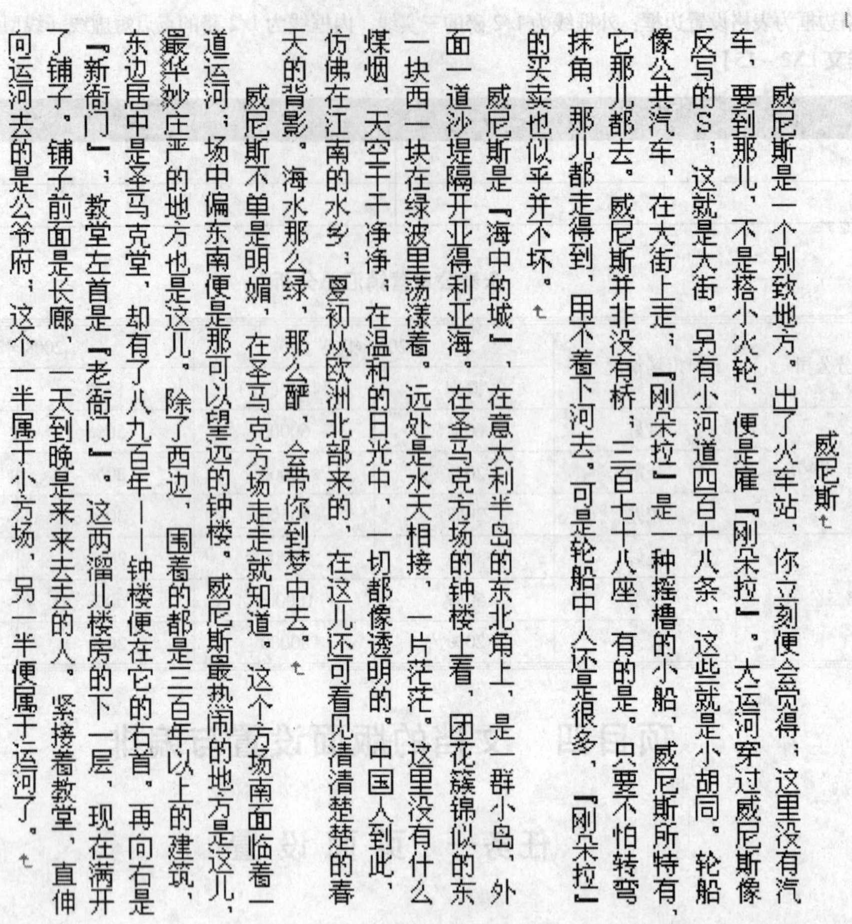

威尼斯↵

威尼斯是一个别致地方。出了火车站，你立刻便会觉得；这里没有汽车，要到那儿，不是搭小火轮，便是雇『刚朵拉』。大运河穿过威尼斯像反写的S；这就是大街。另有小河道四百十八条，这些就是小胡同。轮船像公共汽车，在大街上走；『刚朵拉』是一种摇橹的小船，威尼斯所特有，它那儿都去。威尼斯并非没有桥，三百七十八座，有的是。只要不怕转弯抹角，那儿都走得到，用不着下河去。可是轮船中人还是很多，『刚朵拉』的买卖也似乎并不坏。↵

威尼斯是『海中的城』，在意大利半岛的东北角上，是一群小岛，外面一道沙堤隔开亚得利亚海。在圣马克方场的钟楼上看，团花簇锦似的东一块西一块在绿波里荡漾着。远处是水天相接，一片茫茫。这里没有什么煤烟，天空干干净净；在温和的日光中，一切都像透明的。中国人到此，仿佛在江南的水乡；夏初从欧洲北部来的，在这儿还可看见清清楚楚的春天的背影。海水那么绿，那么酽，会带你到梦中去。↵

威尼斯不单是明媚，在圣马克方场走走就知道。这个方场南面临着一道运河；场中偏东南便是那可以望远的钟楼。威尼斯最热闹的地方是这儿，最华妙庄严的地方也是这儿。除了西边，围着的都是三百年以上的建筑，东边居中是圣马克堂，却有了八九百年——钟楼便在它的右首。再向右是『新衙门』；教堂左首是『老衙门』。这两溜儿楼房的下一层，现在满开了铺子。铺子前面是长廊，一天到晚是来来去去的人。紧接着教堂，直伸向运河去的是公爷府；这个一半属于小方场，另一半便属于运河了。↵

图 2-49　样文 LT2－4A

图 2-50　选择“页面设置”命令

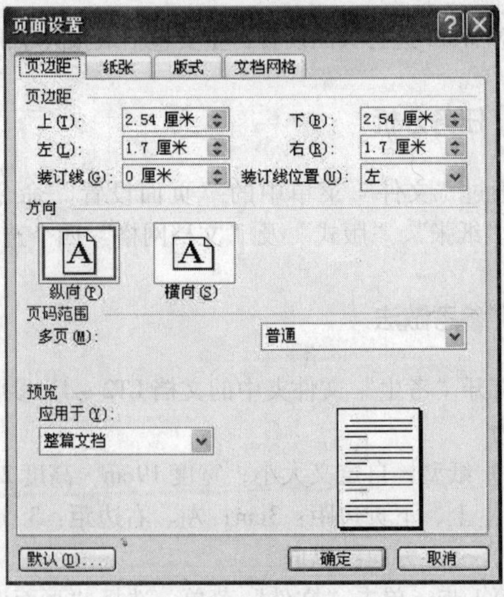

图 2-51　“页面设置”对话框

第 2 步：在“页边距”选项卡中已设有上、下、左、右页边距的默认值，根据需要将各数据修改，将上、下后面的数据改为 3cm，左、右后面的数据改为 3.5cm，如图 2-52 所示。

第 3 步：在“纸张”选项卡中设置纸张大小。“纸张大小”下面的下拉列表中提供了常用的几种纸型，包括 A4、A5、B5、16 开、32 开等。

通过设定“自定义大小”，可以自主定义纸张的大小：在“纸张大小”中选择“自定义大小”，“宽度”后面的值改为 19cm，“高度”后面的值改为 25cm，如图 2-53 所示。

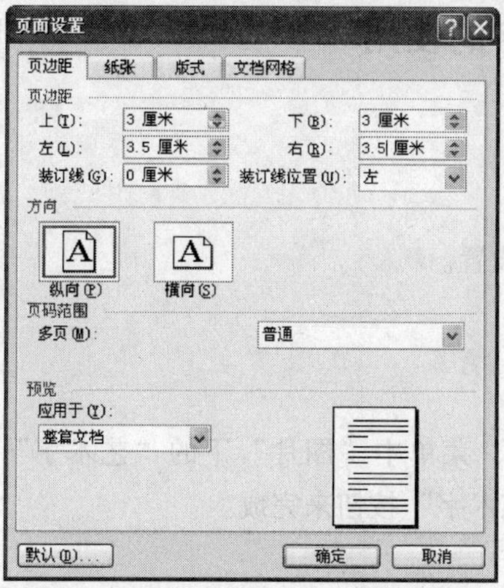

图 2-52 “页边距”选项卡

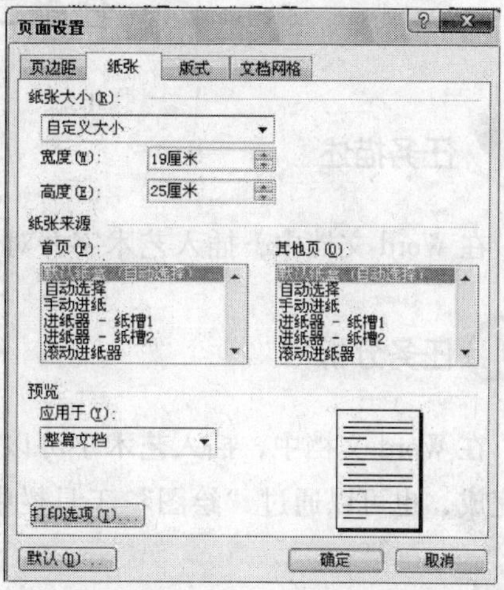

图 2-53 “纸张”选项卡

第 4 步：在“版式”选项卡中可以设定节的起始位置、页眉和页脚、页面等，如图 2-54 所示。本题不进行设置，在后面将会用到。

第 5 步：在“文档网格”选项卡中可以设定文字方向，包括水平和垂直，还可设置每行字符等。例如，在“文字排列”组中“方向”的单选框中选择“垂直”，可将文字方向设为纵向，单击“确定”按钮，完成设置，如图 2-55 所示。

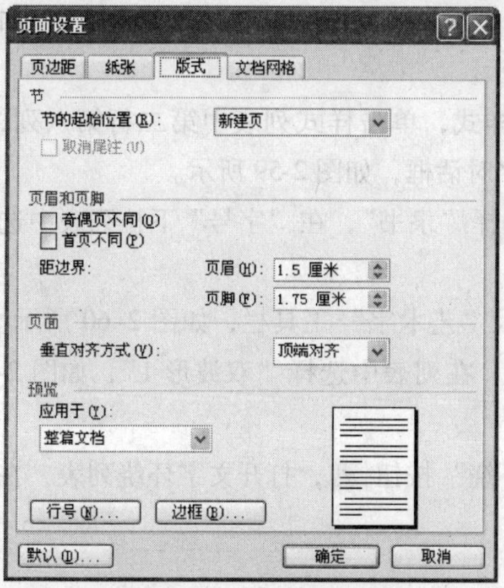

图 2-54 “版式”选项卡

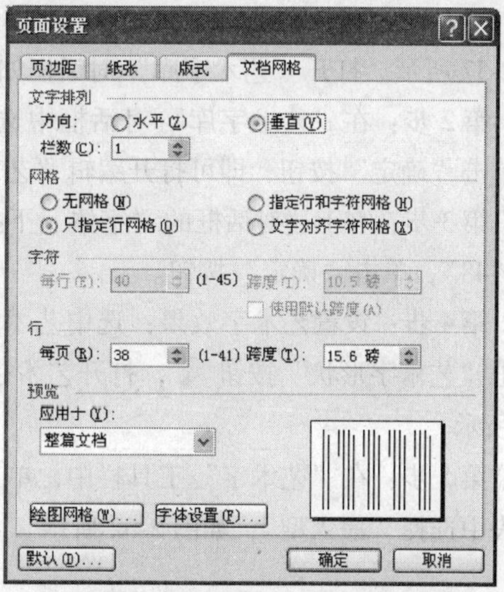

图 2-55 “文档网格”选项卡

自己做

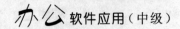

打开“考生”文件夹中的文档 XT2－4，对其进行页面设置，设置要求为

1）纸型：Legal。

2）上、下页边距：1.53cm，左右边距：4cm。

任务二　艺术字的使用

任务描述

在 Word 文档中，插入艺术字并对艺术字进行设置。

任务分析

在 Word 文档中，插入艺术字可以通过“插入”菜单中“图片”下的“艺术字”命令来完成，也可以通过“绘图”工具栏中的“插入艺术字”按钮来完成。

参考做法

继续修饰文档 LT2－4，参照图 2-56 所示，在文档中插入艺术字，设置要求为

1）将标题“威尼斯”设置为艺术字，艺术字样式：第二行第六列。

2）艺术字字体：隶书；字号：48。

3）艺术字形状：双波形 1。

4）文字环绕：嵌入型。

第 1 步：选中“威尼斯”三个字，单击“插入”菜单中“图片”下的“艺术字”，如图 2-57 所示。打开“艺术字库”对话框如图 2-58 所示。

第 2 步：在“艺术字库”对话框中选择艺术字样式，单击样式列表中第二行第六列，再单击“确定”按钮，即可打开编辑“艺术字”文字对话框，如图 2-59 所示。

第 3 步：在上述对话框的“字体”下拉列表中选择“隶书”，在“字号”下拉列表中选择“48”，单击“确定”按钮。

第 4 步：设置艺术字效果：选中艺术字，将显示“艺术字”工具栏，如图 2-60 所示。单击“艺术字形状”按钮，打开艺术字形状列表，在列表中选择“双波形 1”，如图 2-61 所示。

第 5 步：在“艺术字”工具栏中，单击“文字环绕”按钮，打开文字环绕列表，在列表中选择“嵌入型”，如图 2-62 所示。

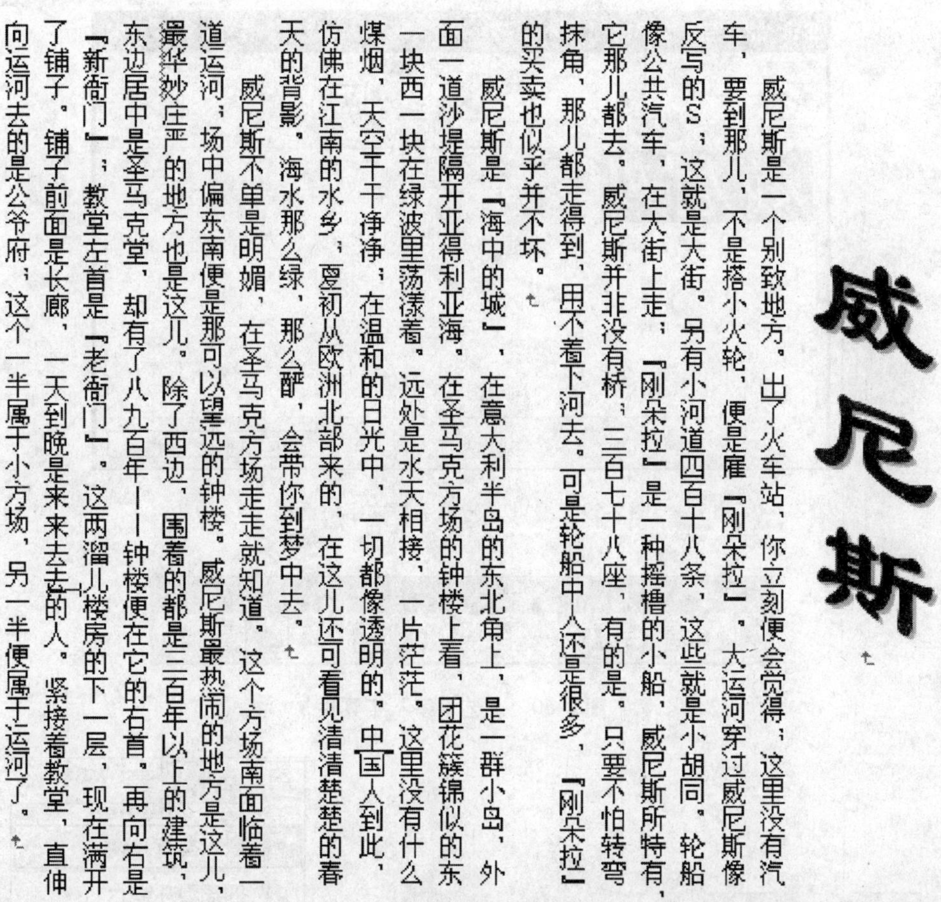

威尼斯

威尼斯是一个别致地方。出了火车站，你立刻便会觉得；这里没有汽车，要到那儿，不是搭小火轮，便是雇「刚朵拉」。大运河穿过威尼斯像反写的S；这就是大街。另有小河道四百十八条，这些就是小胡同。轮船像公共汽车，在大街上走；「刚朵拉」是一种摇橹的小船，威尼斯所特有，它那儿都去。威尼斯并非没有桥；三百七十八座，有的是。只要不怕转弯抹角，那儿都走得到，用不着下河去。可是轮船中人还是很多，「刚朵拉」的买卖也似乎并不坏。

威尼斯是「海中的城」，在意大利半岛的东北角上，是一群小岛，外面一道沙堤隔开亚得利亚海。在圣马克方场的钟楼上看，团花簇锦似的东一块西一块在绿波里荡漾着。远处是水天相接，一片茫茫。这里没有什么煤烟，天空干干净净；在温和的日光中，一切都像透明的。中国人到此，仿佛在江南的水乡；夏初从欧洲北部来的，在这儿还可看见清清楚楚的春天的背影。海水那么绿，那么酽，会带你到梦中去。

威尼斯不单是明媚，在圣马克方场走走就知道。这个方场南面临着一道运河；场中偏东南便是那可以望远的钟楼。威尼斯最热闹的地方是这儿，最华妙庄严的地方也是这儿。除了西边，围着的都是三百年以上的建筑，东边居中是圣马克堂，却有了八九百年——钟楼便在它的右首。再向右是「新衙门」；教堂左首是「老衙门」。这两溜儿楼房的下一层，现在满开了铺子。铺子前面是长廊，一天到晚是来来去去的人。紧接着教堂，直伸向运河去的是公爷府；这个一半属于小方场，另一半便属于运河了。

图 2-56　样文 LT2－4B

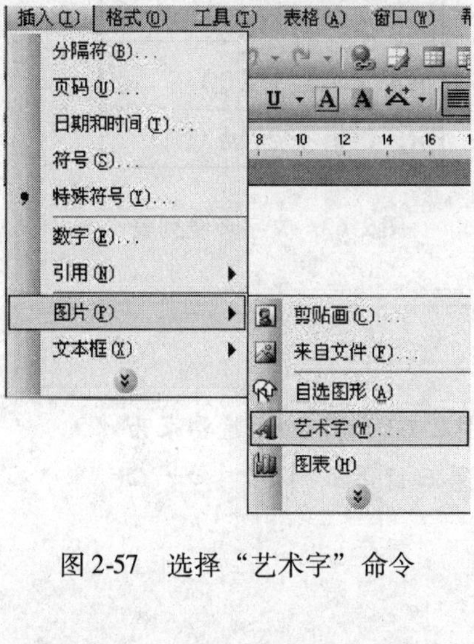

图 2-57　选择“艺术字”命令

图 2-58　“艺术字库”对话框

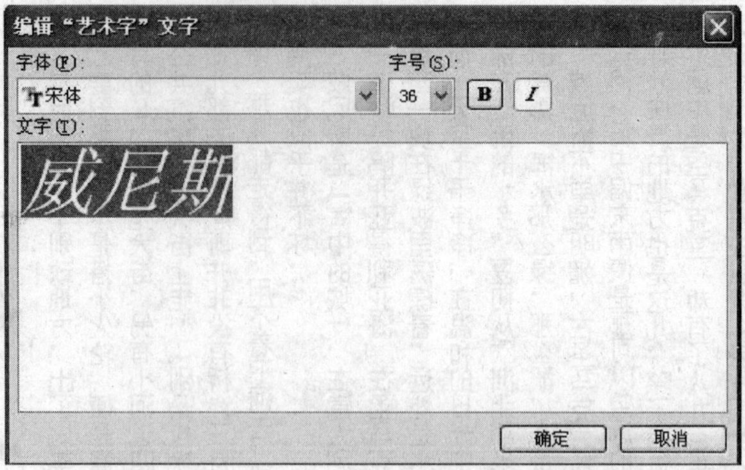

图 2-59　编辑"艺术字"文字对话框

图 2-60　"艺术字"工具栏

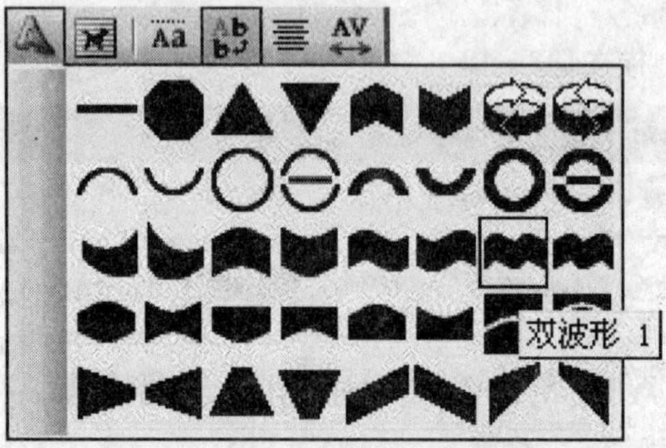

图 2-61　艺术字形状列表

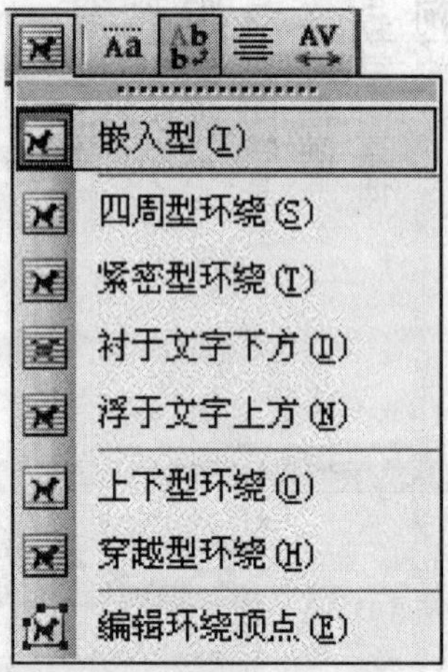

图 2-62　文字环绕列表

自己做

继续设置文档 XT2-4，在文档中插入艺术字，参照图 2-63 所示，设置要求为

1）将标题"九寨沟"设置为艺术字，艺术字样式：第三行第五列。

2）艺术字字体：华文行楷；字号：54。

3）艺术字形状：山形。

4）文字环绕：紧密型。

九寨沟

九寨沟位于四川省阿坝藏族羌族自治州九寨沟县境内，是白水沟上游白河的支沟，以有九个藏族村寨（所以又称何药九寨）而得名。九寨沟海拔在2千米以上，遍布原始森林，沟内分布一百零八个湖泊。

九寨沟有五花海、五彩池、树正瀑布、诺日朗瀑布，风景绝佳，五彩缤纷，有"童话世界"之誉；并有大熊猫、金丝猴、扭角羚、梅花鹿等珍贵动物。九寨沟为全国重点风景名胜区，并被列入世界遗产名录。2007年5月8日，阿坝藏族羌族自治州九寨沟旅游景区经国家旅游局正式批准为国家5A级旅游景区。

九寨沟蓝天、白云、雪山、森林、尽融于瀑、河、滩、缀成一串串宛若从天而降的珍珠；篝火、烤羊、锅庄和古老而美丽的传说，展现出藏羌人热情强悍的民族风情。

九寨沟，一个五彩斑斓、绚丽奇绝的瑶池玉盆，一个原始古朴、神奇梦幻的人间仙境，一个不见纤尘、自然纯净的"童话世界"!她以神妙奇幻的翠海、飞瀑、彩林、雪峰等无法尽览的自然与人文景观，成为全国唯一拥有"世界自然遗产"和"世界生物圈保护区"两顶桂冠的圣地。

九寨沟以原始的生态环境，一尘不染的清新空气和雪山、森林、湖泊组合成神妙、奇幻、幽美的自然风光，显现"自然的美，美的自然"，被誉为"童话世界九寨沟的高峰"、彩林、翠海、叠瀑和藏情被称为"五绝"。因其独有的原始景观，丰富的动植物资源被誉为"人间仙境"。

图2-63　样文XT2－4A

任务三　分栏设置

任务描述

对Word文档设置分栏效果，并对分栏的宽度、间距等进行设置。

任务分析

对Word文档进行分栏设置，可以通过"格式"菜单中的"分栏"命令实现。

参考做法

继续修饰文档LT2－4，参照图2-64所示，将正文第二段设置为两栏格式，栏间距为3字符，加分隔线。

第1步：选中第二段，单击"格式"菜单中的"分栏"命令。如果文字方向是纵向，则"分栏"命令变为"列"命令，如图2-65所示。两者功能相同，单击后即可打开"分栏"对话框，如图2-66所示。

图 2-64　样文 LT2－4C

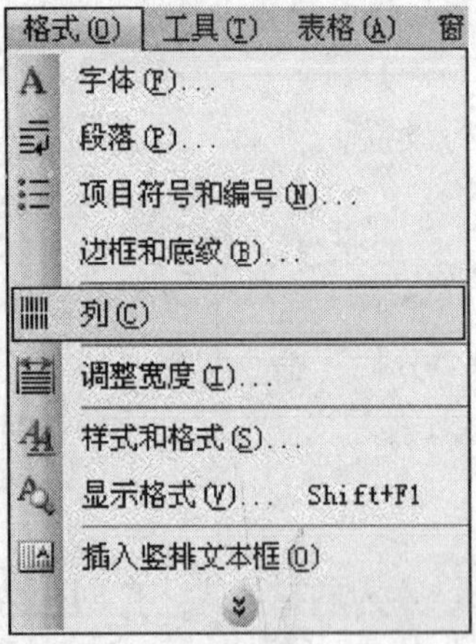

图 2-65　选择“列”命令

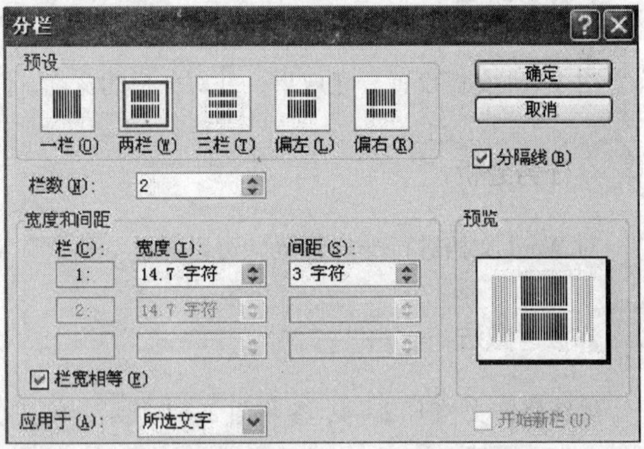

图 2-66　“分栏”对话框

第 2 步：在“预设”下选择“两栏”，将“宽度和间距”组的“间距”设置为 3 字符，并将“分隔线”复选框选中，单击“确定”按钮。

自己做

继续修饰文档 XT2－4，参照图 2-67 所示，将正文第四段设置为两栏格式，两栏宽不相等，第一栏宽为 15 字符，加分隔线。

九寨沟

九寨沟位于四川省阿坝藏族羌族自治州九寨沟县境内，是白水沟上游白河的支沟，以有九个藏族村寨（所以又称何药九寨）而得名。九寨沟海拔在 2 千米以上，遍布原始森林，沟内分布一百零八个湖泊。

九寨沟有五花海、五彩池、树正瀑布、诺日朗瀑布，风景绝佳，五彩缤纷，有"童话世界"之誉；并有大熊猫、金丝猴、扭角羚、梅花鹿等珍贵动物。九寨沟为全国重点风景名胜区，并被列入世界遗产名录。2007 年 5 月 8 日，阿坝藏族羌族自治州九寨沟旅游景区经国家旅游局正式批准为国家 5A 级旅游景区。

九寨沟蓝天、白云、雪山、森林、尽融于瀑、河、滩、缀成一串串宛若从天而降的珍珠；篝火、烤羊、锅庄和古老而美丽的传说，展现出藏羌人热情强悍的民族风情。

九寨沟，一个五彩斑斓、绚丽奇绝的瑶池玉盆，一个原始古朴、神奇梦幻的人间仙境，一个不见纤尘、自然纯净的"童话世界"!她以神妙奇幻的翠海、飞瀑、彩林、雪峰等无法尽览的自然与人文景观，成为全国唯一拥有"世界自然遗产"和"世界生物圈保护区"两顶桂冠的圣地。

九寨沟以原始的生态环境，一尘不染的清新空气和雪山、森林、湖泊组合成神妙、奇幻、幽美的自然风光，显现"自然的美，美的自然"，被誉为"童话世界九寨沟的高峰"、彩林、翠海、叠瀑和藏情被称为"五绝"。因其独有的原始景观，丰富的动植物资源被誉为"人间仙境"。

图 2-67　样文 XT2－4B

任务四　边框和底纹的设置

任务描述

为 Word 文档添加边框和底纹，包括文字、段落的边框和文字、段落的底纹，以及页面边框设置。

任务分析

添加边框和底纹可以通过"格式"菜单中的"边框和底纹"命令来完成。

参考做法

1. 设置文字或段落的边框

继续修饰文档 LT2－4，参照图 2-68 所示，为正文第三段设置段落边框，设置要求为

1）边框：阴影；线型：实线。

2）颜色：梅红；宽度：1 磅。

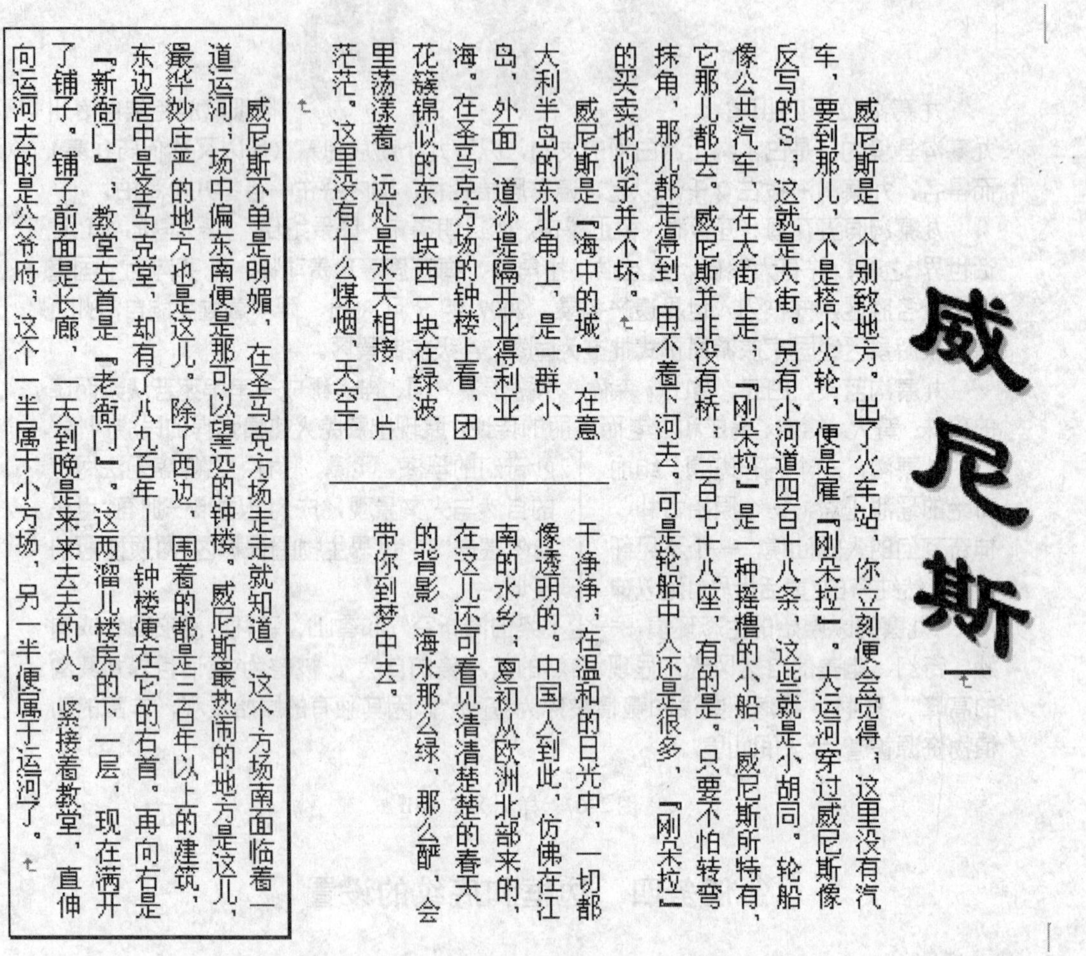

威尼斯

威尼斯是一个别致地方。出了火车站，你立刻便会觉得；这里没有汽车，要到那儿，不是搭小火轮，便是雇『刚朵拉』。大运河穿过威尼斯像反写的S，这就是大街。另有小河道四百十八条，这些就是小胡同。轮船像公共汽车，在大街上走；『刚朵拉』是一种摇橹的小船，威尼斯所特有，它那儿都去。威尼斯并非没有桥，三百七十八座，有的是。只要不怕转弯抹角，那儿都走得到，用不着下河去。可是轮船中人还是很多，『刚朵拉』的买卖也似乎并不坏。

威尼斯是『海中的城』，在意大利半岛的东北角上，是一群小岛，外面一道沙堤隔开亚得利亚海。在圣马克方场的钟楼上看，团花簇锦似的东一块西一块在绿波里荡漾着。远处是水天相接，一片茫茫。这里没有什么煤烟，天空干干净净；在温和的日光中，一切都像透明的。中国人到此，仿佛在江南的水乡；夏初从欧洲北部来的，在这儿还可看见清清楚楚的春天的背影。海水那么绿，那么酽，会带你到梦中去。

威尼斯不单是明媚，在圣马克方场走走就知道。这个方场南面临着一道运河；场中偏东南便是那可以望远的钟楼。威尼斯最热闹的地方是这儿，最华妙庄严的地方也是这儿。除了西边，围着的都是三百年以上的建筑，东边居中是圣马克堂，却有了八九百年——钟楼便在它的右首。再向右是『新衙门』；教堂左首是『老衙门』。这两溜儿楼房的下一层，现在满开了铺子。铺子前面是长廊，一天到晚是来来去去的人。紧接着教堂，直伸向运河去的是公爷府；这个一半属于小方场，另一半便属于运河了。

图 2-68　样文 LT2－4D

第 1 步：选定正文第三段文字，单击“格式”菜单，选择“边框和底纹”命令，如图 2-69 所示。打开“边框和底纹”对话框，选择“边框”选项卡，如图 2-70 所示。

第 2 步：在“设置”选项组中选择“阴影”；在“线型”列表框中选择“实线”（第一个）；“颜色”选择“梅红”，如图 2-71 所示；“宽度”选择“1 磅”；应用于“段落”，单击“确定”按钮，即添加了一个与样文一致的段落边框。

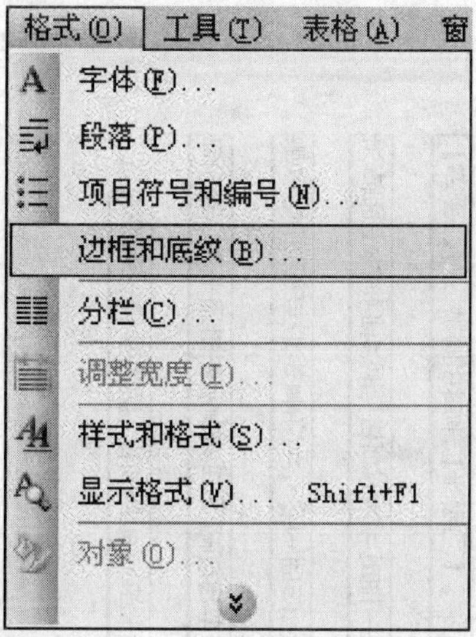

图 2-69　选择“边框和底纹”命令

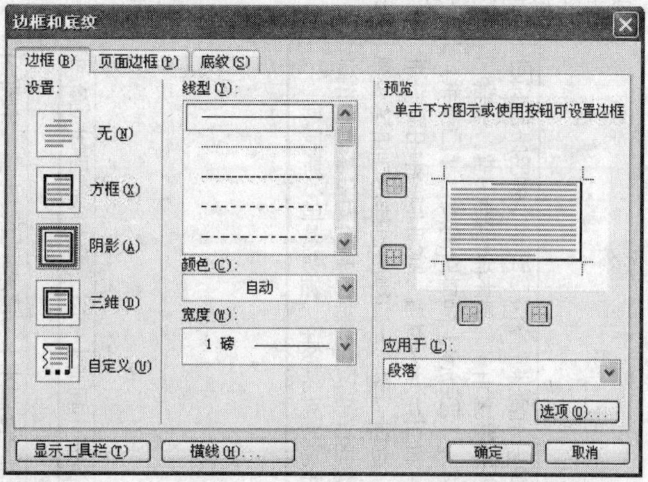

图 2-70　“边框和底纹”对话框

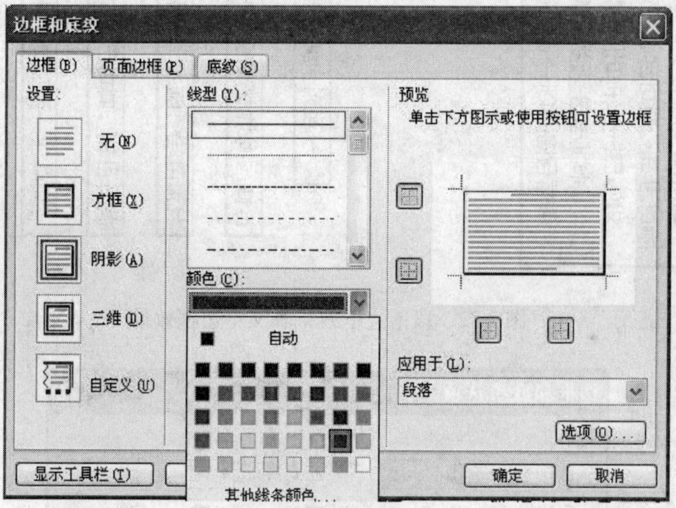

图 2-71　边框“颜色”

请注意

（1）文字边框的设置。文字边框与段落边框的设置方法相类似，区别在于“应用于”的选择，文字边框选择“文字”，效果与段落边框有一定的差别，如图 2-72 所示。

在设置过程中，要注意根据题意，结合样张进行选择。

（2）边框和底纹的选项。在“边框”选项卡的右下角有一个“选项”按钮，当“应用于”列表框中选择“段落”时，该按钮变为可选，单击该按钮可打开“边框和底纹选项”对话框，如图 2-73 所示。

用户可以通过该对话框设置正文与边框之间的距离，包括上、下、左、右，设置完毕，单击“确定”按钮。

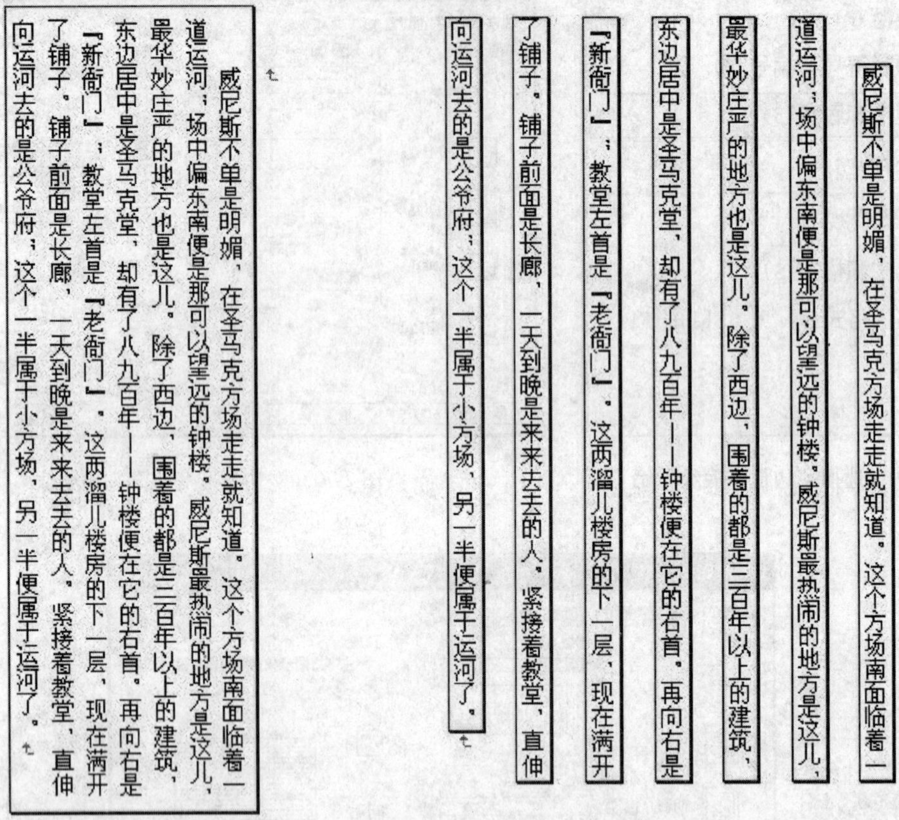
威尼斯不单是明媚，在圣马克方场走走就知道。这个方场南面临着一
道运河；场中偏东南便是那可以望远的钟楼。威尼斯最热闹的地方是这儿，
最华妙庄严的地方也是这儿。除了西边，围着的都是三百年以上的建筑，
东边居中是圣马克堂，却有了八九百年——钟楼便在它的右首。再向右是
『新衙门』；教堂左首是『老衙门』。这两溜儿楼房的下一层，现在满开
了铺子。铺子前面是长廊，一天到晚是来来去去的人。紧接着教堂，直伸
向运河去的是公爷府；这个一半属于小方场，另一半便属于运河了。

图 2-72　段落边框效果和文字边框效果

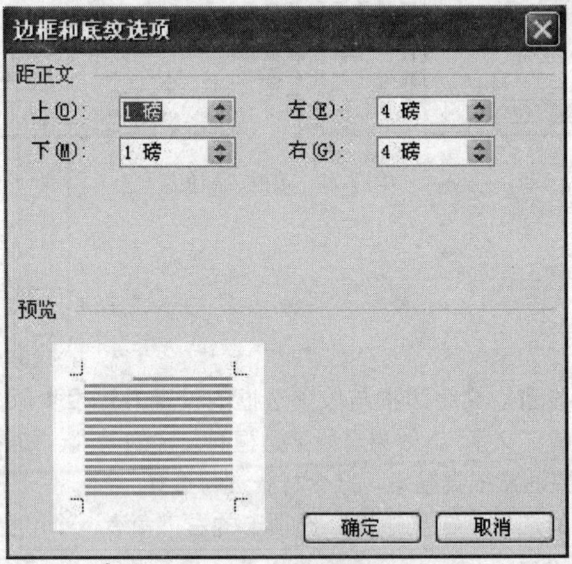
边框和底纹选项
距正文
上(O): 1 磅
左(E): 4 磅
下(M): 1 磅
右(G): 4 磅
预览
确定
取消

图 2-73　“边框和底纹选项”对话框

2. 设置文字或段落的底纹

继续修饰文档 LT2－4，参照图 2-74 所示，为正文第一段设置段落底纹：“填充”为“茶色”，“样式”为“10%”，“颜色”为“褐色”。

威尼斯

威尼斯是一个别致地方。出了火车站，你立刻便会觉得；这里没有汽车，要到那儿，不是搭小火轮，便是雇『刚朵拉』。大运河穿过威尼斯像反写的S；这就是大街。另有小河道四百十八条，这些就是小胡同。轮船像公共汽车，在大街上走；『刚朵拉』是一种摇橹的小船，威尼斯所特有，它那儿都去。威尼斯并非没有桥，三百七十八座，有的是。只要不怕转弯抹角，那儿都走得到，用不着下河去。可是轮船中人还是很多，『刚朵拉』的买卖也似乎并不坏。

威尼斯是『海中的城』，在意大利半岛的东北角上，是一群小岛，外面一道沙堤隔开亚得利亚海。在圣马克方场的钟楼上看，团花簇锦似的东一块西一块在绿波里荡漾着。远处是水天相接，一片茫茫。这里没有什么煤烟，天空干干净净；在温和的日光中，一切都像透明的。中国人到此，仿佛在江南的水乡；夏初从欧洲北部来的，在这儿还可看见清清楚楚的春天的背影。海水那么绿，那么酽，会带你到梦中去。

威尼斯不单是明媚，在圣马克方场走走就知道。这个方场南面临着一道运河；场中偏东南便是那可以望远的钟楼。威尼斯最热闹的地方是这儿，最华妙庄严的地方也是这儿。除了西边，围着的都是三百年以上的建筑，东边居中是圣马克堂，却有了八九百年——钟楼便在它的右首。再向右是『新衙门』；教堂左首是『老衙门』。这两溜儿楼房的下一层，现在满开了铺子。铺子前面是长廊，一天到晚是来来去去的人。紧接着教堂，直伸向运河去的是公爷府；这个一半属于小方场，另一半便属于运河了。

图 2-74 样文 LT2－4E

第 1 步：选定正文第一段文字，单击“格式”菜单，选择“边框和底纹”命令，打开“边框和底纹”对话框，选择“底纹”选项卡，如图 2-75 所示。

第 2 步：在“填充”中选择“茶色”，在“图案”列表框中选择图案的“样式”为“10%”，“颜色”为“褐色”，应用于“段落”，单击“确定”按钮，即给该段设置了与样文一致的底纹。

小知识

文字底纹与段落底纹的设置方法相类似，区别在于“应用于”的选择，文字底纹选择“文字”，效果与段落底纹有一定的差别，如图2-76所示。

在设置过程中，要注意根据题意，结合样张进行选择。

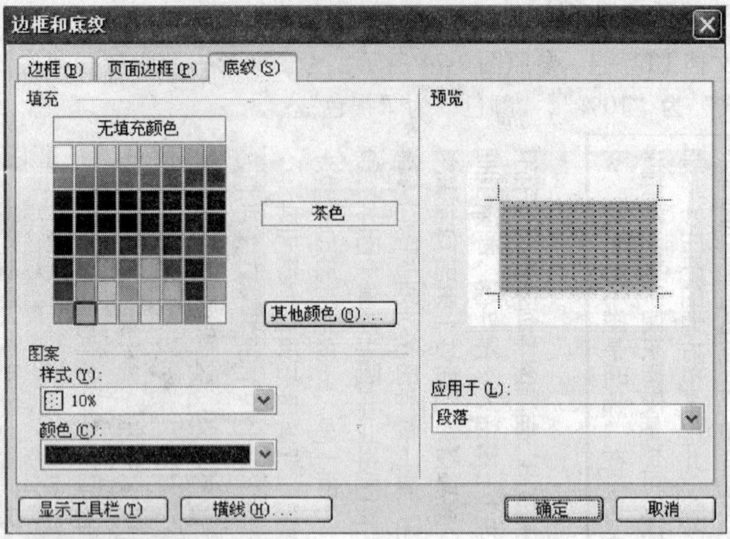

图 2-75 “底纹”选项卡

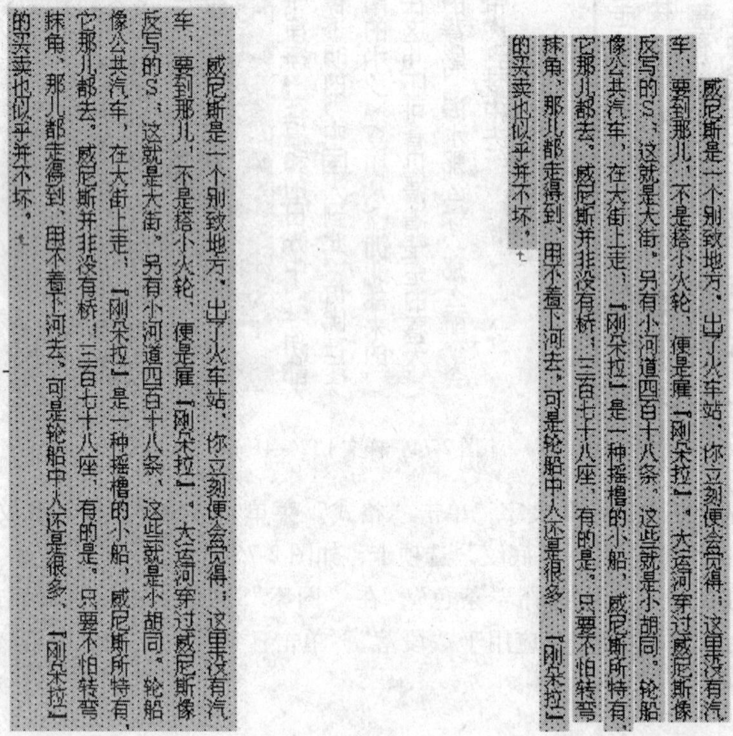

图 2-76 段落底纹效果和文字底纹效果

3. 设置页面边框

继续修饰文档 LT2－4，参照图 2-77 所示，设置页面边框：“设置”为“三维”，“线型”为“上粗下细”，“宽度”为“3 磅”。

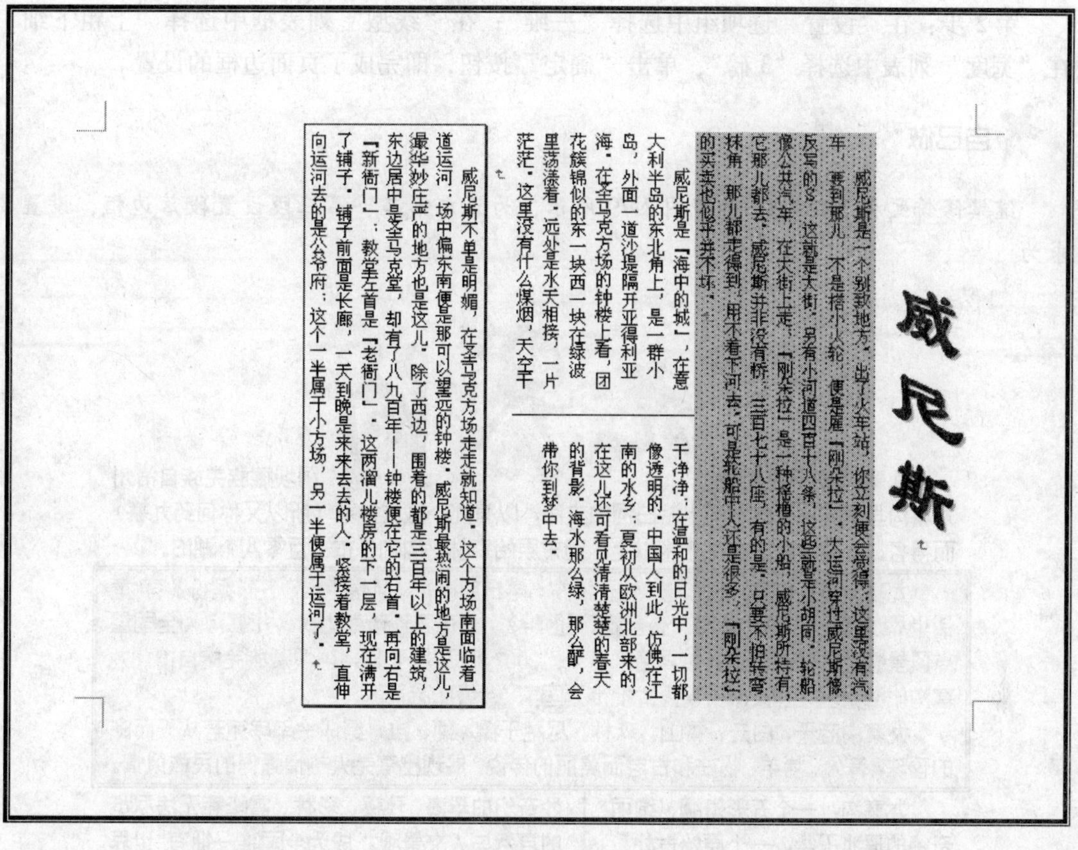

威尼斯

威尼斯是一个别致地方。出了火车站，你立刻便会觉得；这里没有汽车，要到那儿，不是搭小火轮，便是雇「刚朵拉」。大运河穿过威尼斯像反写的S，这就是大街。另有小河道四百十八条，这些就是小胡同。轮船像公共汽车，在大街上走；「刚朵拉」是一种摇橹的小船，威尼斯所特有，它那儿都去。威尼斯并非没有桥，三百七十八座，有的是；只要不怕转弯抹角，那儿都走得到，用不着下河去。可是轮船中人还是很多，「刚朵拉」的买卖也似乎并不坏。

威尼斯是「海中的城」，在意大利半岛的东北角上，是一群小岛，外面一道沙堤隔开亚得利亚海。在圣马克方场的钟楼上看，团花簇锦似的东一块西一块在绿波里荡漾着。远处是水天相接，一片茫茫。这里没有什么煤烟，天空干净；在温和的日光中，一切都像透明的。中国人到此，仿佛在江南的水乡；夏初从欧洲北部来的，在这儿还可看见清清楚楚的春天的背影。海水那么绿，那么酽，会带你到梦中去。

威尼斯不单是明媚，在圣马克方场走走就知道。这个方场南面临着一道运河；场中偏东南便是那可以望远的钟楼。威尼斯最热闹的地方是这儿，最华妙庄严的地方也是这儿。除了西边，围着的都是三百年以上的建筑，东边居中是圣马克堂，却有了八九百年——钟楼便在它的右首。再向右是「新衙门」；教堂左首是「老衙门」。这两溜儿楼房的下一层，现在满开了铺子。铺子前面是长廊，一天到晚是来来去去的人。紧接着教堂，直伸向运河去的是公爵府；这个一半属于小方场，另一半便属于运河了。

图 2-77　样文 LT2－4F

第 1 步：单击“格式”菜单，选择“边框和底纹”命令，打开“边框和底纹”对话框，选择“页面边框”选项卡，如图 2-78 所示。

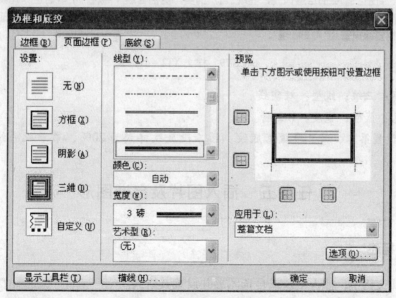

图 2-78　“页面边框”选项卡

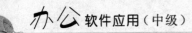

第 2 步：在“设置”选项组中选择“三维”；在“线型”列表框中选择“上粗下细”；在“宽度”列表中选择“3 磅”，单击“确定”按钮，即完成了页面边框的设置。

自己做

继续修饰文档 XT2－4，参照图 2-79 所示，为正文第二、第三段设置段落边框，设置要求为

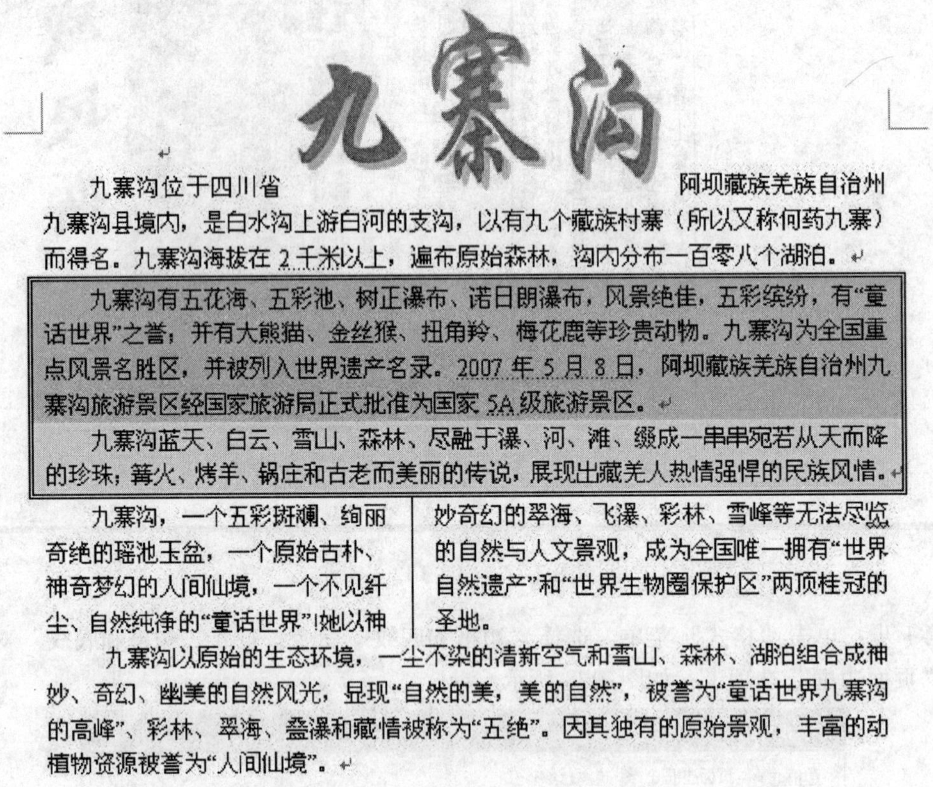

九寨沟

九寨沟位于四川省阿坝藏族羌族自治州九寨沟县境内，是白水沟上游白河的支沟，以有九个藏族村寨（所以又称何药九寨）而得名。九寨沟海拔在 2 千米以上，遍布原始森林，沟内分布一百零八个湖泊。

九寨沟有五花海、五彩池、树正瀑布、诺日朗瀑布，风景绝佳，五彩缤纷，有“童话世界”之誉；并有大熊猫、金丝猴、扭角羚、梅花鹿等珍贵动物。九寨沟为全国重点风景名胜区，并被列入世界遗产名录。2007 年 5 月 8 日，阿坝藏族羌族自治州九寨沟旅游景区经国家旅游局正式批准为国家 5A 级旅游景区。

九寨沟蓝天、白云、雪山、森林、尽融于瀑、河、滩、缀成一串串宛若从天而降的珍珠；篝火、烤羊、锅庄和古老而美丽的传说，展现出藏羌人热情强悍的民族风情。

九寨沟，一个五彩斑斓、绚丽奇绝的瑶池玉盆，一个原始古朴、神奇梦幻的人间仙境，一个不见纤尘、自然纯净的“童话世界”!她以神妙奇幻的翠海、飞瀑、彩林、雪峰等无法尽览的自然与人文景观，成为全国唯一拥有“世界自然遗产”和“世界生物圈保护区”两顶桂冠的圣地。

九寨沟以原始的生态环境，一尘不染的清新空气和雪山、森林、湖泊组合成神妙、奇幻、幽美的自然风光，显现“自然的美，美的自然”，被誉为“童话世界九寨沟的高峰”、彩林、翠海、叠瀑和藏情被称为“五绝”。因其独有的原始景观，丰富的动植物资源被誉为“人间仙境”。

图 2-79　样文 XT2－4C

1）边框：三维；线型：双实线。

2）颜色：蓝色；宽度：1/2 磅。

再分别设置第二、第三段段落底纹：第二段底纹样式为 20%，第三段底纹填充颜色为浅绿色。

任务五　插入图片及自选图形

任务描述

在 Word 文档中，插入图片或自选图形并设置其格式。

任务分析

在 Word 文档中，“插入”菜单下的“图片”中有“剪贴画”和“来自文件”两个命令，这两个命令可以用来插入剪贴画和其他图片文件。

通过“绘图”工具栏可以绘制自选图形，不论是现成的图形文件，还是自己绘制的自选图形，Word 都可以设置它们的格式。

参考做法

继续修饰文档 LT2－4，参照图 2-80 所示，在样文所示位置插入图片，图片为“考生”文件夹中的 pic2－1. jpg，并设置图片格式：“缩放”为“25%”，“环绕方式”为“穿越型”。

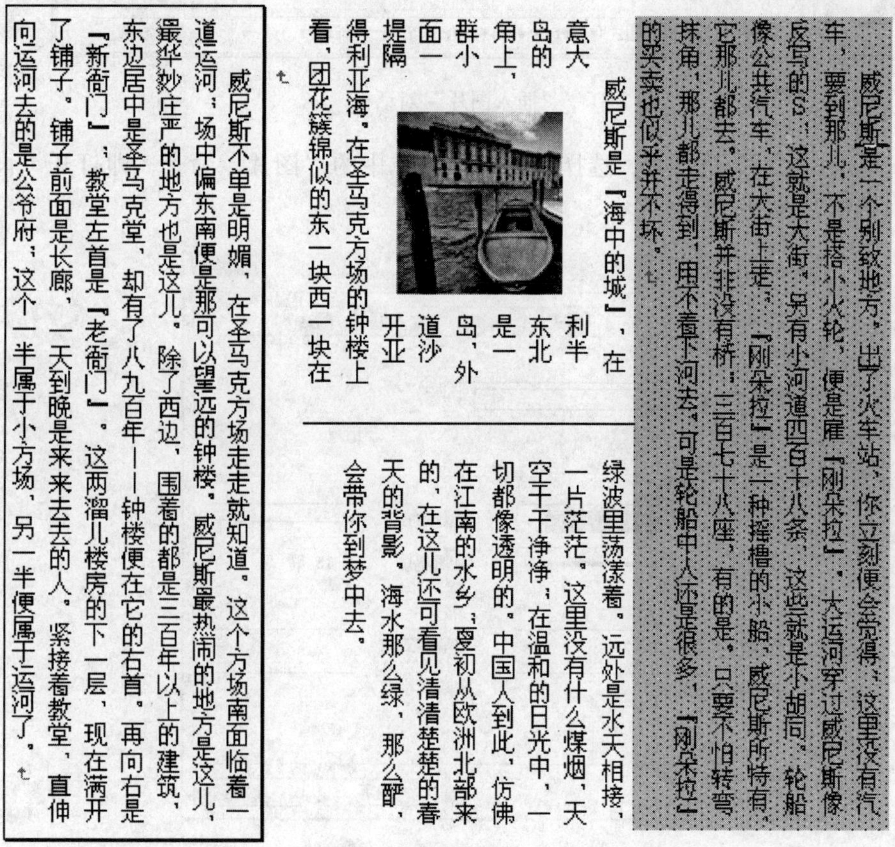

威尼斯

威尼斯是一个别致地方。出了火车站，你立刻便会觉得；这里没有汽车，要到那儿，不是搭小火轮，便是雇『刚朵拉』，大运河穿过威尼斯像反写的S；这就是大街。另有小河道四百十八条，这些就是小胡同。轮船像公共汽车，在大街上走；『刚朵拉』是一种摇橹的小船，威尼斯所特有，它那儿都去。威尼斯并非没有桥；三百七十八座，有的是。只要不怕转弯抹角，那儿都走得到，用不着下河去。可是轮船中人还是很多，『刚朵拉』的买卖也似乎并不坏。

威尼斯是『海中的城』，在意大利半岛的东北角上，是一群小岛，外面一道沙堤隔开亚得利亚海。在圣马克方场的钟楼上看，团花簇锦似的东一块西一块在绿波里荡漾着。远处是水天相接，一片茫茫。这里没有什么煤烟，天空干干净净；在温和的日光中，一切都像透明的。中国人到此，仿佛在江南的水乡；夏初从欧洲北部来的，在这儿还可看见清清楚楚的春天的背影。海水那么绿，那么酽，会带你到梦中去。

威尼斯不单是明媚，在圣马克方场走走就知道。这个方场南面临着一道运河；场中偏东南便是那可以望远的钟楼。威尼斯最热闹的地方是这儿，最华妙庄严的地方也是这儿。除了西边，围着的都是三百年以上的建筑，东边居中是圣马克堂，却有了八九百年——钟楼便在它的右首。再向右是『新衙门』；教堂左首是『老衙门』。这两溜儿楼房的下一层，现在满开了铺子。铺子前面是长廊，一天到晚是来来去去的人。紧接着教堂，直伸向运河去的是公爷府；这个一半属于小方场，另一半便属于运河了。

图 2-80　样文 LT2－4G

第 1 步：将插入点定位在样文所示位置，选择“插入”菜单下的“图片”中的“来自文件”命令，即打开“插入图片”对话框，如图 2-81 所示。

第 2 步：在“查找范围”下拉列表中选择“考生”文件夹，在列表中选择 pic2－1. jpg，单击“插入”按钮，即完成图片的插入。

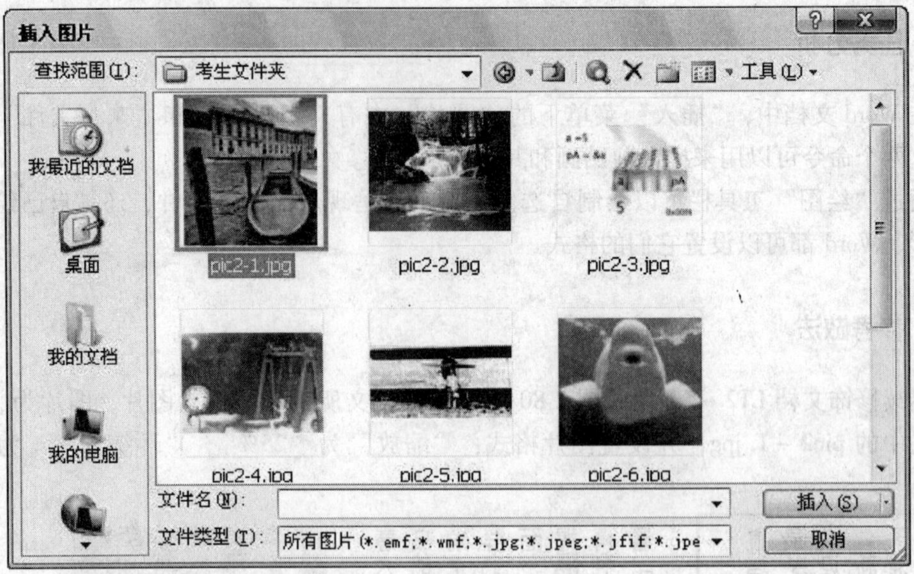

图 2-81 “插入图片”对话框

第 3 步：单击选中插入的图片，选择“格式”菜单中的“图片”命令，即打开“设置图片格式”对话框，如图 2-82 所示。

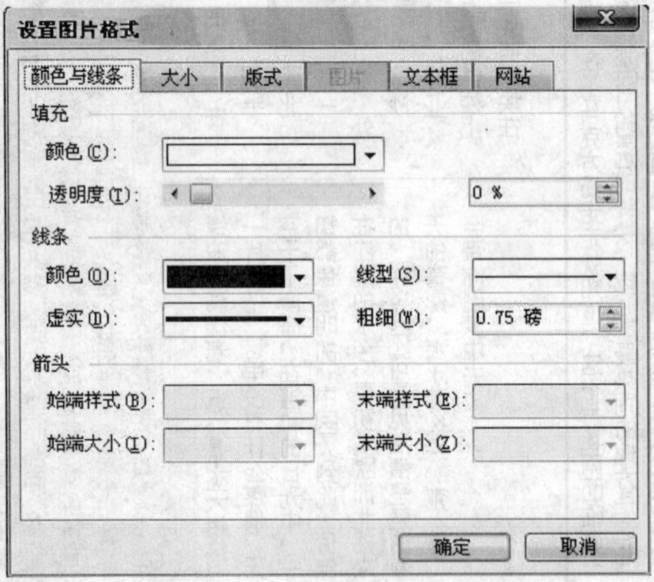

图 2-82 “设置图片格式”对话框

第 4 步：选择“版式”选项卡，在“环绕方式”区域选择“穿越型”。

第 5 步：选择“大小”选项卡，在“缩放”区域的“高度”和“宽度”文本框中选择或输入“25%”，单击“确定”按钮。

第 6 步：利用鼠标拖动图片，移动图片位置，使其位于样文所示位置。

小知识

(1)绘制自选图形。自选图形指Word中已经提供的图形，包括线条、连接符、基本形状、流程图、星与旗帜、标注等多种类型。

例如，要在文档中绘制“波形”自选图形，操作方法如下。

第1步：单击窗口下方“绘图”工具栏中的“自选图形”按钮，出现“自选图形”下拉列表，如图2-83所示。在“星与旗帜”自选图形面板中单击“波形”图片，此时鼠标指针变成十字形。

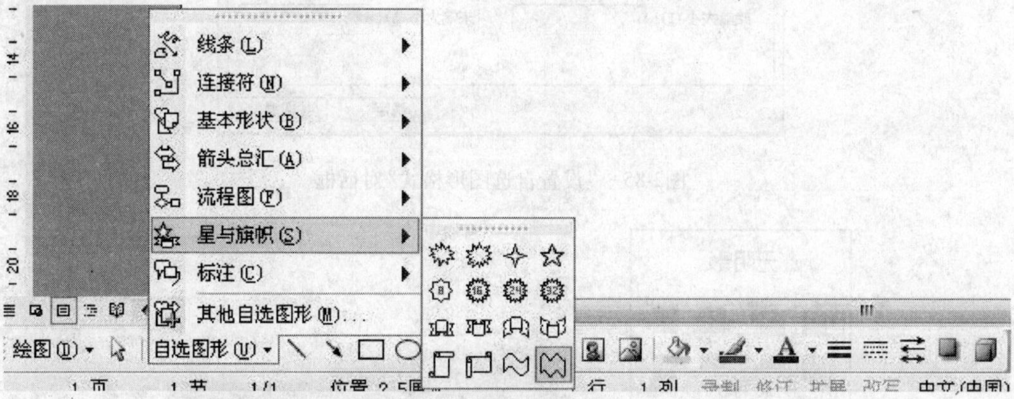

图2-83 “自选图形”下拉列表

第2步：在要绘制图形的位置按住鼠标左键，拖动即可画出“波形”图。

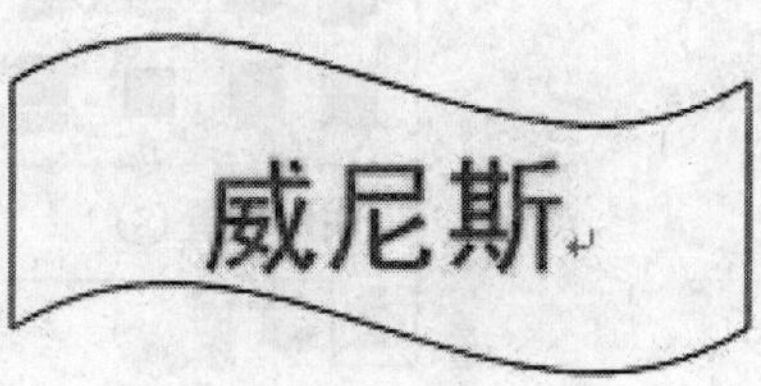

图2-84 添加文字后的效果

(2) 设置自选图形格式。对于自选图形，可以插入文字，设置线条、填充颜色、大小和版式等。

插入文字的方法是选定“波形”图形，用鼠标右键单击后在快捷菜单中选择“添加文字”命令，即可在图形中添加文字，如图2-84所示。选中文字后还可对其进行设置字体、字形等操作。

设置线条和填充的操作方法是选定自选图形，用鼠标右键单击后在快捷菜单中选择“设置自选图形格式”，出现如图2-85所示的“设置自选图形格式”对话框。从中选择“线条”为“海绿色”，“填充”为“灰色－25%”。

(3) 设置阴影效果和三维效果。阴影效果和三维效果都可以通过“绘图”工具栏中的“阴影样式”按钮和“三维效果样式”按钮来实现。

操作方法是单击“绘图”工具栏中的“阴影样式”按钮，出现“阴影”下拉列表，如图2-86所示。此处选择“阴影样式1”。

单击“三维效果样式”按钮，出现“三维效果”下拉列表，如图2-87所示。此处选择“三维样式7”。

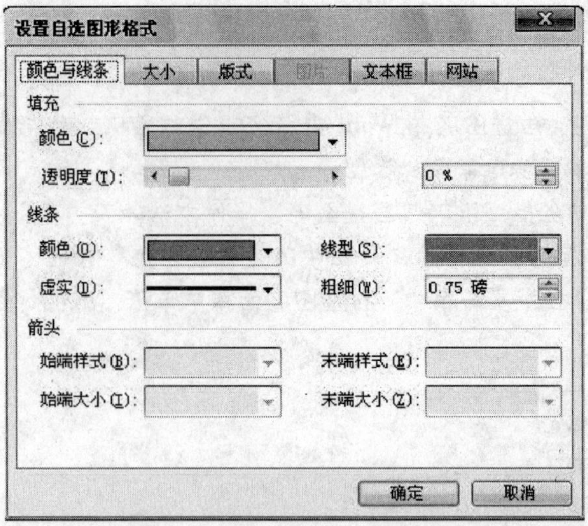

图2-85 “设置自选图形格式”对话框

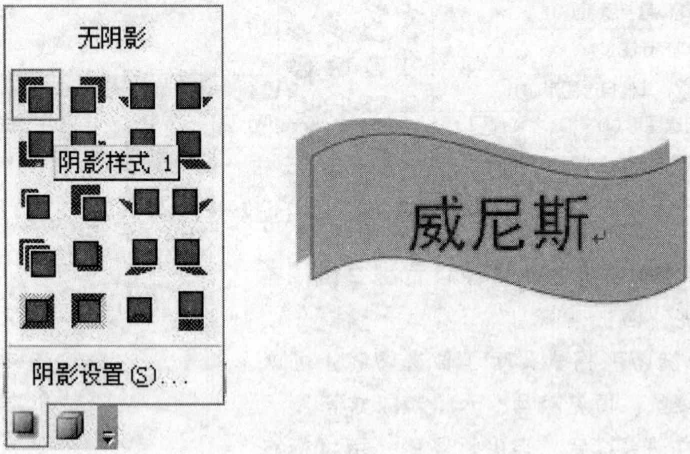

图2-86 “阴影样式”下拉列表及阴影效果

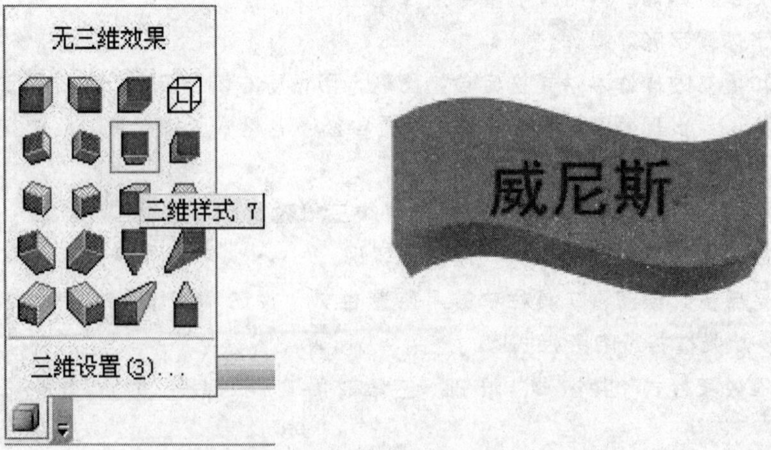

图2-87 “三维样式”下拉列表及三维效果

自己做

继续修饰文档 XT2－4，参照图 2-88 所示，在样文所示位置插入图片，图片为“考生”文件夹中的 pic2－2. jpg，并设置图片格式：“缩放”为“20%”，“环绕方式”为“穿越型”。

九寨沟

九寨沟位于四川省阿坝藏族羌族自治州九寨沟县境内，是白水沟上游白河的支沟，以有九个藏族村寨（所以又称何药九寨）而得名。九寨沟海拔在 2 千米以上，遍布原始森林，沟内分布一百零八个湖泊。

九寨沟有五花海、五彩池、树正瀑布、诺日朗瀑布，风景绝佳，五彩缤纷，有“童话世界”之誉；并有大熊猫、金丝猴、扭角羚、梅花鹿等珍贵动物。九寨沟为全国重点风景名胜区，并被列入世界遗产名录。2007 年 5 月 8 日，阿坝藏族羌族自治州九寨沟旅游景区经国家旅游局正式批准为国家 5A 级旅游景区。

九寨沟蓝天、白云、雪山、森林、尽融于瀑、河、滩、缀成一串串宛若从天而降的珍珠；篝火、烤羊、锅庄和古老而美丽的传说，展现出藏羌人热情强悍的民族风情。

九寨沟，一个五彩斑斓、绚丽奇绝的瑶池玉盆，一个原始古朴、神奇梦幻的人间仙境，一个不见纤尘、自然纯净的“童话世界”!她以神妙奇幻的翠海、飞瀑、彩林、雪峰等无法尽览的自然与人文景观，成为全国唯一拥有“世界自然遗产”和“世界生物圈保护区”两顶桂冠的圣地。

九寨沟以原始的生态环境，一尘不染的清新空气和雪山、森林、湖泊组合成神妙、奇幻、幽美的自然风光，显现“自然的美，美的自然”，被誉为“童话世界九寨沟的高峰”、彩林、翠海、叠瀑和藏情被称为“五绝”。因其独有的原始景观，丰富的动植物资源被誉为“人间仙境”。

图 2-88　样文 XT2－4D

任务六　脚注和尾注的设置

任务描述

为 Word 文档中某些文字添加脚注或尾注。

参考做法

继续修饰文档 LT2－4，参照图 2-89 所示，为正文第一段第一行的“威尼斯”添加波浪下划线，并插入尾注：“意大利东北部城市，亚得里亚海威尼斯湾西北岸重要港口。”

第 1 步：选定正文第一段第一行的“威尼斯”，单击“格式”工具栏中的“下划线”按钮 U ，选择波浪下划线。

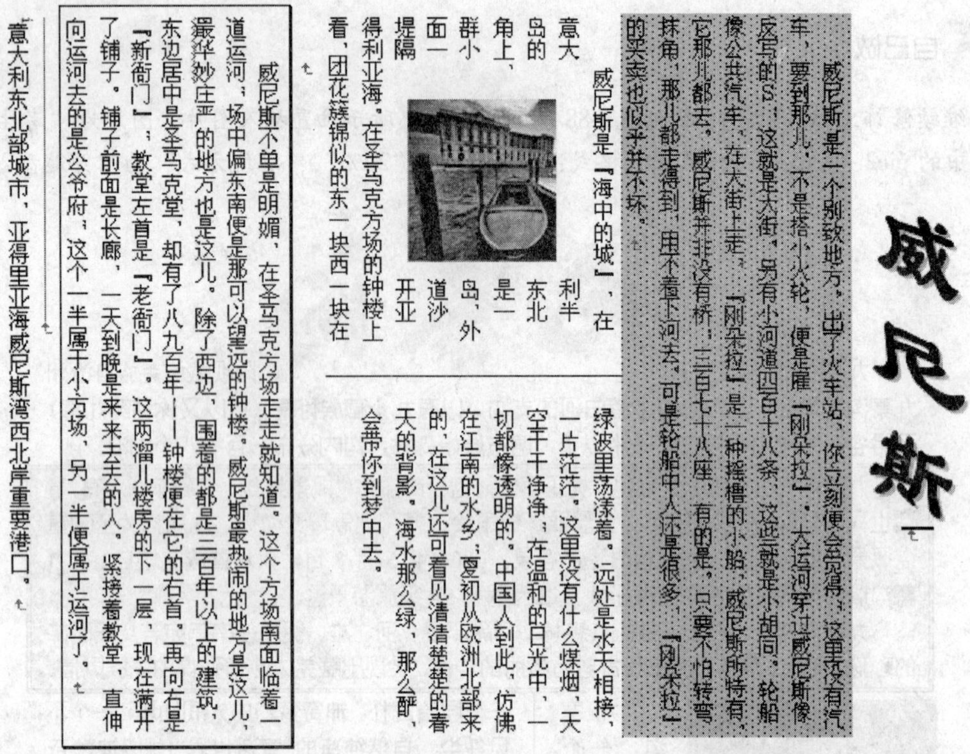

图 2-89　样文 LT2－4H

第 2 步：单击“插入”菜单，选择“引用”中的“脚注和尾注”命令，如图 2-90 所示。打开“脚注和尾注”对话框如图 2-91 所示。

第 3 步：单击“尾注”单选框，单击“插入”按钮，在文档结尾处就会出现尾注编号，如图 2-92 所示。在编号后面输入尾注文字即可。

自己做

继续修饰文档 XT2－4，参照图 2-93 所示为第二段中的“扭角羚”添加双实线下划线，并插入尾注：“又叫羚牛，是一种分布在喜马拉雅山东麓密林地区的大型牛科动物，共有四个亚种。”

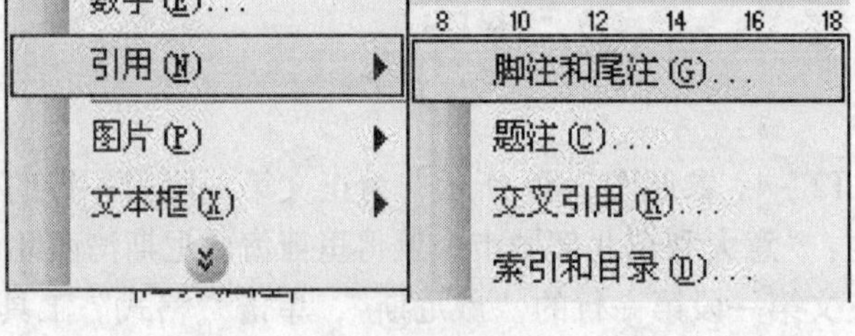

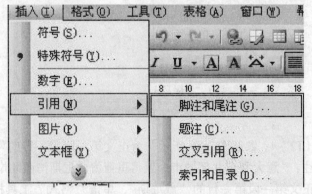

图 2-90　选择“脚注和尾注”命令

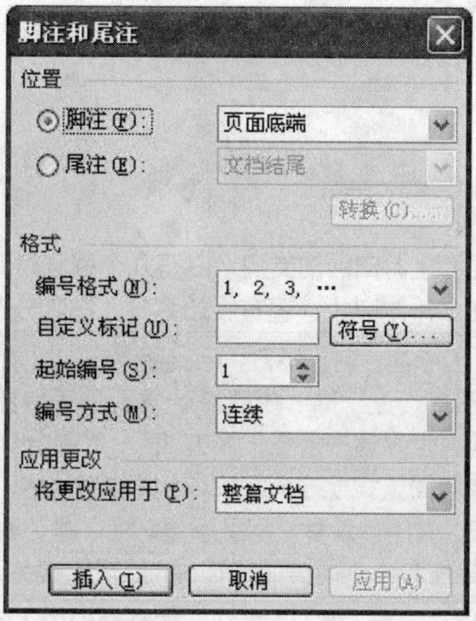

图 2-91 “脚注和尾注”对话框

图 2-92 插入尾注后的效果

九寨沟

九寨沟位于四川省　　　　　　　　　　阿坝藏族羌族自治州九寨沟县境内，是白水沟上游白河的支沟，以有九个藏族村寨（所以又称何药九寨）而得名。九寨沟海拔在2千米以上，遍布原始森林，沟内分布一百零八个湖泊。

九寨沟有五花海、五彩池、树正瀑布、诺日朗瀑布，风景绝佳，五彩缤纷，有"童话世界"之誉；并有大熊猫、金丝猴、扭角羚[i]、梅花鹿等珍贵动物。九寨沟为全国重点风景名胜区，并被列入世界遗产名录。2007年5月8日，阿坝藏族羌族自治州九寨沟旅游景区经国家旅游局正式批准为国家5A级旅游景区。

九寨沟蓝天、白云、雪山、森林、尽融于瀑、河、滩、缀成一串串宛若从天而降的珍珠；篝火、烤羊、锅庄和古老而美丽的传说，展现出藏羌人热情强悍的民族风情。

九寨沟，一个五彩斑斓、绚丽奇绝的瑶池玉盆，一个原始古朴、神奇梦幻的人间仙境，一个不见纤尘、自然纯净的"童话世界"!她以神妙奇幻的翠海、飞瀑、彩林、雪峰等无法尽览的自然与人文景观，成为全国唯一拥有"世界自然遗产"和"世界生物圈保护区"两顶桂冠的圣地。

九寨沟以原始的生态环境，一尘不染的清新空气和雪山、森林、湖泊组合成神妙、奇幻、幽美的自然风光，显现"自然的美，美的自然"，被誉为"童话世界九寨沟的高峰"、彩林、翠海、叠瀑和藏情被称为"五绝"。因其独有的原始景观，丰富的动植物资源被誉为"人间仙境"。

i 又叫羚牛，是一种分布在喜马拉雅山东麓密林地区的大型牛科动物，共有四个亚种。

图2-93　样文XT2－4E

任务七　页眉和页脚的设置

任务描述

为Word文档添加页眉或页脚，并设置页眉、页脚的格式。

任务分析

页眉和页脚分别出现在文档的顶部和底部。在Word文档中，可以通过"视图"菜单中的"页眉和页脚"命令来完成。

参考做法

继续修饰文档LT2－4，参照图2-94所示，添加页眉文字，并设置页眉文字字符加宽5

磅，在页脚插入页码，并设置对齐方式居中。

朱 自 清 散 文

威尼斯

威尼斯是一个别致地方。出了火车站，你立刻便会觉得；这里没有汽车，要到那儿，不是搭小火轮，便是雇『刚朵拉』。大运河穿过威尼斯像反写的S；这就是大街。另有小河道四百十八条，这些就是小胡同。轮船像公共汽车，在大街上走；『刚朵拉』是一种摇橹的小船，威尼斯所特有，它那儿都去。威尼斯并非没有桥；三百七十八座，有的是。只要不怕转弯抹角，那儿都走得到，用不着下河去。可是轮船中人还是很多，『刚朵拉』的买卖也似乎并不坏。

威尼斯是『海中的城』，在意大利半岛的东北角上，是一群小岛，外面一道沙堤隔开亚得利亚海。在圣马克方场的钟楼上看，团花簇锦似的东一块西一块在绿波里荡漾着。远处是水天相接，一片茫茫。这里没有什么煤烟，天空干干净净；在温和的日光中，一切都像透明的。中国人到此，仿佛在江南的水乡；夏初从欧洲北部来的，在这儿还可看见清清楚楚的春天的背影。海水那么绿，那么酽，会带你到梦中去。

威尼斯不单是明媚，在圣马克方场走走就知道。这个方场南面临着一道运河；场中偏东南便是那可以望远的钟楼。威尼斯最热闹的地方是这儿，最华妙庄严的地方也是这儿。除了西边，围着的都是三百年以上的建筑，东边居中是圣马克堂，却有了八九百年——钟楼便在它的右首。再向右是『新衙门』；教堂左首是『老衙门』。这两溜儿楼房的下一层，现在满开了铺子。铺子前面是长廊，一天到晚是来来去去的人。紧接着教堂，直伸向运河去的是公爷府；这个一半属于小方场，另一半便属于运河了。

意大利东北部城市，亚得里亚海威尼斯湾西北岸重要港口。

-1-

图 2-94　样文 LT2－4I

第 1 步：单击“视图”菜单中的“页眉和页脚”命令，如图 2-95 所示。文档处于页眉和页脚的编辑状态，默认状态是先编辑页眉，同时也打开了“页眉和页脚”工具栏，如图 2-96 所示。

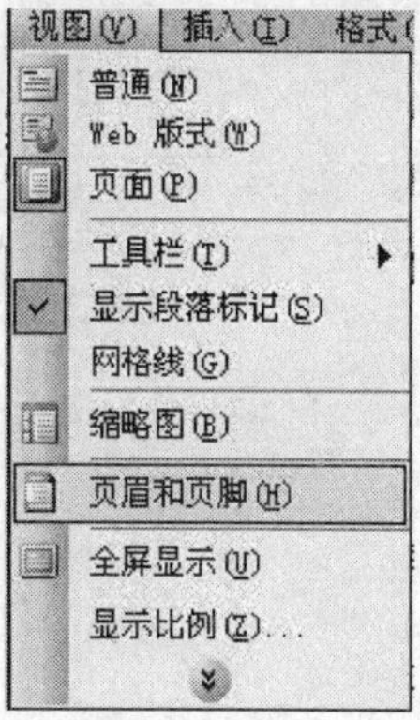

图 2-95　“页眉和页脚”命令

第 2 步：在页眉编辑区输入“朱自清散文”，选定这几个字，单击“格式”菜单中的“字体”命令，在“字体”对话框的“字符间距”选项卡中设置字符间距加宽 5 磅，如图 2-97 所示。单击“格式”工具栏中的“居中”按钮，使页眉内容居中。

第 3 步：单击“页眉和页脚”工具栏中的“在页眉和页脚间切换”按钮，切换到页脚编辑状态，单击 插入“自动图文集”(S) ▾ 中的“－页码－”项，并单击“格式”工具栏中的“居中”按钮，使其居中放置，如图 2-98 所示。

图 2-96　“页眉和页脚”工具栏

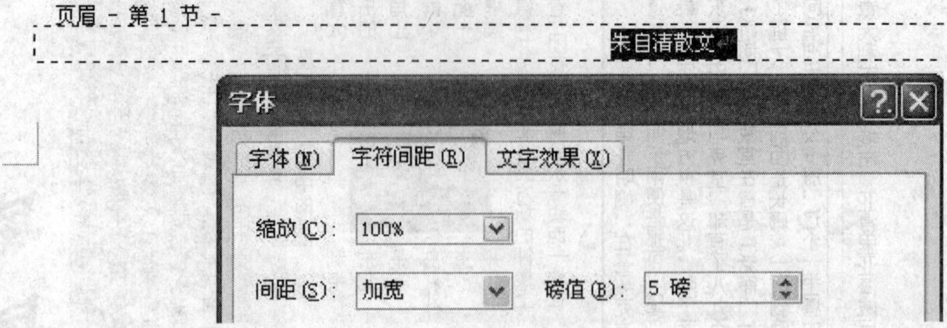

图 2-97　设置页眉格式

图 2-98　设置页脚格式

第 4 步：单击“页眉和页脚”工具栏中的“关闭”按钮，回到文档的编辑状态，页眉和页脚设置完成。

小知识

“页眉和页脚”工具栏，如图2-99所示。

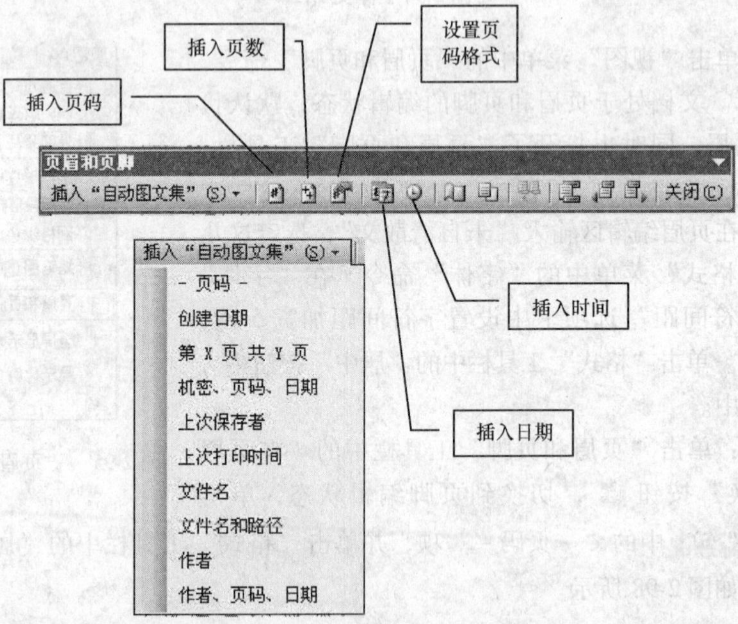

图 2-99　“页眉和页脚”工具栏及插入“自动图文集”下拉列表

自己做

继续修饰文档XT2－4，参照图2-100所示，添加页眉文字，并在页眉中插入页码，设置相应的格式。

游山玩水　　-1-

九寨沟

九寨沟位于四川省阿坝藏族羌族自治州九寨沟县境内，是白水沟上游白河的支沟，以有九个藏族村寨（所以又称何药九寨）而得名。九寨沟海拔在2千米以上，遍布原始森林，沟内分布一百零八个湖泊。

九寨沟有五花海、五彩池、树正瀑布、诺日朗瀑布，风景绝佳，五彩缤纷，有"童话世界"之誉；并有大熊猫、金丝猴、扭角羚、梅花鹿等珍贵动物。九寨沟为全国重点风景名胜区，并被列入世界遗产名录。2007年5月8日，阿坝藏族羌族自治州九寨沟旅游景区经国家旅游局正式批准为国家5A级旅游景区。

九寨沟蓝天、白云、雪山、森林、尽融于瀑、河、滩、缀成一串串宛若从天而降的珍珠；篝火、烤羊、锅庄和古老而美丽的传说，展现出藏羌人热情强悍的民族风情。

九寨沟，一个五彩斑斓、绚丽奇绝的瑶池玉盆，一个原始古朴、神奇梦幻的人间仙境，一个不见纤尘、自然纯净的"童话世界"!她以神妙奇幻的翠海、飞瀑、彩林、雪峰等无法尽览的自然与人文景观，成为全国唯一拥有"世界自然遗产"和"世界生物圈保护区"两顶桂冠的圣地。

九寨沟以原始的生态环境，一尘不染的清新空气和雪山、森林、湖泊组合成神妙、奇幻、幽美的自然风光，显现"自然的美，美的自然"，被誉为"童话世界九寨沟的高峰"、彩林、翠海、叠瀑和藏情被称为"五绝"。因其独有的原始景观，丰富的动植物资源被誉为"人间仙境"。

---

¹又叫羚牛，是一种分布在喜马拉雅山东麓密林地区的大型牛科动物，共有四个亚种。

图2-100　样文XT2－4F

课后练习

1. 打开"考生"文件夹中的文档LX2－16，按下列要求设置、编排文档的版面，参照图2-101所示。

页面设置　纸张的纸型：16开。

艺术字　将标题"C语言概述"设置为艺术字，艺术字式样：第3行第4列；艺术字体：幼圆；字号：44，加粗；艺术字形状：山形。

C语言理论学习

C语言概述

C语言是在70年代初问世的。早期的C语言主要是用于UNIX系统。由于C语言的强大功能和各方面的优点逐渐为人们认识，到了八十年代，C开始进入其他操作系统，并很快在各类大、中、小和微型计算机上得到了广泛的使用。成为当代最优秀的程序设计语言之一。

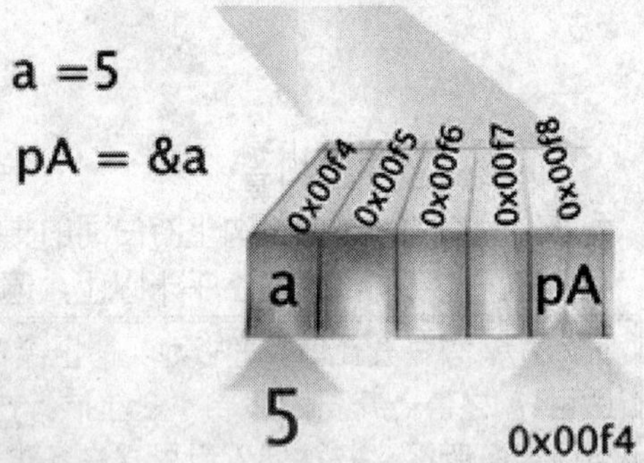

C语言是一种结构化语言。它层次清晰，便于按模块化方式组织程序，易于调试和维护。C语言的表现能力和处理能力极强。它不仅具有丰富的运算符和数据类型，便于实现各类复杂的数据结构。它还可以直接访问内存的物理地址，进行位(bit)一级的操作。

由于C语言实现了对硬件的编程操作，因此C语言集高级语言和低级语言的功能于一体。既可用于系统软件的开发，也适合于应用软件的开发。此外，C语言还具有效率高，可移植性强等特点。因此广泛地移植到了各类各型计算机上，从而形成了多种版本的C语言。

i一九七八年由美国电话电报公司(AT&T)贝尔实验室正式发表了C语言

图 2-101　样文 LX2－16

分栏　将正文第二、第三段设置为两栏，左栏宽12个字符，间距3个字符。

边框和底纹　为正文第一段设置底纹：图案样式为10%。

图片　在样文所示位置插入图片：考生文件夹中的 pic2－3. jpg，图片环绕方式为四周型，设置图片大小为50%。

脚注和尾注　为正文第一行的文本“C语言”添加下划线，并插入尾注：“一九七八年由美国电话电报公司（AT&T）贝尔实验室正式发表了C语言”。

页眉和页脚　参照样文，添加页眉文字“C语言理论学习”。

2. 打开“考生”文件夹中的文档 LX2－17，按下列要求设置、编排文档的版面，参照图 2-102 所示。

页面设置　纸张的纸型：A4；页边距：上、下分别为2cm；左、右分别为3cm。

艺术字　将标题“假如今天是我生命中的最后一天”设置为艺术字，艺术字式样：第二行第四列；艺术字体：楷体 GB－2312；字号：28；阴影：阴影样式3；为艺术字填充绿色大理石底纹。

分栏　将正文最后一段设置为两栏格式。

品味人生 -1-

假如今天是我生命中的最后一天

奥格·曼狄诺

假如今天是我生命中的最后一天。

我要如何利用这最后、最宝贵的一天呢？首先，我要把一天的时间珍藏好，不让一分一秒的时间滴漏。我不为昨日的不幸叹息，过去的已够不幸，不要再赔上今日的运道。

时光会倒流吗？太阳会西升东落吗？我可以纠正昨天的错误吗？我能扶平昨日的创伤吗？我能比昨天年轻吗？一句出口的恶言，一记挥出的拳头，一切造成的伤痛，能收回吗？

不能！过去的永远过去了，我不再去想它。

假如今天是我生命中的最后一天。

我该怎么办？忘记昨天，也不要痴想明天。明天是一个未知数，为什么要把今天的精力浪费在未知的事上？想着明天的种种，今天的时光也白白流逝了。企盼今早的太阳再次升起，太阳已经落山。走在今天的路上，能做明天的事吗？我能把明天的金币放进今天的钱袋里吗？明日瓜熟，今日能蒂落吗？明天的死亡能将今天的欢乐蒙上阴影吗？我能杞人忧天吗？明天和明天一样被我埋葬。我不再想它。

美国杰出的企业家、作家和演说家。

图 2-102 样文 LX2 – 17

边框和底纹 将正文第二、第三、第四段设置边框：三维；线型：上粗下细；宽度：3 磅。

图片 在样文所示位置插入图片：考生文件夹中的 pic2 – 4. jpg，图片环绕方式为紧密型，设置图片大小为 70%。

脚注和尾注 为最后一段的“奥格 · 曼狄诺”添加波浪下划线，并插入尾注：“美国杰出的企业家、作家和演说家。”

页眉和页脚 参照样文，添加页眉文字“品味人生”，左对齐，页眉右上角插入“ – 页码 – ”，并设置相应的格式。

3. 打开“考生”文件夹中的文档 LX2 – 18，按下列要求设置、编排文档的版面，参照图 2-103 所示。

页面设置 文字方向：纵向；纸张的纸型：16 开，页边距：上、下分别为 3cm；左、右分别为 2cm。

艺术字 将标题“发明与创新”设置为艺术字，艺术字式样：第五行第六列；艺术字体：隶书；文字环绕：嵌入型。

分栏 将正文设置为两栏。

边框和底纹 设置页面边框：阴影；线型：双波浪。

发明与创造　　第 1 页 共 1 页

发明与创新

当一个新的构想在实验室被证实可行的时候，工程师称之为「发明」（invention），而只有当它能够以适当的规模和切合实际的成本，稳定地加以重复生产的时候，这个构想才成为一项「创新」（innovation）。有些创新，例如电话、数位电脑、飞机等，都属于『基础创新』。它们影响深远，有些创造出全新的产业，有些使既有的产业发生重大转变。如果将此概念应用在组织的演化及变革上，那么我们可以说，学习型组织已经被发明出来，但是还没有达到创新的地步。

在工程上，当一个构想从发明演变成创新，必定会经历各种配合技术聚合的阶段。这些关键技术往往都是在个别的范畴中单独发展出来，逐渐聚合、相辅相成，才使得在实验室中被证明行得通的构想，成为实用的创新。

莱特兄弟证实动力飞行是可能的，但是引导它进入商业航空的是麦道（McDonnell Douglas）公司。他们于 1935 年推出的 DC—3，是第一架在经济上满足了商业航空，在科学上证实了空气动力理论的飞机。在这三十年中（这是典型的基础创新发展成熟所需时间），无数的商用飞行实验均失败了。就像学习型组织早期的实验一样，那时候的飞机飞行很不可靠，而且也没有达到经济效益的适当规模。

DC—3 是历史上第一次融合了五项重要的技术而形成的一部成功飞行器。它们是：可变间距螺旋桨、伸缩起落架、一种质轻铸造而成的机体构造、辐射状气冷式引擎和摆动副翼。要成功飞行，五项缺一不可，早一年推出的波音 247，便是因为少了摆动副翼，起飞与着陆都不稳

1903 年，莱特兄弟发明了简陋的飞行器。

图 2-103　样文 LX2－18

图片　在样文所示位置插入图片：考生文件夹中的 pic2－5. jpg，图片环绕方式为穿越型，设置图片大小为 80%。

脚注和尾注　为第三段第一行文本“莱特兄弟”添加下划线，并插入尾注：“1903 年，莱特兄弟发明了简陋的飞行器。”

页眉和页脚　参照样文，添加页眉文字“发明与创造”及页码，并设置相应的格式。

4. 打开“考生”文件夹中的文档 LX2－19，按下列要求设置、编排文档的版面，参照图 2-104 所示。

页面设置　纸张的纸型：Letter；页边距：上、下分别为 2. 5cm；左、右分别为 3. 5cm。

艺术字　将标题“动物的语言”设置为艺术字，艺术字式样：第四行第三列；艺术字体：黑体；字形：倾斜；文字环绕：穿越型。

分栏　将正文第三、第四段设置为两栏，有分隔线。

边框和底纹　设置正文第二段底纹：浅黄色。

图片　在样文所示位置插入图片：考生文件夹中的 pic2－6. jpg，图片环绕方式为上下型，设置图片大小为 75%。

脚注和尾注　为最后一段的“白鹳”添加下划线，并插入尾注：“我国一级保护动物，栖息于河流和湖边等湿草地，在人烟稀少的大树上或高压线铁塔上营巢。”

页眉和页脚　参照样文，添加页眉文字“探索与发现”，并设置字符间距为加宽 3 磅。

5. 打开“考生”文件夹中的文档 LX2－20，按下列要求设置、编排文档的版面，参照图 2-105 所示。

页面设置　纸张的纸型：自定义大小，宽度为 18cm，高度为 28cm；页边距：上、下分别为 3cm；左、右分别为 3. 5cm。

艺术字 将标题“猫的祖先是谁?”设置为艺术字，艺术字式样：第四行第四列；文字环绕：四周型。

分栏 将正文第二段设置为两栏。

边框和底纹 设置第三段边框和底纹，边框：阴影；底纹：灰色－15%。

图片 在样文所示位置插入图片：考生文件夹中的 pic2－7. jpg，图片环绕方式为紧密型，设置图片大小为 30%。

脚注和尾注 为第一段中的“古猫兽”添加下划线，并插入尾注：“Miscis，在古新世出现，始新世之末灭亡，是一种生活在树上的小动物。”

页眉和页脚 参照样文，添加页眉文字“动物百科”，并设置相应的格式。

探索与发现

动物的语言

俗话说：人有人言，兽有兽语。动物之间建立友善关系，双方必须彼此了解才行。这种了解的方式，一般地称它为禽言兽语。

动物并不像人那样，借助于语言进行交谈，它只是利用自己各种不同的情感，向同伴或共生的朋友发出危险警报，或者通知它们哪儿有食物等等。一条狗遇到自己的同类，自然不会说什么客套话，它只不过摇摇尾巴。译成人的语言就是：”见到你很高兴。”如果它要是咆哮，那就是在喊：”走开，我受不了”。

动物的这种表达情感的方式又称做情感语言。它是对外界因素无意识的、直接的反应。这与人类的语言完全不同。人类的语言属于人类所独有的高级的第二信号系统，是运用概念，而不是简单的刺激因素。动物的语言可与人们突然受到打击时所产生的保护性反应相比较。这是对外界刺激的直接的反射性反应，大脑随后才开始进行分析。

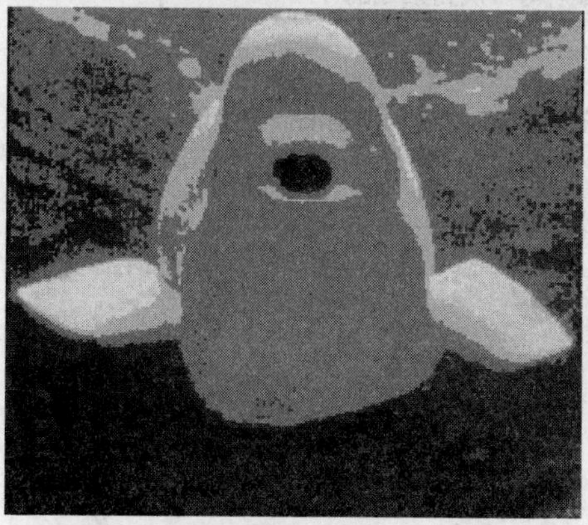

动物的情感语言是处于人类的反射性反应的水平上。此外，动物对自己的语言是天生就会的。而人则需要长时间顽强地学习，才能用语言正确地陈述意思。实验证明，即使把某个动物从小就与自己的同类隔离开，到了一定的时候，它照样能掌握自己物种的”语言”。譬如：危险时发出警报，向雌性献殷勤，威吓对手等等。动物的情感语言是从祖先那儿遗传下来的一种本能。

人除了自己的民族语言，下一番功夫还可以学会其他的外国语。动物则不能，它们连自己血缘关系最近的其他种动物的语言也学不会。在动物园里，雄黑鹳常常追求雌白鹳[i]，雌白鹳也以爱相酬，在为时不久的相爱之后，便着手建巢，然而它们并不能在巢里生儿育女，因为它们之间相互不能了解。

---

[i]我国一级保护动物，栖息于河流和湖边等湿草地，在人烟稀少的大树上或高压线铁塔上营巢。

图 2-104 样文 LX2－19

动物百科

猫的祖先是谁?

猫和其他驯养家畜一样，是野生猫在人类的长期喂养驯化后演变而来的。令人惊奇的是野猫的祖先竟同狗的祖先一样，是一种已灭绝很久的动物——古猫兽[i]。古猫兽生活在4000 万~5000 万年以前，据考古发现和科学推测，这种身体和尾巴都很大，腿较短的动物很可能也是黄鼠狼狐狸和美洲小狼的共同祖先。

随着时间的推移，大约在 1 万年以前，从这种古猫兽中演变出与今天的猫更为类似的动物，人们称之为恐齿猫，这种动物无论在地上还是在树上，动作都相当机敏。这种恐齿猫可能就是野猫较进的祖先了。

作为家养动物，猫的出现要比狗晚一些。狗在 2 万~5 万年以前就已进入人类的生活了，而猫则在 5000 年左右才姗姗进入人类的生活。那时侯古埃及，西亚古国等地就有了驯养的猫，尼罗河畔的古埃及和底比斯城中寺庙遗址的壁画上及书稿中均可找到家猫的“行踪”。

[i] Miscis，在古新世出现，始新世之末灭亡，是一种生活在树上的小动物。

图 2-105　样文 LX2－20

模块三　Excel 应用

在这个模块中，将学会在 Excel 2003 中对工作簿与工作表的基本设置与美化操作，以及电子表格中常用的数据处理方法。

项目一　工作簿与工作表的操作

任务一　工作表的行列设置

任务描述

掌握工作表行、列的插入、移动、删除和设置行高、列宽的操作。

任务分析

在编辑工作表的过程中，常常需要对行、列进行插入、移动、删除等操作，根据单元格中数据长度的大小，还可以灵活地设置工作表的列宽和行高，以使工作表更合理、美观。

参考做法

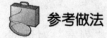

打开“考生”文件夹中的表格 LT3-1，在 Sheet1 工作表中对行、列进行编辑操作。

1. 插入行或列

例 1：在工作表的标题下插入一行。

第 1 步：在需要插入新行的位置单击任意单元格，如图 3-1 所示。

第 2 步：单击菜单栏中的“插入”→“行”命令，即可在当前位置插入一整行，原有的行自动下移，如图 3-2 所示。若单击“插入”→“列”命令，则在当前位置插入一整列，原有的列自动右移。

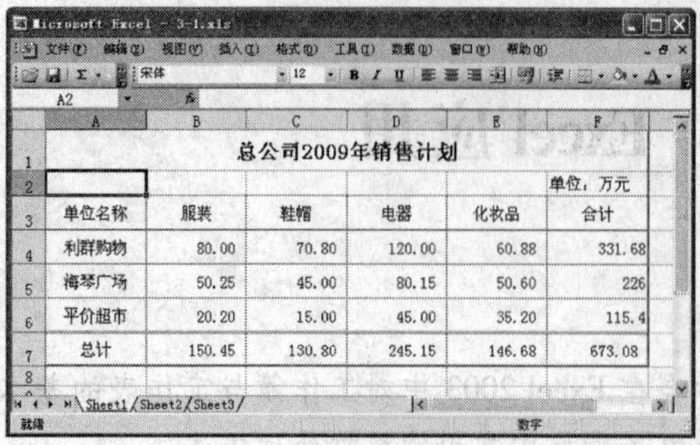

图 3-1　选定单元格

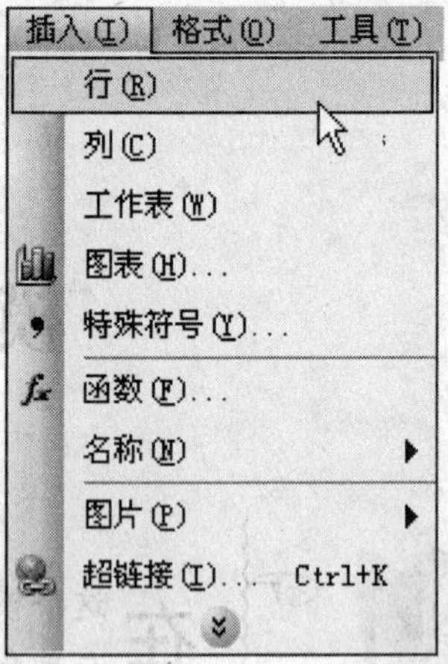

图 3-2　选择“插入→行”命令

2. 调整行高或列宽

例 2：设置第二行的行高为 18。

第 1 步：单击行号 2，选中需要调整的行。

第 2 步：单击菜单栏中的“格式”→“行”→“行高”命令，弹出“行高”对话框，输入行高值即可，如图 3-3 和图 3-4 所示。

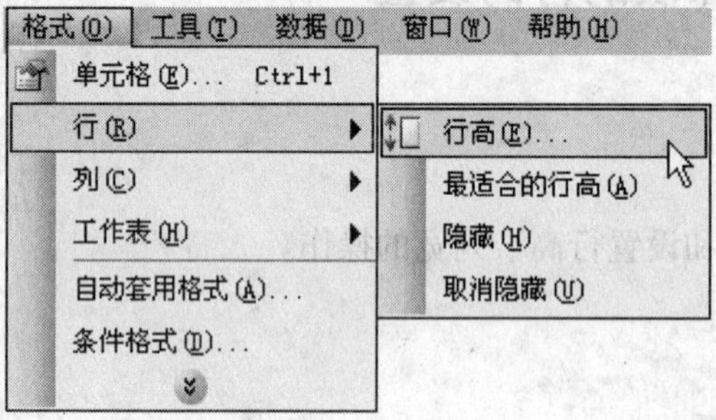

图 3-3　选择“行高”命令

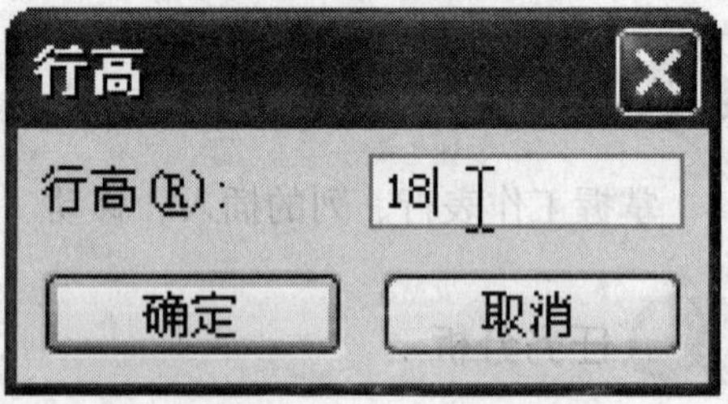

图 3-4　输入行高

同理，可对列宽进行调整。

第 1 步：单击列号，选中需要调整的列。

第 2 步：单击菜单栏中的“格式”→“列”→“列宽”命令，弹出“列宽”对话框，输入列宽值即可。

3. 删除行或列

例 3：删除工作表中间的空白行（或列）。

【方法一】

第 1 步：单击行号（或列号），选定要删除的行（或列）。

第 2 步：单击菜单栏中的“编辑”→“删除”命令即可。

【方法二】

第 1 步：在需要删除行（或列）的位置单击任意单元格。

第 2 步：单击菜单栏中的“编辑”→“删除”命令，将弹出“删除”对话框。

第 3 步：选中需要的单选按钮，并单击“确定”按钮，如图 3-5 所示。

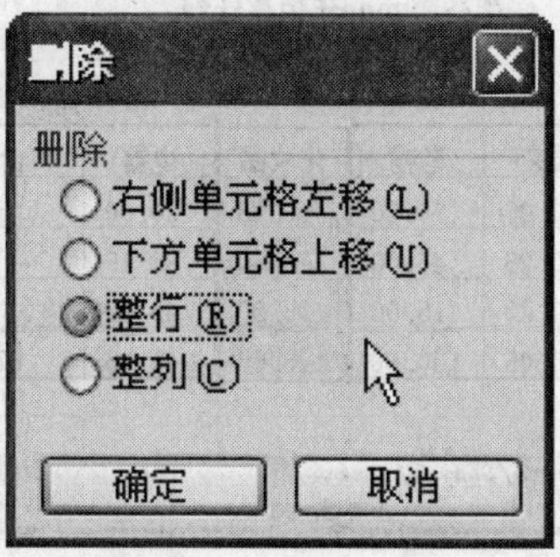

图 3-5 “删除”对话框

“右侧单元格左移（L）”：选定的单元格或单元格区域被删除，其右侧已存在的单元格或单元格区域将填充到该位置。

“下方单元格上移（U）”：选定的单元格或单元格区域被删除，其下方已存在的单元格或单元格区域将填充到该位置。

“整行（R）”：选定的单元格或单元格区域所在的行将被删除。

“整列（C）”：选定的单元格或单元格区域所在的列将被删除。

4. 行或列的移动

例 4：将工作表中的“化妆品”列移动到“电器”列之前。

第 1 步：选中需要移动的“化妆品”数据列，单击“编辑”→“剪切”命令，或按〈Ctrl + X〉组合键，可以看到选中区域出现了一个虚线框，如图 3-6 所示。

第 2 步：选定“电器”列数据，或者选定其起始单元格 D4，然后单击“插入”→“剪切单元格”命令，如图 3-7 所示。完成数据列的移动，结果如图 3-8 所示。

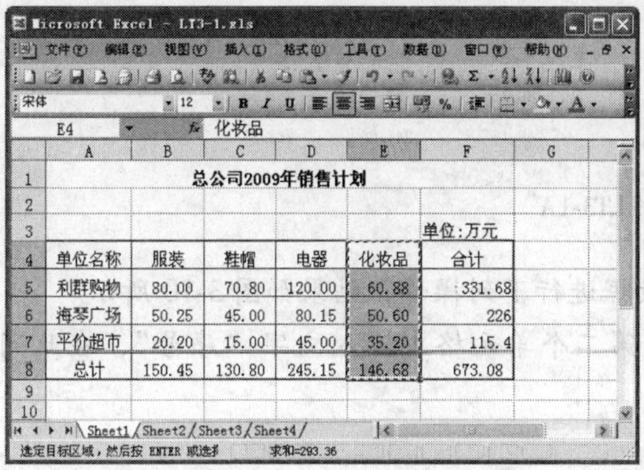

图 3-6 剪切“化妆品”数据列

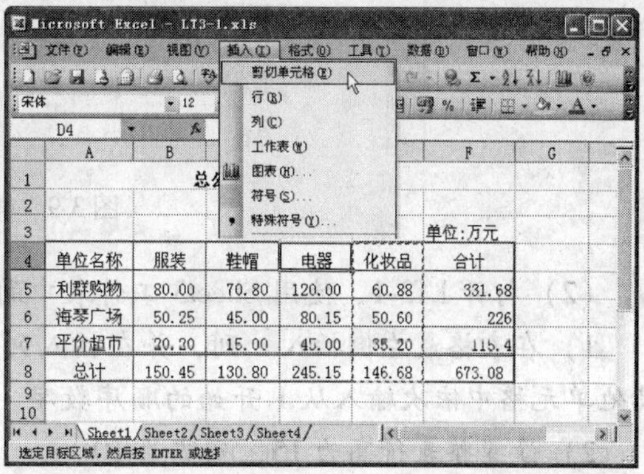

图 3-7 选择“剪切单元格”命令

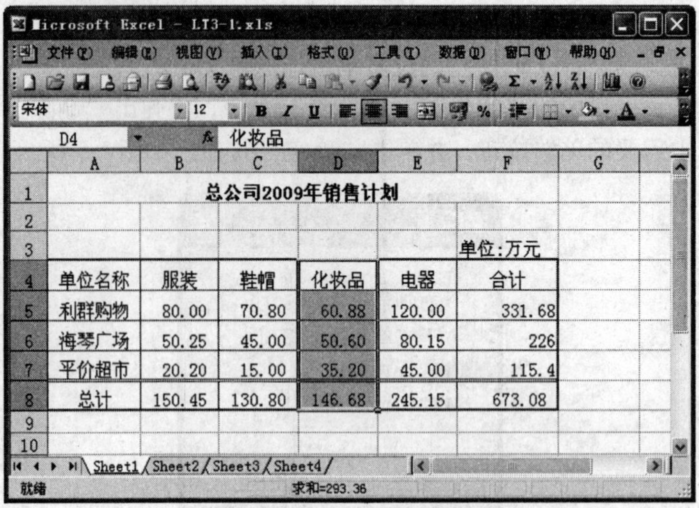

	A	B	C	D	E	F
1	总公司2009年销售计划					
2						
3						单位:万元
4	单位名称	服装	鞋帽	化妆品	电器	合计
5	利群购物	80.00	70.80	60.88	120.00	331.68
6	海琴广场	50.25	45.00	50.60	80.15	226
7	平价超市	20.20	15.00	35.20	45.00	115.4
8	总计	150.45	130.80	146.68	245.15	673.08

图 3-8　完成列的移动

请注意

（1）行的移动与列的移动操作方法类似。

（2）若要交换两行或两列的位置，则相当于执行两次上述操作。

自己做

（1）打开 LT3-1，使用 Sheet2 工作表中的数据进行下列操作，结果如图 3-9 所示。

1）在工作表左侧插入一列空白列。

2）将表格中“海琴广场”一行和“平价超市”一行互换。

3）设置 4 ~ 7 行的行高为 28，C ~ F 列的列宽为 14.25。

	A	B	C	D	E	F	G
1		总公司2010年销售计划					
2							单位，万元
3		单位名称	服装	鞋帽	电器	化妆品	合计
4		利群购物	70.80	60.88	120.00	50.50	302.18
5		平价超市	15.00	35.20	45.00	102.80	198
6		海琴广场	45.00	50.60	80.15	87.90	263.65
7		总计	130.80	146.68	245.15	241.20	763.83

图 3-9　样张 LT3-1A

（2）打开 LT3-1，使用 Sheet3 工作表中的数据进行下列操作，结果如图 3-10 所示。

1）在表格最左侧插入一列，并在插入列的第二个单元格中输入文字“序号”，在此列其他单元格中依次输入从 1 开始的顺序数字。

2）设置整表行高为 15，列宽为 10。

3）将“体育”各列移至“政治”各列之前。

4）删除行号为 5 的一行，序号一列的数字重新按顺序排列。

	A	B	C	D	E
1		课程安排统计表			
2	序号	课程名称	人数	课时	学分
3	1	数学	336	96	6
4	2	语文	420	120	6
5	3	英语	560	110	6
6	4	物理	180	96	4
7	5	体育	360	60	2
8	6	政治	600	82	2

图 3-10　样张 LT3-1B

(3) 打开 LT3-1，使用 Sheet4 工作表中的数据进行下列操作，结果如图 3-11 所示。

1) 在标题下插入一行，行高为 17.75。

2) 将“账目”为“201”和“211”的两行移至“224”一行之后。

3) 删除行号为 10 的一行（空行）。

	A	B	C	D	E
1	年度支出预算表				
2					
3	账目类别	账目	预计支出	调配拨款	差额
4		110	99000.00	101000.00	2000.00
5	1	120	72000.00	80200.00	8200.00
6		140	20500.00	21022.00	522.00
7		224	62782.00	63500.00	718.00
8	2	201	89355.00	86698.00	-2657.00
9		211	45302.00	45600.00	298.00
10	合计		388939.00	398020.00	9081.00

图 3-11　样张 LT3-1C

任务二　设置单元格格式

任务描述

对单元格中文本的字体、字号、颜色等进行格式化。

任务分析

创建并编辑了工作表，并不等于完成了所有的工作，我们还需要对工作表中的数据进行一定的格式化，使其更加美观。

参考做法

打开“考生”文件夹中的表格 LT3-2，在 Sheet1 工作表中对单元格格式进行下列设置，结果如图 3-12 所示。

1）标题格式，字体：黑体；字号：18；底纹：浅黄色；字体颜色：蓝色。

2）表头和第一列单元格格式，居中；底纹：橙色。

3）数据单元格格式，表格中的各数据单元格区域数字分类：货币；小数位数：2；应用货币符号：“Y”；“合计”一列数据单元格底纹：浅绿色；其他数据单元格底纹：浅灰色。

4）单元格的合并及居中，标题在 A1 ~ F1 单元格之间跨列居中；E2 ~ F2 单元格：合并及居中，垂直对齐。

	A	B	C	D	E	F
1	总公司2009年销售计划					
2					单位：万元	
3	单位名称	服装	鞋帽	电器	化妆品	合计
4	利群购物	￥80.00	￥70.80	￥120.00	￥60.88	￥331.68
5	海琴广场	￥50.25	￥45.00	￥80.15	￥50.60	￥226.00
6	平价超市	￥20.20	￥15.00	￥45.00	￥35.20	￥115.40
7	总计	￥150.45	￥130.80	￥245.15	￥146.68	￥673.08

图 3-12　样张 LT3-2

对单元格格式进行设置时，首先需要选中对应的单元格区域，然后单击菜单栏中的“格式”→“单元格”命令，如图 3-13 所示。此时打开“单元格格式”对话框，对话框中包括“数字”、“对齐”、“字体”、“边框”、“图案”和“保护”六个选项卡，如图 3-14 所示。通过“数字”选项卡可以完成单元格录入数据格式的设置；通过“对齐”选项卡可以完成文本布局版式的设置；通过“字体”选项卡即可完成字体、字号、字形及各种修饰的设置；通过“图案”选项卡可以完成单元格边框、底纹的设置。下面介绍具体的设置步骤。

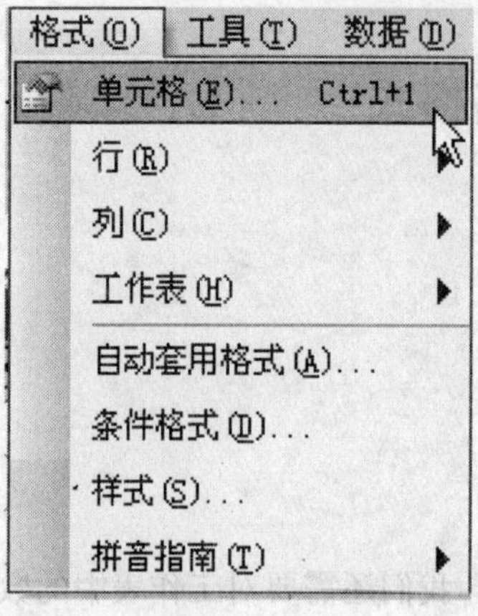

图 3-13　选择“单元格”命令

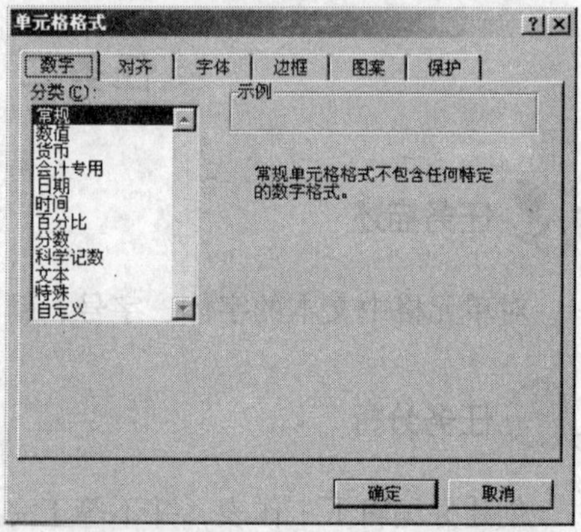

图 3-14　“单元格格式”对话框

1. 设置单元格字体

第1步：选择指定的单元格区域，单击菜单栏中的“格式”→“单元格”命令，打开“单元格格式”对话框，选择“字体”选项卡，如图3-15所示。

第2步：在“字体”列表框中选择“黑体”，在“字号”列表框中选择“18”，在“颜色”下拉列表中选择“蓝色”。

2. 设置单元格底纹

第1步：选择指定单元格区域，打开其“单元格格式”对话框，选择“图案”选项卡，如图3-16所示。

第2步：选择单元格底纹“颜色”。

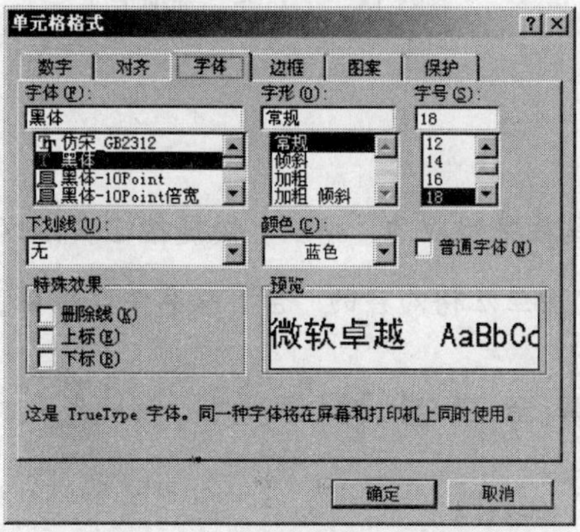

图3-15 “字体”选项卡

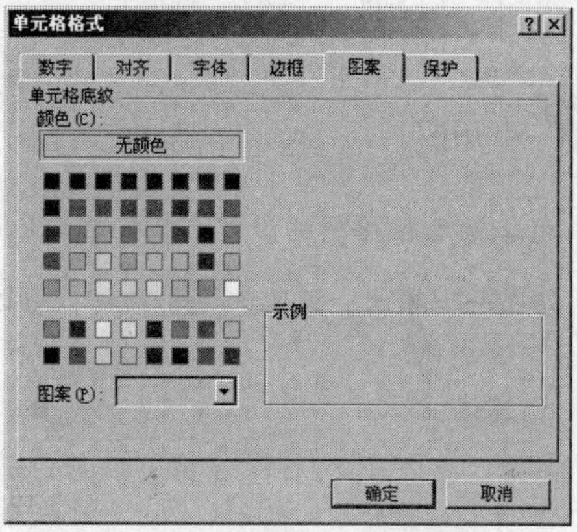

图3-16 “图案”选项卡

3. 设置单元格数字格式

第1步：选择指定单元格区域，打开其“单元格格式”对话框，选择“数字”选项卡，如图3-17所示。

第2步：在“分类”列表框中选择“货币”，指定小数位数为“2”，货币符号选择“￥”。

4. 设置单元格对齐

第1步：选择指定的单元格区域，打开其“单元格格式”对话框，选择“对齐”选项卡，如图3-18所示。

第2步：在“水平对齐”和“垂直对齐”下拉列表中，分别选择文本的对齐方式为“居中”。

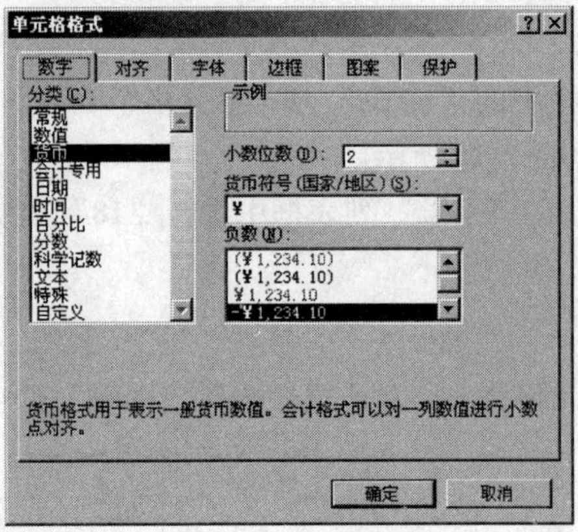

图 3-17 “数字”选项卡

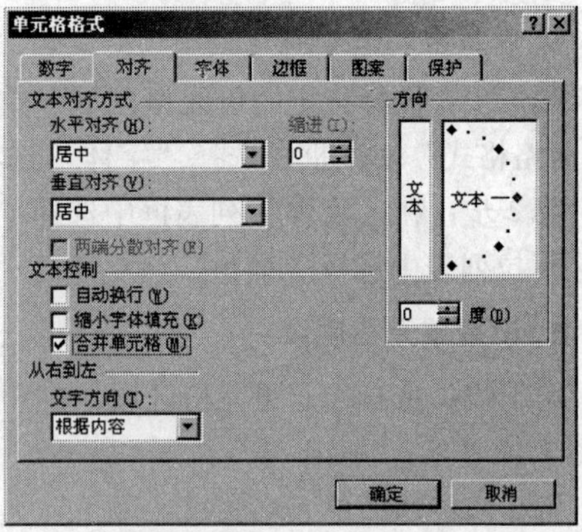

图 3-18 “对齐”选项卡

小知识

对于单元格格式的设置，我们还可以使用工具栏中对应的“格式”快捷按钮实现以上操作，如图3-19所示。其中的 按钮，可以一次实现单元格内容的“合并及居中”设置。

图 3-19 “格式”工具栏

自己做

（1）打开表格 LT3-2，在 Sheet2 工作表中对单元格格式进行设置，结果如图 3-20 所示。

	A	B	C	D	E
1	年度支出预算表				
2	账目类别	账目	预计支出	调配拨款	差额
3		110	￥99,000.00	￥101,000.00	￥2,000.00
4	1	120	￥72,000.00	￥80,200.00	￥8,200.00
5		140	￥20,500.00	￥21,022.00	￥522.00
6		201	￥89,355.00	￥86,698.00	￥-2,657.00
7	2	211	￥45,302.00	￥45,600.00	￥298.00
8		224	￥62,782.00	￥63,500.00	￥718.00
9	合计		￥388,939.00	￥398,020.00	￥9,081.00
10					

图 3-20 样张 LT3-2A

1）标题格式，字体：黑体；字号：18；A1～E1 单元格：合并及居中；底纹：深蓝色；字体颜色：白色。

2）数据单元格格式，表格中的数据单元格区域数字分类：货币；小数位数：2 位；应用货币符号：“Y”；负数格式：－2，657.00（红色）。

3）单元格的合并及居中，分别设置 A3～A5 单元格和 A6～A8 单元格：合并及居中；垂直对齐：居中；“合计”单元格与其左侧单元格：合并及居中；表头和“账目”一列各单元格：居中。

（2）打开表格 LT3-2，在 Sheet3 工作表中对单元格格式进行设置，结果如图 3-21 所示。

1）标题格式，字号；18；A1～H1 单元格：跨列居中；底纹：深蓝色；字体颜色：白色。

2）标题下一行格式，将 A2 单元格中的文字移至 H2 单元格之中；A2～H2 单元格底纹：浅灰色。

3）数据单元格格式，表格的各数据单元格区域数字分类：数值；小数位数：1 位；A3～H15 单元格区域的底纹：浅黄色。

4）表头单元格格式，“2009 年”、“2008 年”和“增长速度（%）”单元格分别与其右侧的单元格合并及居中。

社会消费品零售总额（2009年12月）

	2009年		2008年		增长速度（%）	单位：亿元
	7-12月累计	12月	7-12月累计	12月	7-12月累计	12月
社会消费品零售总额	16289.6	3202.1	15006.5	2929.6	8.6	9.3
（一）按销售地区分						
市	10286.4	2049.7	9384.6	1850.1	9.6	10.8
区	1938.9	366.8	1822.4	346.0	6.4	6.0
区以下	4064.3	785.6	3799.5	733.5	7.0	7.1
（二）按行业分						
贸易业	11203.3	2169.8	10330.3	1979.7	8.5	9.6
餐饮业	1943.4	386.3	1675.6	333.6	16.0	15.8
其他	3142.9	646.0	3000.6	616.3	4.7	4.8
制造业	913.0	187.2	872.3	178.5	4.7	4.9
农业生产	1743.1	332.1	1672.0	319.0	4.3	4.1

图 3-21　样张 LT3-2B

（3）打开表格 LT3-2，在 Sheet4 工作表中对单元格格式进行设置，结果如图 3-22 所示。

1）标题格式，字体：楷体；字号：20；A1～G1 单元格：合并及居中。

2）表头格式，字体：楷体；底纹：浅黄色；字体颜色：深蓝色。

3）单元格对齐方式，表格中各单元格水平对齐方式：居中。

4）表格中“市场部”各行单元格底纹：灰色－25%。

职员登记表

员工编号	部门	姓名	年龄	性别	籍贯	工资
K12	开发部	N1	30	男	山东	4000
C11	测试部	N2	28	男	上海	3000
W16	文档部	N3	26	女	北京	2600
S21	市场部	N4	24	男	江苏	3200
S22	市场部	N5	25	女	江苏	2800
K15	开发部	N6	32	男	广东	3600
C09	测试部	N7	27	男	山东	1800
W02	文档部	N8	24	女	湖南	1800

图 3-22　样张 LT3-2C

任务三　设置表格边框

任务描述

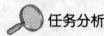

设置表格内、外边框，以及指定位置上的边框样式。

任务分析

设置表格边框可以明确区分工作表中的数据区域，为单元格添加边框还可以突出含有重要数据的单元格。设置表格边框主要通过“单元格格式”对话框的“边框”选项卡进行操作。

参考做法

打开“考生”文件夹中的表格 LT3-3，在 Sheet1 工作表中对表格边框进行下列设置，结果如图 3-23 所示。

1）为表格设置细内框线、粗外框线。

2）表格第一行下框线为双底框线。

	A	B	C	D	E	F
1	总公司2009年销售计划					
2						
3						单位：万元
4	单位名称	服装	鞋帽	电器	化妆品	合计
5	利群购物	80.00	70.80	120.00	60.88	331.68
6	海琴广场	50.25	45.00	80.15	50.60	226
7	平价超市	20.20	15.00	45.00	35.20	115.4
8	总计	150.45	130.80	245.15	146.68	673.08

图 3-23　样张 LT3-3

对表格边框进行设置时，首先要选中对应的单元格区域，然后单击菜单栏中的“格式”→“单元格”命令，打开“单元格格式”对话框，选择其中的“边框”选项卡，进行相应设置即可。具体设置步骤如下。

第 1 步：选定整个表格区域后，在“边框”选项卡中，先选择“线条样式”为“细实线”，再单击“预置”选项中的“内部”按钮，即可完成对表格内框线的设置，如图 3-24 所示。

同样，选择“线条样式”为“粗实线”后，再单击“预置”选项中的“外边框”按钮，即可完成对表格外框线的设置，单击“确定”按钮。

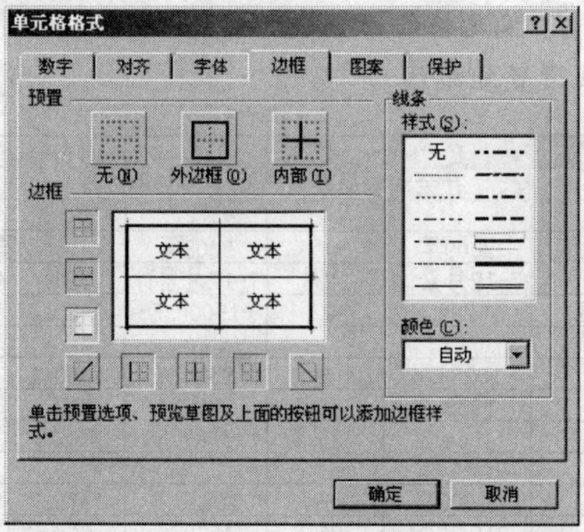

图 3-24　设置边框

第 2 步：选定第一行，在其“边框”选项卡中，先选择“线条样式”为“双线”，然后在“边框”组中选择“下框线”按钮，即可完成下框线设置，最后单击“确定”按钮。

小知识

在选定单元格区域后，也可以通过鼠标右键的快捷菜单打开“单元格格式”对话框，找到“边框”选项卡。通过“边框”选项卡可以轻松地设置边框的线条样式、颜色以及应用位置。“预置”选项和“边框”选项中的按钮，单击一次为应用样式，再次单击则为取消样式，可以通过预览草图观察设置效果。

自己做

(1) 打开表格 LT3-3，在 Sheet2 工作表中对单元格格式进行设置，结果如图 3-25 所示。

1) 为表格设置内框线为红色、虚线，外框线为蓝色、粗实线。

2) 将表格左、右边框设置为蓝色、双线。

	A	B	C	D	E	F
1	总公司2010年销售计划					
2						
3						单位：万元
4	单位名称	服装	鞋帽	电器	化妆品	合计
5	利群购物	80.00	70.80	120.00	60.88	331.68
6	海琴广场	50.25	45.00	80.15	50.60	226
7	平价超市	20.20	15.00	45.00	35.20	115.4
8	总计	150.45	130.80	245.15	146.68	673.08

图 3-25　样张 LT3-3A

（2）打开表格 LT3-3，在 Sheet3 工作表中对单元格格式进行设置，结果如图 3-26 所示。

1）为表格中各单元格设置内框线。

2）去除三个“7-12 月”单元格的下框线。

3）为表格的上下端线设置粗框线。

	A	B	C	D	E	F	G
1	社会消费品零售总额（2009年12月）						
2							单位：亿元
3		2009年		2008年		增长速度（%）	
4		7-12月累计	12月	7-12月累计	12月	7-12月累计	12月
5	社会消费品零售总额	16289.6	3202.1	15006.5	2929.6	8.6	9.3
6	（一）按销售地区分						
7	市	10286.4	2049.7	9384.6	1850.1	9.6	10.8
8	区	1938.9	366.8	1822.4	346	6.4	6
9	区以下	4064.3	785.6	3799.5	733.5	7	7.1
10	（二）按行业分						
11	贸易业	11203.3	2169.8	10330.3	1979.7	8.5	9.6
12	餐饮业	1943.4	386.3	1675.6	333.6	16	15.8
13	其他	3142.9	646	3000.6	616.3	4.7	4.8
14	制造业	913	187.2	872.3	178.5	4.7	4.9
15	农业生产	1743.1	332.1	1672	319	4.3	4.1

图 3-26 样张 LT3-3B

任务四 批注操作

任务描述

为单元格添加批注。

任务分析

批注是附加在单元格中的注释，用以与其他单元格的内容进行区分说明。在某个单元格中添加批注后，就会在该单元格的右上角出现一个小红三角，只要将鼠标指针移到该单元格中，就会显示出添加的批注内容。给单元格添加批注可通过“插入”→“批注”命令实现。

参考做法

打开“考生”文件夹中的表格 LT3-4，在 Sheet1 工作表中为“员工编号”一列中的 A3 单元格插入批注“优秀员工”，结果如图 3-27 所示。

第 1 步：选择要添加批注的 A3 单元格。

第 2 步：选择“插入”→“批注”命令，在所选单元格附近会出现一个批注文本框。

第 3 步：在批注文本框中输入批注内容。

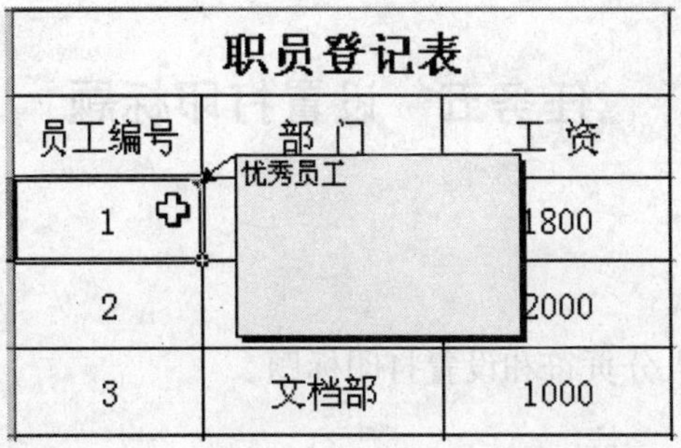

职员登记表		
员工编号	部门	工资
1		1800
2		2000
3	文档部	1000

图 3-27　添加批注

小知识

在修改某个单元格批注文字时，只需在批注文本框上单击鼠标右键，在弹出的快捷菜单中选择"编辑批注"选项即可。如果选择快捷菜单中的"删除批注"选项，即可删除该单元格中的批注。

自己做

（1）打开表格 LT3-4，在 Sheet2 工作表中对单元格格式进行设置，结果如图 3-28 所示。为"电器"一列中 D4 单元格插入批注"最高销售"。

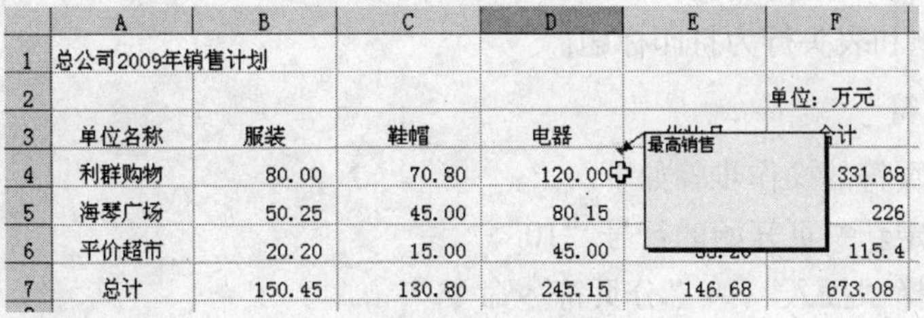

	A	B	C	D	E	F
1	总公司2009年销售计划					
2						单位：万元
3	单位名称	服装	鞋帽	电器		合计
4	利群购物	80.00	70.80	120.00		331.68
5	海琴广场	50.25	45.00	80.15		226
6	平价超市	20.20	15.00	45.00		115.4
7	总计	150.45	130.80	245.15	146.68	673.08

图 3-28　样张 LT3-4A

（2）打开表格 LT3-4，在 Sheet3 工作表中对单元格格式进行设置，结果如图 3-29 所示。为负值单元格插入批注"超支"。

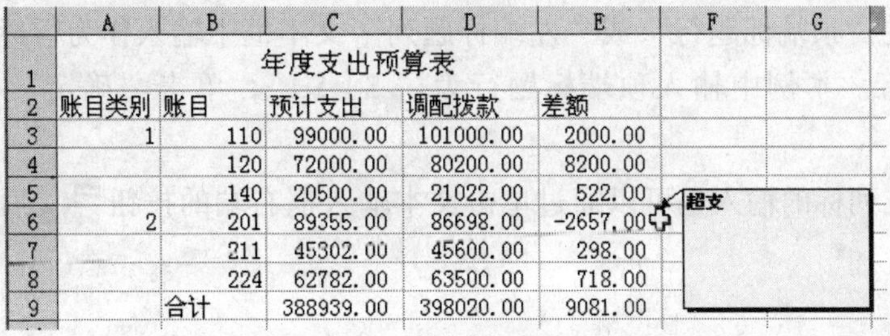

	A	B	C	D	E	F	G
1			年度支出预算表				
2	账目类别	账目	预计支出	调配拨款	差额		
3	1	110	99000.00	101000.00	2000.00		
4		120	72000.00	80200.00	8200.00		
5		140	20500.00	21022.00	522.00		
6	2	201	89355.00	86698.00	-2657.00		
7		211	45302.00	45600.00	298.00		
8		224	62782.00	63500.00	718.00		
9		合计	388939.00	398020.00	9081.00		

图 3-29　样张 LT3-4B

任务五　设置打印标题

任务描述

在 Excel 表格中，插入分页符和设置打印标题。

任务分析

在编辑表格时，如果不想按照固定尺寸进行分页，则可以采用人为的方法来插入分页符，既可以通过插入水平分页符来改变页面上数据行的数量，也可以通过插入垂直分页符来改变页面上的数据列的数量。插入分页符通过“插入”菜单来完成。

当在一页上无法打印完工作表时，如果直接打印第 2 页内容，则可能由于没有标题而看不懂第 2 页上数据所代表的意义，而使用“打印标题”选项可以解决这一问题。“打印标题”在“页面设置”中完成。

参考做法

打开“考生”文件夹中的表格 LT3-5，在 Sheet1 工作表中设置打印标题。

1）在工作表中行号为 10 的一行前插入分页线。

2）设置标题和表头行为打印标题。

1. 插入分页符

插入水平分页符的操作步骤如下。

第 1 步：选定新一页开始的行号“10”。

第 2 步：选择“插入”→“分页符”命令。

若要插入垂直分页符，则只需在第 1 步中选定新一页开始的列标。

2. 设置打印标题

设置打印标题的操作步骤如下。

第 1 步：选择工作表“文件”菜单中的“页面设置”命令，打开“工作表”选项卡。

第 2 步：在“顶端标题行”或“左端标题列”文本框中输入作为行标题的行号，或作为列标题的列标。本例中输入顶端标题行为“ $1 $1”，单击“确定”按钮，如图 3-30 所示。

此处行号或列标的输入也可以通过单击文本输入框右端的按钮后，用鼠标在工作表中选取来完成。

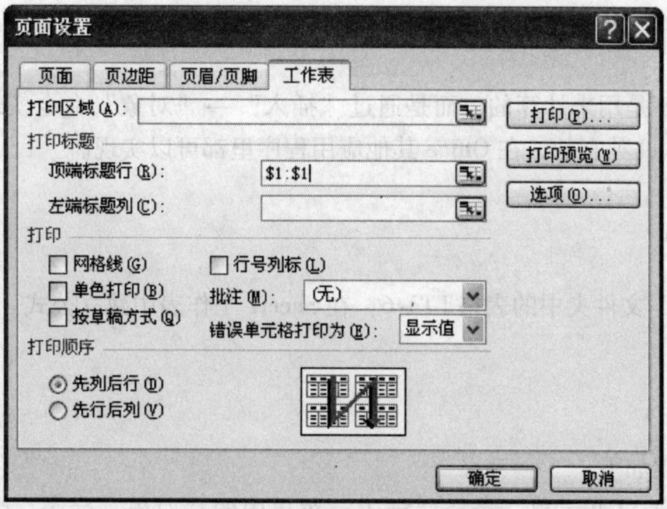

图 3-30　设置顶端标题行

小知识

“打印标题”选项区包括下面两项内容。

“顶端标题行”文本框，用于设置某行区域为顶端标题行。当某个行区域设置为标题行后，在打印时各页顶端都会打印标题行内容。

“左端标题列”文本框，用于设置某列区域为左端标题行。当某个列区域设置为标题列后，在打印时各页左端都会打印标题列内容。

自己做

(1) 打开表格 LT3-5，在 Sheet2 工作表中设置打印标题。

1) 在 D 列和 F 列左侧分别插入分页线。

2) 设置“编号”一列为打印标题。

(2) 打开表格 LT3-5，在 Sheet3 工作表中设置打印标题。

1) 在行号为 7 的一行前插入分页线。

2) 设置标题和表头为打印标题。

任务六　编 辑 公 式

任务描述

在 Excel 工作表中插入复杂的表达式。

任务分析

此处的公式不是用来计算的，而是通过“插入”→“对象”命令实现的一种公式表达形式。它不是 Excel 独有的，在 Office 其他应用程序里都可以实现。

参考做法

打开“考生”文件夹中的表格 LT3-6，在 Sheet1 工作表中建立公式。

1）$a \in A$ 。

2）$\frac{x^2}{2p}+\frac{y^2}{1q}=z$。

具体操作步骤如下。

第 1 步：选定 A1 单元格，选择“插入”菜单中的“对象”命令，弹出“对象”对话框，如图 3-31 所示。

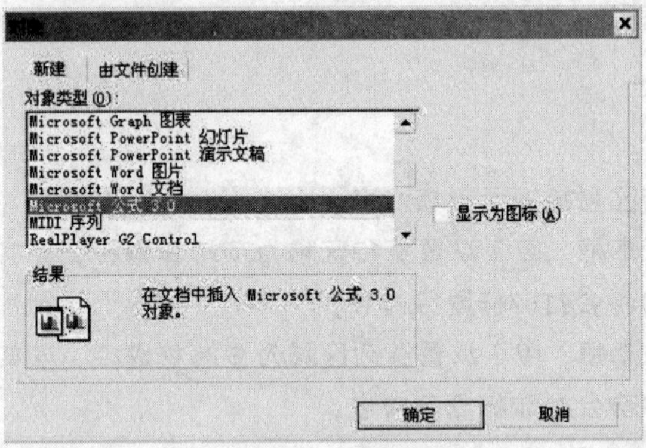

图 3-31　“对象”对话框

第 2 步：在“新建”选项卡的“对象类型”列表中选择“Microsoft 公式 3. 0”，单击“确定”按钮，弹出公式编辑器，如图 3-32 所示。

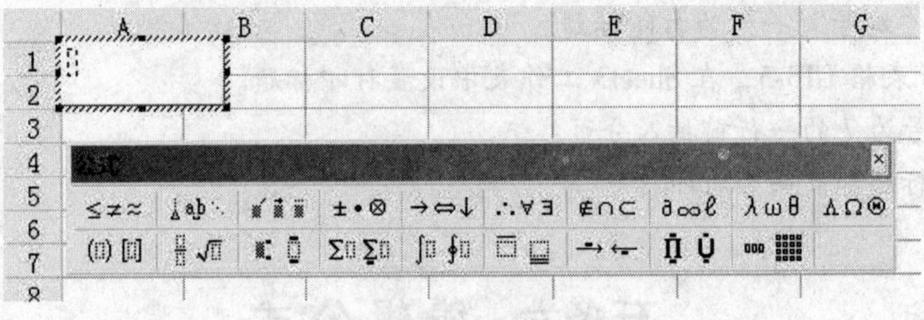

图 3-32　公式编辑器

第 3 步：在公式编辑框中输入“a”，单击公式编辑器中的 ∉∩⊂ “集合论符号”按钮，选择 ∈ 符号，输入“A”，完成公式“$a \in A$”，如图 3-33 所示。

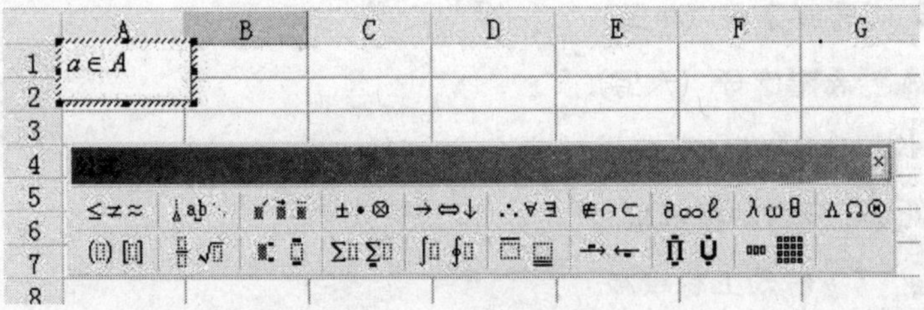

图 3-33　编辑公式

第 4 步：在 E1 单元格中重复第 1 步和第 2 步的步骤并插入公式对象后，单击公式编辑器中的“分式和根式模板”按钮，选择符号插入分式结构。在公式编辑框中，选中分子文本框，输入“x”后，单击“下标和上标模板”按钮，选择符号，完成“x^2”的建立。在分母文本框中输入“2p”，完成分式“$\frac{x^2}{2p}$”。再依次输入“+”、“$\frac{y^2}{2q}$”和“=z”，最后在公式编辑工具外任意处单击，完成公式“$\frac{x^2}{2p}+\frac{y^2}{2q}=z$”的建立，如图 3-34 所示。

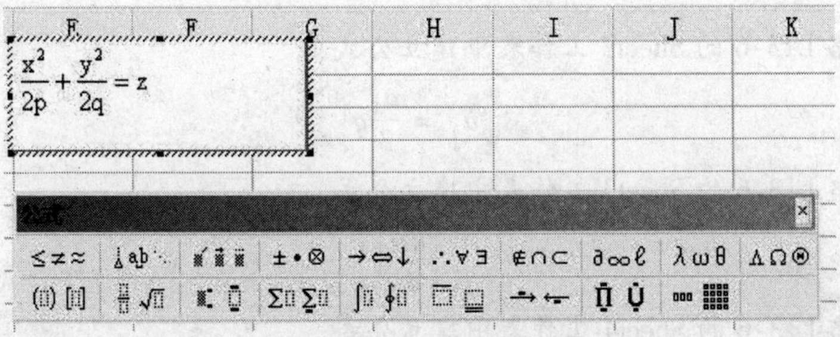

图 3-34　完成公式编辑

小知识

公式编辑工具的各个按钮。

(1) ≤≠≈ “关系符号”。

(2) “间距和省略号”。

(3) “修饰符号”。

(4) ±•⊗ “运算符号”。

(5) →⇔↓ “箭头符号”。

(6) ∴∀∃ “逻辑符号”。

(7) ∉∩⊂ “集合论符号”。

(8) ∂∞ℓ “其他符号”。

(9) λωθ “希腊字母（小写）”。

(10) ΛΩ⊗ “希腊字母（大写）”。

(11) (⁚)[⁚] “围栏模板”。

(12) $\frac{\square}{\square}$ $\sqrt{\square}$ “分式和根式模板”。

(13) “下标和上标模板”。

(14) $\Sigma\square$ $\Sigma\square$ “求和模板”。

(15) $\int\square$ $\oint\square$ “积分模板”。

(16) “底线和顶线模板”。

(17) → ← “标签箭头模板”。

(18) $\prod$ $\bigcup$ “乘积和集合论模板”。

(19) “矩阵模板”。

每个按钮代表一种数学公式的类别，通过单击按钮可以展开供选择使用。

自己做

（1）在表格 LT3-6 的 Sheet2 工作表中建立公式

$$a_n = \frac{a_1}{3}q^n$$

（2）在表格 LT3-6 的 Sheet3 工作表中建立公式

$$\left|\frac{d\alpha}{ds}\right|$$

（3）在表格 LT3-6 的 Sheet4 工作表中建立公式

$$\sum \frac{1}{p^n}$$

（4）在表格 LT3-6 的 Sheet5 工作表中建立公式

$$\because A^2 + B^2 = C^2$$
$$\therefore B^2 = C^2 - A^2$$

任务七　建 立 图 表

任务描述

为 Excel 工作表数据创建各种图表。

任务分析

图表是数字值的可视化表示，借助图表可以使数字更易于理解。在 Excel 2003 中，可以通过“图表向导”为表格轻松地创建出丰富多彩的图表。

参考做法

打开“考生”文件夹中的表格 LT3-7，为“员工学历水平统计表”创建一个三维簇状柱形图。

具体操作步骤如下。

第 1 步：选择图表中要包含的数据单元格区域，如图 3-35 所示。

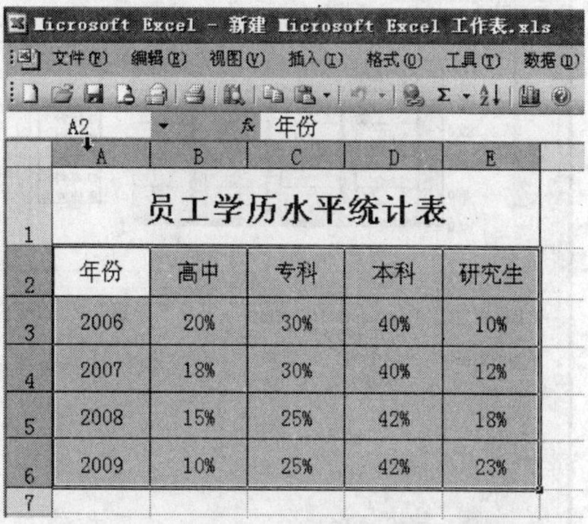

图 3-35　选择数据区域

第 2 步：单击“常用”工具栏中的“图表向导”快捷按钮，弹出“图表向导-4 步骤之 1-图表类型”对话框，如图 3-36 所示。

第 3 步：在对话框中选择“标准类型”选项卡，在“图表类型”列表框中选择“柱形图”，然后在“子图表类型”列表框中选择“三维簇状柱形图”，如图 3-37 所示。

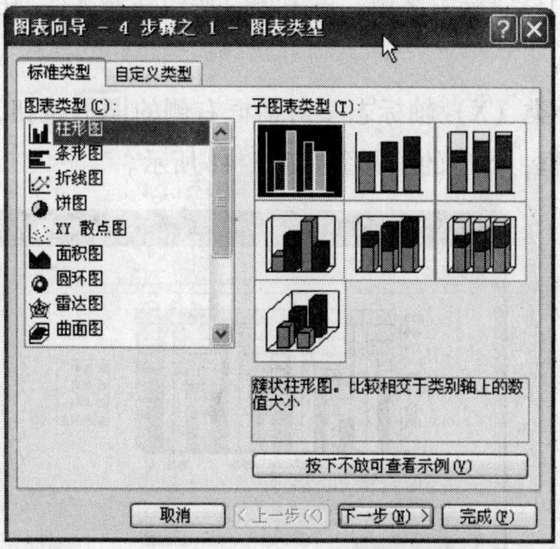

图 3-36　“图表类型”对话框

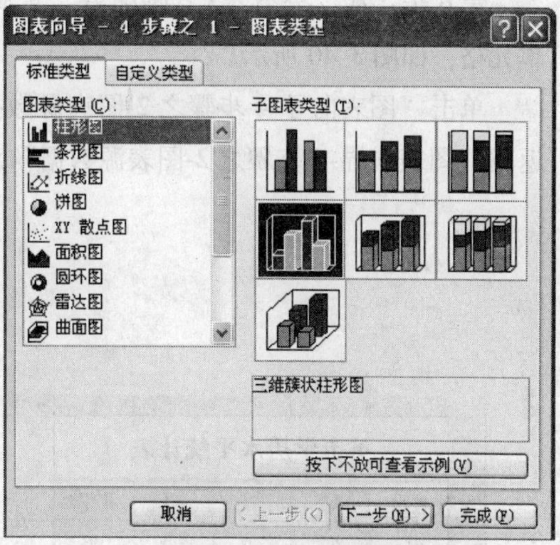

图 3-37　选择图表类型

第 4 步：单击“下一步”按钮弹出“图表向导-4 步骤之 2-图表源数据”对话框，从中单选“列”项，如图 3-38 所示。

在这一步中还可以重新选择数据区域。如果需要修改数据区域，则可以单击“数据区域”文本框右边的按钮，回到工作表重新选定区域。

第 5 步：查看预览图发现图标不正确，Excel 把 A 列中的“年份”标志成了数据系列，因此需要修改标志分类。单击“系列”选项卡，选择“年”标注，然后单击“删除”按钮，如图 3-39 所示。

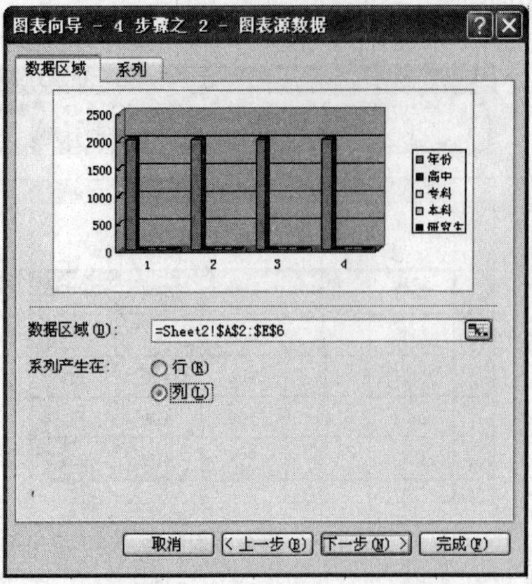

图 3-38 “图表源数据”对话框

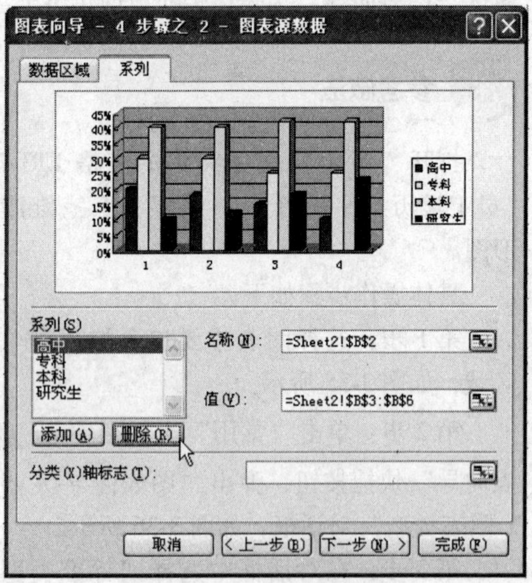

图 3-39 删除系列

第 6 步：在“分类（X）轴标志”文本框中设定标志区域，单击按钮选择 A3：A6 单元格，如图 3-40 所示。

单击“图表向导-4 步骤之 2-图表源数据-分类（X）轴标志”对话框右侧的按钮，返回“图表向导-4 步骤之 2-图表源数据”对话框，此时的预览图如图 3-41 所示。

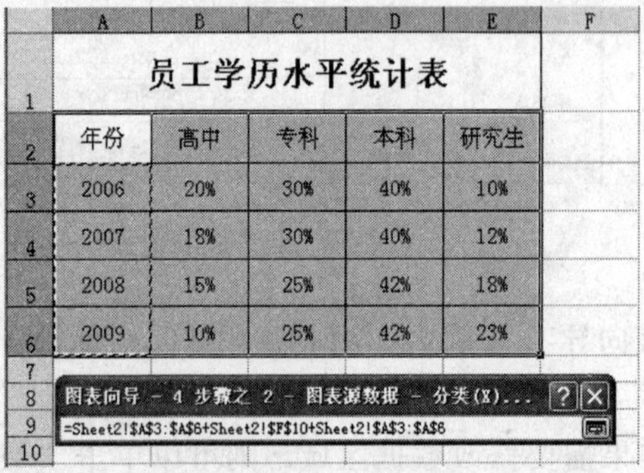
员工学历水平统计表
年份
高中
专科
本科
研究生
2006 20% 30% 40% 10%
2007 18% 30% 40% 12%
2008 15% 25% 42% 18%
2009 10% 25% 42% 23%
图表向导 - 4 步骤之 2 - 图表源数据 - 分类(X)...
=Sheet2!$A$3:$A$6+Sheet2!$F$10+Sheet2!$A$3:$A$6

图 3-40 选择单元格区域

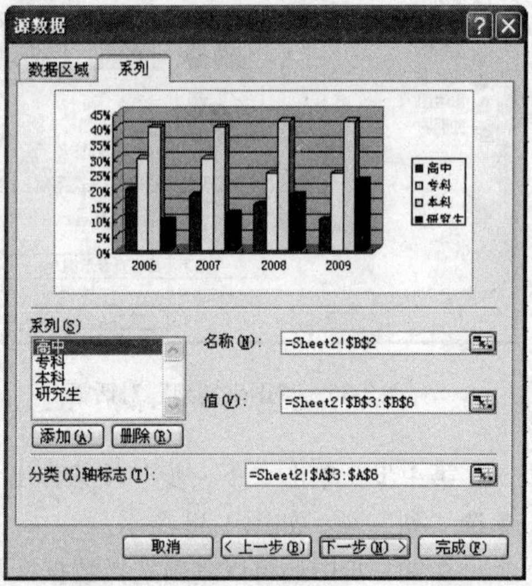

图 3-41 预览图

第 7 步：单击“下一步”按钮，弹出“图表向导-4 步骤之 3-图表选项”对话框，单击“标题”选项卡，在“图表标题”中输入“员工学历水平统计表”，在“分类（X）轴”文本框中输入“年份”，如图 3-42 所示。

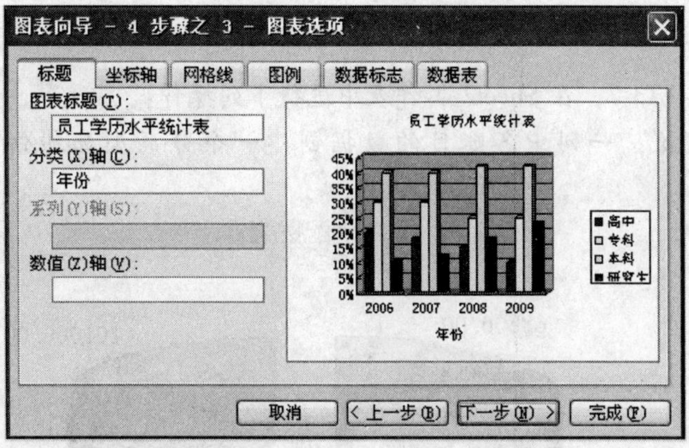

图 3-42　“图表选项”对话框

第 8 步：单击“下一步”按钮，弹出“图表向导-4 步骤之 4-图表位置”对话框，如图 3-43 所示。

单选“作为其中的对象插入”项，并在它右端的下拉列表中选择需要的工作表名称。单击“完成”按钮，创建的图表如图 3-44 所示。

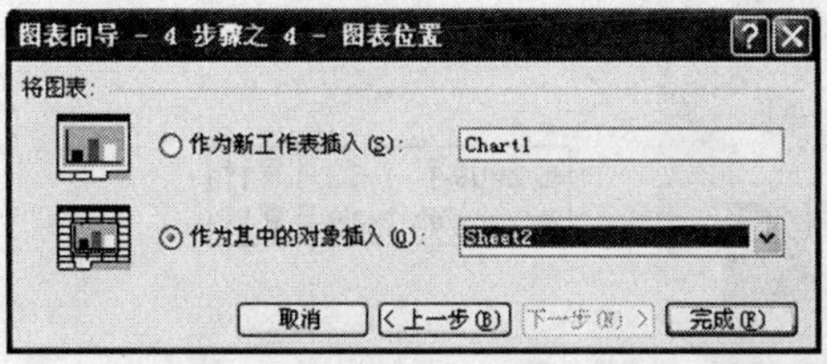

图 3-43　“图表位置”对话框

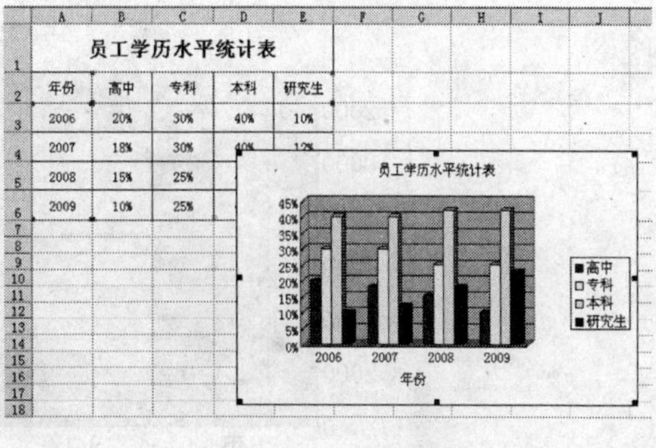

图 3-44　完成图表

小知识

除了使用“图表向导”创建图表外，还可以通过“图表”工具栏创建一些简单的图表。打开“图表”工具栏的方法很简单，只要选择“视图”→“工具栏”命令，在弹出的子菜单中单击“图表”选项即可。“图表”工具栏如图3-45所示。

图 3-45　“图表”工具栏

自己做

(1) 打开表格 LT3-7，在 Sheet2 工作表中进行下列操作：

使用“调配拨款”一列中各账目的数据创建一个分离型三维饼图，结果如图 3-46 所示。

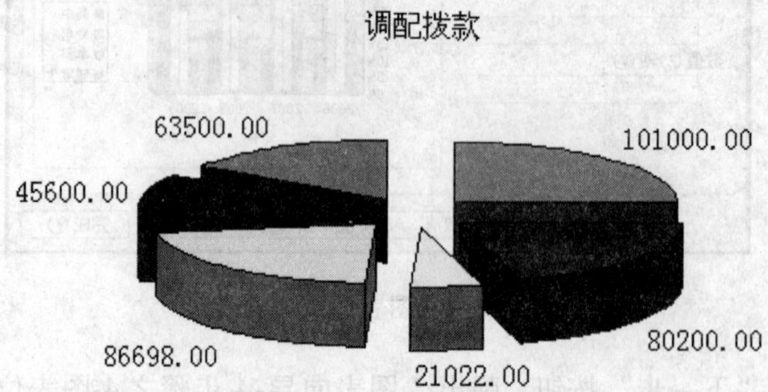

图 3-46　分离型三维饼图

(2) 打开表格 LT3-7，在 Sheet 3 工作表中进行下列操作：

创建一个三维簇状柱形图，结果如图 3-47 所示。

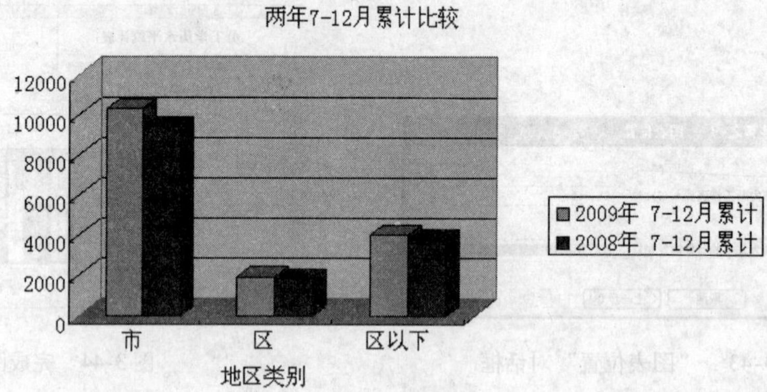

图 3-47　三维簇状柱形图

任务八　重命名并复制工作表

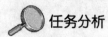

任务描述

复制工作表数据，为工作表重命名。

任务分析

复制工作表数据可以起到备份数据、简化重复数据操作的目的，一般直接通过工作表标签的快捷菜单即可实现。

参考做法

打开“考生”文件夹中的表格 LT3-8，将 Sheet 1 工作表重命名为“消费品零售”，并将此工作表复制到 Sheet2 工作表中。

具体操作步骤如下。

第 1 步：打开 Sheet 1 工作表，用鼠标右键单击工作表标签 Sheet 1，打开快捷菜单，如图 3-48 所示。

第 2 步：单击选择“重命名”命令，工作表名反亮显示后，直接输入新工作表名“消费品零售”即可。

第 3 步：选择“消费品零售”表的整表数据后，在“编辑”菜单中选择“复制”命令，数据表四周出现虚线框，如图 3-49 和图 3-50 所示。

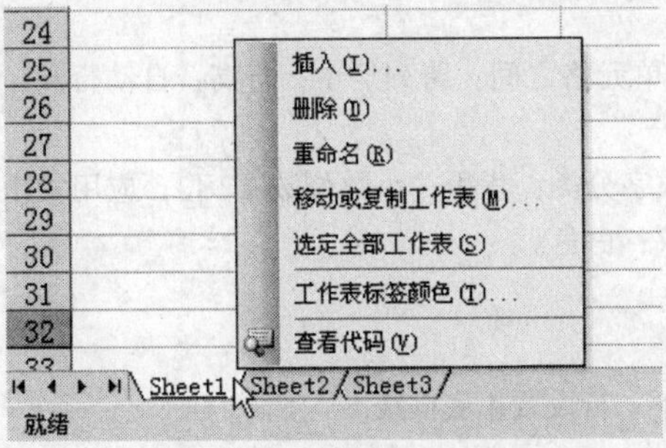

图 3-48　快捷菜单

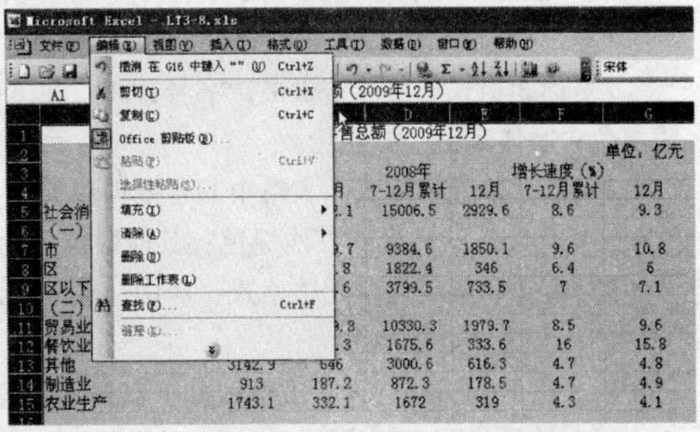

图 3-49　选择数据区域

第 4 步：单击工作表标签 Sheet 2，打开 Sheet 2 工作表，选择 A1 单元格后，选择“编辑”菜单中的“粘贴”命令，即完成数据复制操作，如图 3-51 所示。

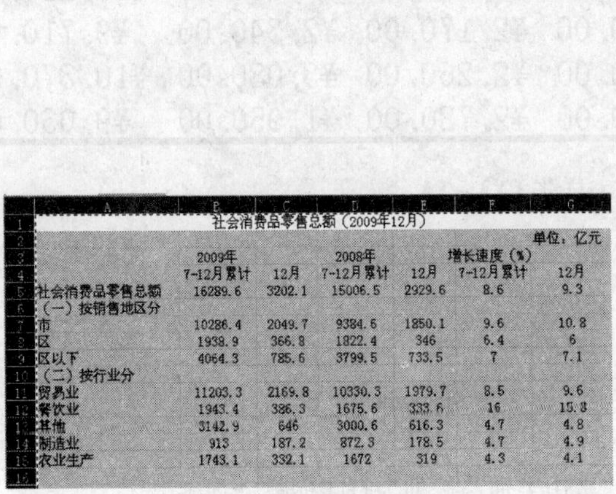

图 3-50　选择“复制”命令

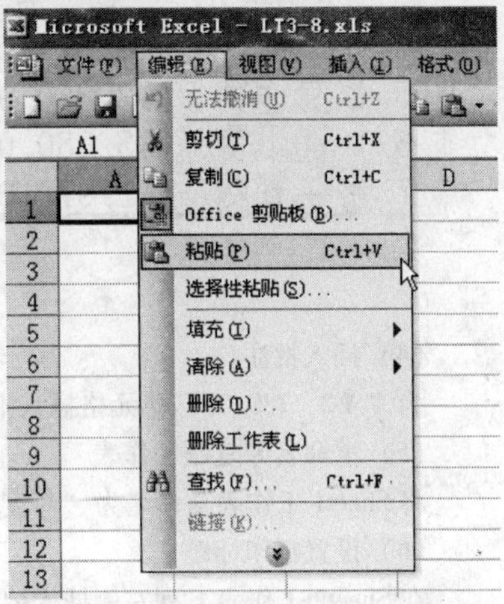

图 3-51　“粘贴”命令

自己做

（1）打开表格 LT3-9，将 Sheet1 工作表重命名为“职员表”，并将此工作表复制到 Sheet2 工作表中。

（2）打开表格 LT3-10，将 Sheet1 工作表重命名为“2010 销售计划表”，并将此工作表复制到 Sheet2 工作表中。

课后练习

打开考生文件夹中的表格 LX3-1. xls，按下列要求完成操作：

（1）设置工作表行、列

在标题下插入一行，行高为 10；

将表格中“合计”一行移至“交通费”一行之前；

删除工作表量左侧一列（空列）。

（2）设置单元格格式

1）标题格式。字体：隶书；字号：20；在 A1 ~ F1 单元格之间：跨列居中；行高：自动行高；底纹：浅黄色；字体颜色：深蓝色。

2）数据单元格格式。表格中的各数据单元格区域数字分类：货币；小数位数：2 位；应用货币符号：“¥”；“合计”一行底纹，浅绿色；其他数据单元格底纹：白色。

3）表头和第一列单元格格式：居中；底纹：青绿。

（3）设置表格边框线

对表格的表头一行设置上框线和下双框线，表格最下一行设置粗底框线。

以上结果如图 3-52 所示。

	A	B	C	D	E	F
1	公司年度费用					
2						
3	费用类别	第一季	第二季	第三季	第四季	总计
4	合计	¥7,880.00	¥6,650.00	¥7,210.00	¥7,370.00	¥29,110.00
5	交通费	¥2,880.00	¥2,320.00	¥2,170.00	¥2,340.00	¥9,710.00
6	通讯费	¥3,030.00	¥2,000.00	¥2,260.00	¥3,080.00	¥10,370.00
7	午餐费	¥1,970.00	¥2,330.00	¥2,780.00	¥1,950.00	¥9,030.00

图 3－52　样张 LX3－1A

（4）插入批注

为“¥2，780.00”单元格插入批注“季最高午餐费”。

（5）重命名并复制工作表

将 Sheet1 工作表重命名为“年度费用”，并将此工作表复制到 Sheet2 工作表中。

（6）设置打印标题

在 Sheet2 工作表 F 列左侧插入分页线；设置“费用类别”一列为打印标题。

（7）建立公式

在 Sheet3 工作表中建立公式

$$y = \sqrt[3]{\frac{a_1}{x^p}}$$

（8）建立图表

使用 4 个季度各种费用的数据创建一个三维簇状柱形图，如图 3-53 所示。

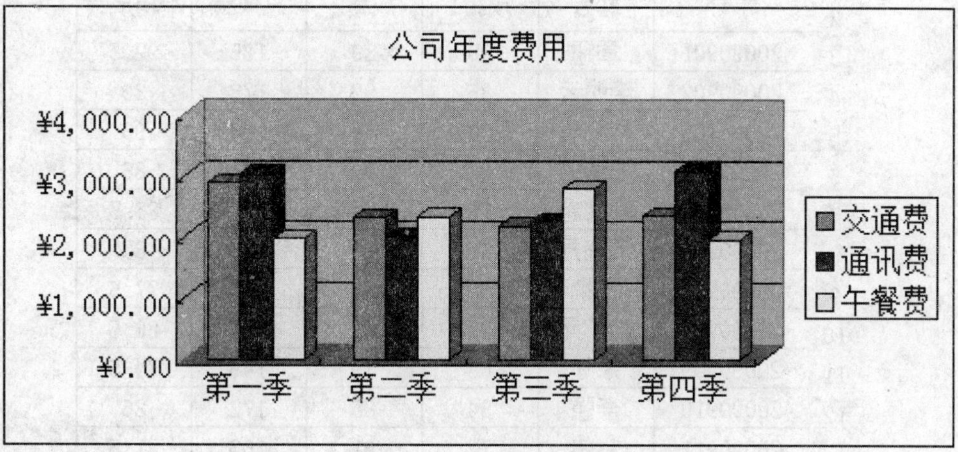

图 3-53　样张 LX3-1B

项目二　电子表格的数据处理

任务一　使用公式与函数

任务描述

在电子表格中，使用公式与函数进行数据处理。

任务分析

公式以一个等号“=”开头，其中可以包含各种运算符、常量、函数以及单元格引用等。公式输入方式有两种：一是在单元格中直接输入；二是单击要输入公式的单元格，在“编辑栏”内输入。

函数是一些预定义的公式，通过使用一些称为参数的特定数值，按特定顺序或结构执行计算。函数的结构也是以等号“=”开始，后面紧跟函数名称和括号，括号内以逗号分隔输入参数。输入函数可以使用“插入”→“函数”命令，也可以在公式编辑栏中直接输入。

参考做法

打开“考生”文件夹中的表格 LT3-11，使用 Sheet1 工作表中的数据，统计个人总成绩并计算平均成绩，结果分别放在相应的单元格中，如图 3-54 所示。

	A	B	C	D	E	F
1	考试成绩统计表					
2	学号	姓名	成绩1	成绩2	总成绩	平均成绩
3	20090901	章翔	96	89	185	92.5
4	20090902	李明云	86	92	178	89
5	20090903	马晓晴	95	91	186	93
6	20090904	王丽丽	82	90	172	86
7	20090905	韩文志	78	89	167	83.5
8	20090906	于晓丹	76	90	166	83
9	20090907	王鹏	80	75	155	77.5
10	20090908	李广元	95	78	173	86.5
11	20090909	宋建	68	81	149	74.5
12	20090910	李强	84	88	172	86
13	20090911	赵伟	72	91	163	81.5
14	20090912	赵雅君	66	78	144	72
15	20090913	张云翔	68	75	143	71.5
16	20090914	张睿	92	86	178	89
17	20090915	李燕	88	72	160	80
18	20090916	陈曦	96	92	188	94

图 3-54　成绩计算

具体操作步骤如下。

第 1 步：选定总成绩的 E3 单元格。

第 2 步：选择“插入”菜单中的“函数”命令，打开“插入函数”对话框，如图 3-55 所示。

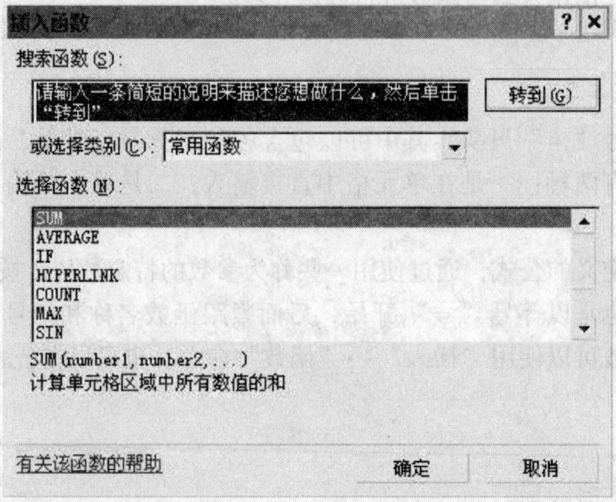

图 3-55　“插入函数”对话框

第 3 步：在“选择类别”下拉列表中选择“常用函数”，在“选择函数”列表框中选择“SUM”求和函数。

第 4 步：单击“确定”按钮后，弹出“函数参数”对话框，如图 3-56 所示。在“Number1”文本框中确定引用单元格的区域，也可以使用文本框右端的按钮重新选择单元格区域。单击“确定”按钮，计算结果将显示在单元格中。

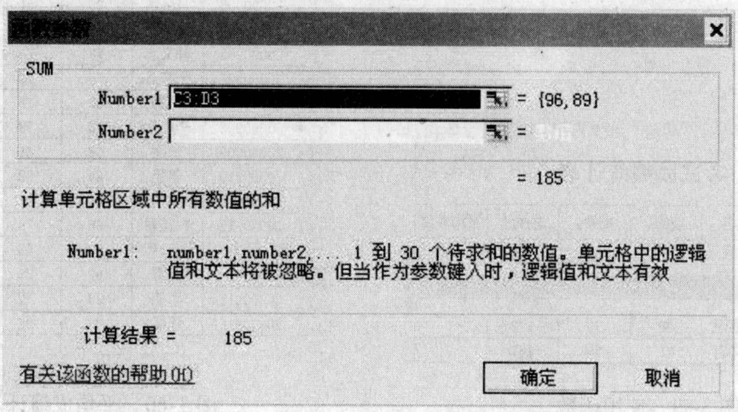

图 3-56 “函数参数”对话框

第 5 步：选定已有计算结果的 E3 单元格，将鼠标放在单元格右下角，显示黑色十字形填充柄后，按住鼠标向下拖拽，则其他单元格也将复制函数计算出相应结果，如图 3-57 和图 3-58 所示。

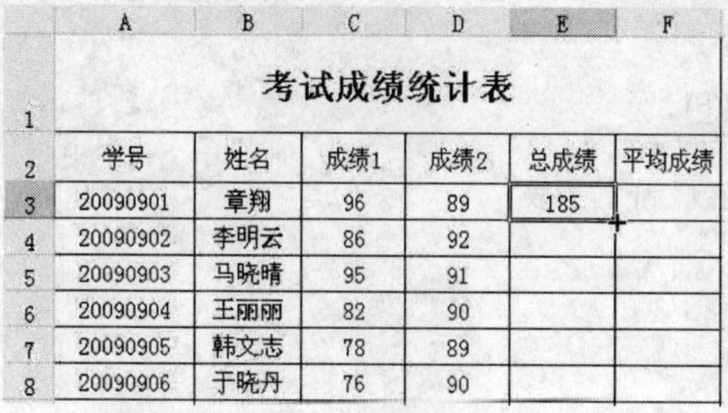

	A	B	C	D	E	F
1	考试成绩统计表					
2	学号	姓名	成绩1	成绩2	总成绩	平均成绩
3	20090901	章翔	96	89	185	
4	20090902	李明云	86	92		
5	20090903	马晓晴	95	91		
6	20090904	王丽丽	82	90		
7	20090905	韩文志	78	89		
8	20090906	于晓丹	76	90		

图 3-57 填充柄

	A	B	C	D	E	F
1	考试成绩统计表					
2	学号	姓名	成绩1	成绩2	总成绩	平均成绩
3	20090901	章翔	96	89	185	
4	20090902	李明云	86	92	178	
5	20090903	马晓晴	95	91	186	
6	20090904	王丽丽	82	90	172	
7	20090905	韩文志	78	89	167	
8	20090906	于晓丹	76	90	166	
9	20090907	王鹏	80	75	155	
10	20090908	李广元	95	78	173	
11	20090909	宋建	68	81	149	
12	20090910	李强	84	88	172	
13	20090911	赵伟	72	91	163	
14	20090912	赵雅君	66	78	144	
15	20090913	张云翔	68	75	143	
16	20090914	张睿	92	86	178	
17	20090915	李燕	88	72	160	
18	20090916	陈曦	96	92	188	
19						

图 3-58 总成绩计算结果

第 6 步：在 F3 单元格中插入函数“AVERAGE”求平均值函数后，重复第 4 ~ 5 步操作，选定数据区域，复制函数后，就可以完成平均成绩的计算，操作过程及结果如图 3-59 和

图 3-60所示。

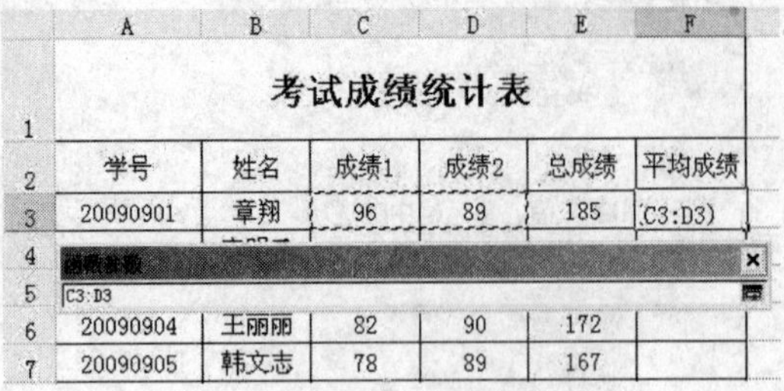

图 3-59　使用函数

	A	B	C	D	E	F
1	考试成绩统计表					
2	学号	姓名	成绩1	成绩2	总成绩	平均成绩
3	20090901	章翔	96	89	185	92.5
4	20090902	李明云	86	92	178	89
5	20090903	马晓晴	95	91	186	93
6	20090904	王丽丽	82	90	172	86
7	20090905	韩文志	78	89	167	83.5
8	20090906	于晓丹	76	90	166	83
9	20090907	王鹏	80	75	155	77.5
10	20090908	李广元	95	78	173	86.5
11	20090909	宋建	68	81	149	74.5
12	20090910	李强	84	88	172	86
13	20090911	赵伟	72	91	163	81.5
14	20090912	赵雅君	66	78	144	72
15	20090913	张云翔	68	75	143	71.5
16	20090914	张睿	92	86	178	89
17	20090915	李燕	88	72	160	80
18	20090916	陈曦	96	92	188	94
19						

图 3-60　平均成绩计算结果

小知识

在使用函数对单元格数据进行计算时，还可以直接单击工具栏中的 Σ 按钮，展开“常用函数”下拉列表，选择对应的函数直接计算单元格数据，如图3-61所示。

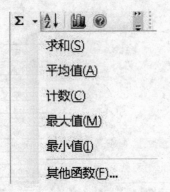

图 3-61　“常用函数”下拉列表

自己做

（1）打开表格 LT3-11，使用 Sheet2 工作表中的数据，统计“总计”和“平均销售额”放在相应的单元格中，结果如图 3-62 所示。

	A	B	C	D	E	F
1	建筑材料销售统计(万元)					
2	产品名称	销售地区	销售额			
3	塑料	华南	2340.00			
4	塑料	华北	1267.00			
5	木材	华北	345.20			
6	钢材	西南	987.00			
7	木材	东北	3456.90		总　计	37934.20
8	塑料	东北	8765.00		平均销售额	3448.56
9	钢材	西南	2344.00			
10	钢材	东北	3435.00			
11	木材	华北	765.30			
12	木材	华南	7654.00			
13	塑料	西北	6574.80			

图 3-62　样张 LT3-11A

（2）打开表格 LT3-11，使用 Sheet3 工作表中的数据，统计“工资总计”和“平均工资”放在相应的单元格中，结果如图 3-63 所示。

	A	B	C	D	E	F	G
1	职员登记表						
2	编号	部门	姓名	年龄	性别	籍贯	工资
3	K12	开发部	N1	30	男	山东	4000
4	C11	测试部	N2	28	男	上海	3000
5	W16	文档部	N3	26	女	北京	2600
6	S21	市场部	N4	24	男	江苏	3200
7	S22	市场部	N5	25	女	江苏	2800
8	K15	开发部	N6	32	男	广东	3600
9	C09	测试部	N7	27	男	山东	1800
10	W02	文档部	N8	24	女	湖南	1800
11							
12							
13		工资总计：	22800				
14		平均工资：	2850				

图 3-63　样张 LT3-11B

（3）打开表格 LT3-11，使用 Sheet4 工作表中的数据，计算四个年度的“总人口数”放在相应的单元格中，结果如图 3-64 所示。

	A	B	C	D	E
1	全国人口数				
2	地区分布	1980	1990	2000	2010
3	总人口数	711,377,309	1,237,792,500	3,255,671,475	3,244,290,531
4	内、大陆人口	710,490,303	1,236,874,923	3,254,232,354	3,243,212,312
5	台湾省人口	454,354	452,345	896,776	654,677
6	港、澳特区人口	432,652	465,232	542,345	423,542

图 3-64　样张 LT3-11C

任务二　数据排序

任务描述

按指定关键字对工作表数据进行排序的操作步骤。

任务分析

Excel 能够对数据列表中的行和列进行排序，不仅可以按升序、降序，而且还可以按指定的序列进行排序。通过“数据”→“排序”命令实现。

参考做法

打开“考生”文件夹中的表格 LT3-9，使用 Sheet1 工作表中的数据，按照“单价”由高到低的顺序对数据列表进行排序。

具体操作步骤如下。

第 1 步：单击数据区域中的任意一个单元格。

第 2 步：选择“数据”菜单中的“排序”命令，弹出“排序”对话框。

第 3 步：在“主要关键字”下拉列表中，选择“单价”，并单选“降序”选项，如图 3-65所示。

第 4 步：单击“确定”按钮，排序结果如图 3-66 所示。

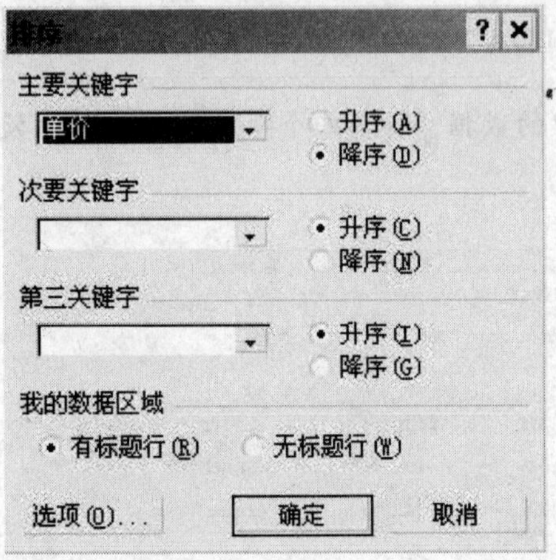

图 3-65　排序选项

	A	B	C	D	E	F
1	12月销售信息统计表					
2	产品编号	产品名称	单价	数量	折扣	总价
3	2009003	五门衣柜	￥8,200	6	0.15	￥41,820
4	2009002	四门衣柜	￥6,800	8	0	￥54,400
5	2009001	三门衣柜	￥5,200	6	0	￥31,200
6	2009010	餐桌椅	￥4,600	8	0	￥36,800
7	2009007	实木床	￥4,100	18	0	￥73,800
8	2009006	二门书柜	￥3,600	16	0.15	￥48,960
9	2009009	角柜	￥3,500	5	0.15	￥14,875
10	2009005	六斗柜	￥3,200	6	0	￥19,200
11	2009004	五斗柜	￥2,600	12	0	￥31,200
12	2009008	鞋柜	￥2,400	9	0	￥21,600

图 3-66　排序结果

小知识

在对数据表按一列进行排序时，还可以使用工具栏中的 “升序”或 “降序”按钮完成操作。

自己做

（1）打开表格 LT3-12，使用 Sheet2 工作表中的数据，按照“总成绩”降序进行排序，结果如图 3-67 所示。

（2）打开表格 LT3-12，使用 Sheet3 工作表中的数据，以“销售地区”为主要关键字，降序排序，结果如图 3-68 所示。

	A	B	C	D	E	F
1			考试成绩统计表			
2	学号	姓名	成绩1	成绩2	总成绩	平均成绩
3	20090916	陈曦	96	92	188	94
4	20090903	马晓晴	95	91	186	93
5	20090901	章翔	96	89	185	92.5
6	20090902	李明云	86	92	178	89
7	20090914	张睿	92	86	178	89
8	20090908	李广元	95	78	173	86.5
9	20090904	王丽丽	82	90	172	86
10	20090910	李强	84	88	172	86
11	20090905	韩文志	78	89	167	83.5
12	20090906	于晓丹	76	90	166	83
13	20090911	赵伟	72	91	163	81.5
14	20090915	李燕	88	72	160	80
15	20090907	王鹏	80	75	155	77.5
16	20090909	宋建	68	81	149	74.5
17	20090912	赵雅君	66	78	144	72
18	20090913	张云翔	68	75	143	71.5

图 3-67　样张 LT3-12A

	A	B	C
1	建筑材料销售统计(万元)		
2	产品名称	销售地区	销售额
3	钢材	西南	987.00
4	钢材	西南	2344.00
5	塑料	西北	6574.80
6	塑料	华南	2340.00
7	木材	华南	7654.00
8	塑料	华北	1267.00
9	木材	华北	345.20
10	木材	华北	765.30
11	木材	东北	3456.90
12	塑料	东北	8765.00
13	钢材	东北	3435.00

图 3-68　样张 LT3-12B

（3）打开表格 LT3-12，使用 Sheet4 工作表中的数据，以“年龄”为主要关键字，升序排序，结果如图 3-69 所示。

	A	B	C	D	E	F	G
1				职员登记表			
2	编号	部门	姓名	年龄	性别	籍贯	工资
3	S21	市场部	N4	24	男	江苏	3200
4	W02	文档部	N8	24	女	湖南	1800
5	S22	市场部	N5	25	女	江苏	2800
6	W16	文档部	N3	26	女	北京	2600
7	C09	测试部	N7	27	男	山东	1800
8	C11	测试部	N2	28	男	上海	3000
9	K12	开发部	N1	30	男	山东	4000
10	K15	开发部	N6	32	男	广东	3600

图 3-69　样张 LT3-12C

任务三　数据筛选

任务描述

对数据使用自定义自动筛选操作。

任务分析

数据列表常被用来查找和分析信息。在 Excel 中，筛选数据列表就是暂时隐藏数据列表中不满足条件的记录，只显示符合条件的记录。通过“数据”→“筛选”→“自动筛选”命令实现。

参考做法

打开“考生”文件夹中的表格 LT3-9，使用 Sheet1 工作表中的数据，筛选出“单价”大于或等于 3600 的记录。

具体操作步骤如下。

第 1 步：单击数据列表中的任意一个单元格。

第 2 步：选择“数据”→“筛选”→“自动筛选”命令。

第 3 步：单击“单价”右边的下拉箭头，在弹出的下拉列表中单击“自定义”选项，弹出“自定义自动筛选方式”对话框，如图 3-70 和图 3-71 所示。

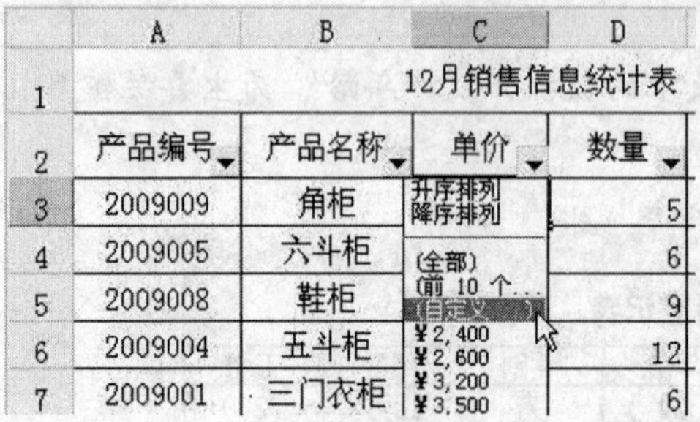

图 3-70　筛选项目

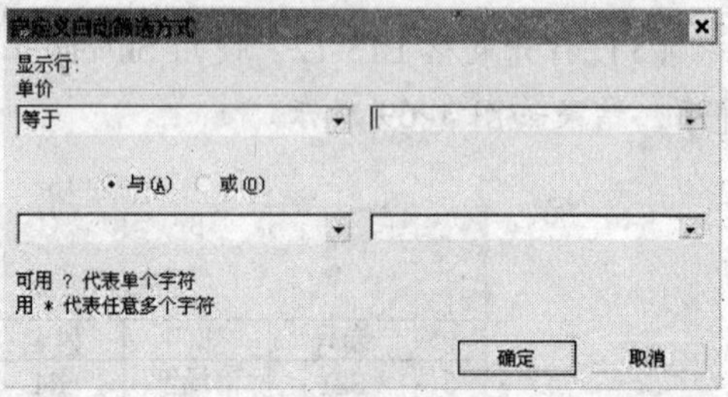

图 3-71　“自定义自动筛选方式”对话框

第 4 步：在对话框第一行的文本框中输入 3600，在第一行的条件选项中选择“大于或等于”，如图 3-72 所示。

第 5 步：单击“确定”按钮，如图 3-73 所示即为自定义自动筛选条件后的结果。

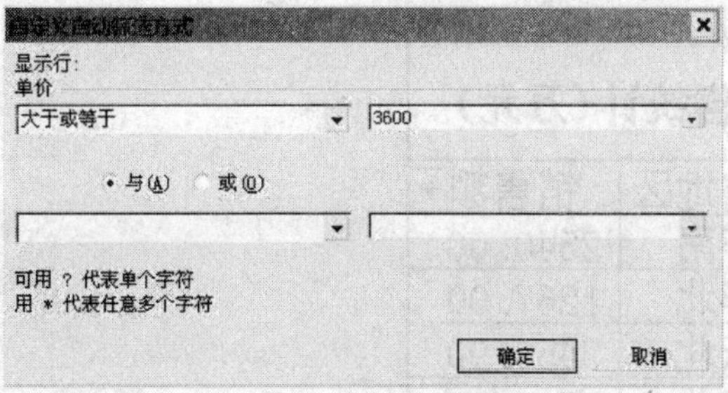

图 3-72 自定义自动筛选

	A	B	C	D	E	F
1	12月销售信息统计表					
2	产品编号	产品名称	单价	数量	折扣	总价
7	2009001	三门衣柜	￥5,200	6	0	￥31,200
8	2009010	餐桌椅	￥4,600	8	0	￥36,800
9	2009003	五门衣柜	￥8,200	6	0.15	￥41,820
10	2009006	二门书柜	￥3,600	16	0.15	￥48,960
11	2009002	四门衣柜	￥6,800	8	0	￥54,400
12	2009007	实木床	￥4,100	18	0	￥73,800

图 3-73 自定义自动筛选结果

小知识

Excel 有自动筛选器和高级筛选器两种，使用自动筛选器是筛选数据列表极其简单的方法，而使用高级筛选器则可规定很复杂的筛选条件。

自己做

（1）打开表格 LT3-13，使用 Sheet2 工作表中的数据，筛选“平均成绩”大于 80 的记录，结果如图 3-74 所示。

	A	B	C	D	E	F
1	考试成绩统计表					
2	学号	姓名	成绩1	成绩2	总成绩	平均成绩
3	20090901	章翔	96	89	185	92.5
4	20090902	李明云	86	92	178	89
5	20090903	马晓晴	95	91	186	93
6	20090904	王丽丽	82	90	172	86
7	20090905	韩文志	78	89	167	83.5
8	20090906	于晓丹	76	90	166	83
10	20090908	李广元	95	78	173	86.5
12	20090910	李强	84	88	172	86
13	20090911	赵伟	72	91	163	81.5
16	20090914	张睿	92	86	178	89
18	20090916	陈曦	96	92	188	94

图 3-74 样张 LT3-13A

（2）打开表格 LT3-13，使用 Sheet3 工作表中的数据，筛选出“销售额”大于或等于 1000 的记录，结果如图 3-75 所示。

	A	B	C
1	建筑材料销售统计（万元）		
2	产品名称	销售地区	销售额
3	塑料	华南	2340.00
4	塑料	华北	1267.00
7	木材	东北	3456.90
8	塑料	东北	8765.00
9	钢材	西南	2344.00
10	钢材	东北	3435.00
12	木材	华南	7654.00
13	塑料	西北	6574.80

图 3-75　样张 LT3-13B

（3）打开表格 LT3-13，使用 Sheet2 工作表中的数据，筛选出“工资”小于或等于 3000 的记录，结果如图 3-76 所示。

	A	B	C	D	E	F	G
1	职员登记表						
2	编号	部门	姓名	年龄	性别	籍贯	工资
4	C11	测试部	N2	28	男	上海	3000
5	W16	文档部	N3	26	女	北京	2600
7	S22	市场部	N5	25	女	江苏	2800
9	C09	测试部	N7	27	男	山东	1800
10	W02	文档部	N8	24	女	湖南	1800

图 3-76　样张 LT3-13C

任务四　合并计算

任务描述

对多表格同类的数据进行合并计算。

任务分析

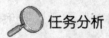

将分布在多个数据表中的数据列进行合并计算，这是对工作表数据进行处理的常用操作。通过“数据”→“合并计算”命令实现。

参考做法

打开“考生”文件夹中的表格 LT3-14，使用 Sheet1 工作表中“表 1”、“表 2”的数据，在“统计表”中进行“求和”的合并计算。

具体操作步骤如下。

第 1 步：选择“统计表”数据区域，如图 3-77 所示。

第 2 步：选择“数据”菜单中的“合并计算”命令，弹出“合并计算”对话框。

第 3 步：在“函数”下拉列表中选择“求和”，在“引用位置”文本框右侧单击 按钮，选择“表 1”数据区域，单击 返回“合并计算”对话框，再单击“添加”按钮将数据区域添加到“所有引用位置”列表框中，如图 3-78 和图 3-79 所示。

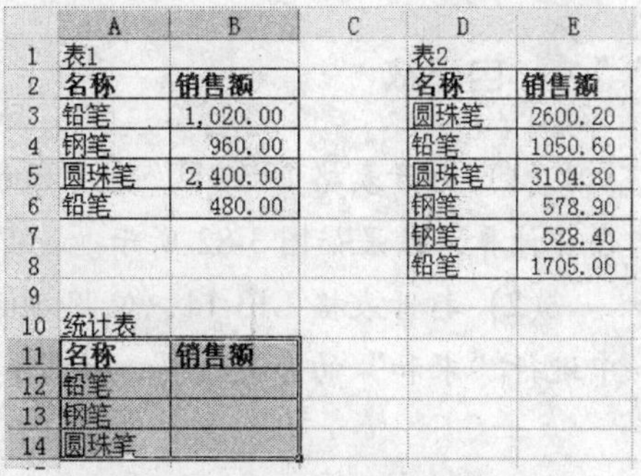

图 3-77　选择数据区域

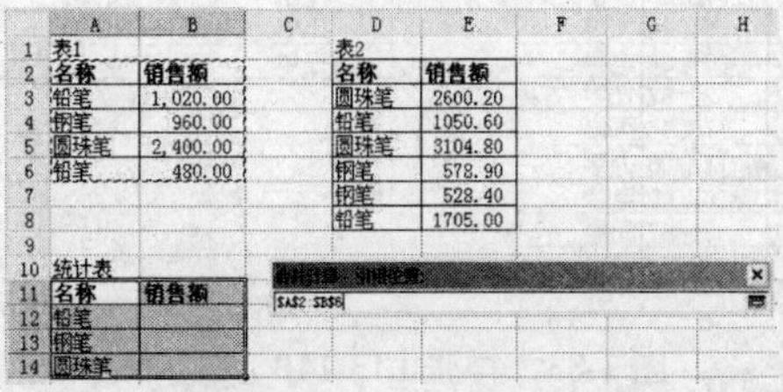

图 3-78　合并计算选项

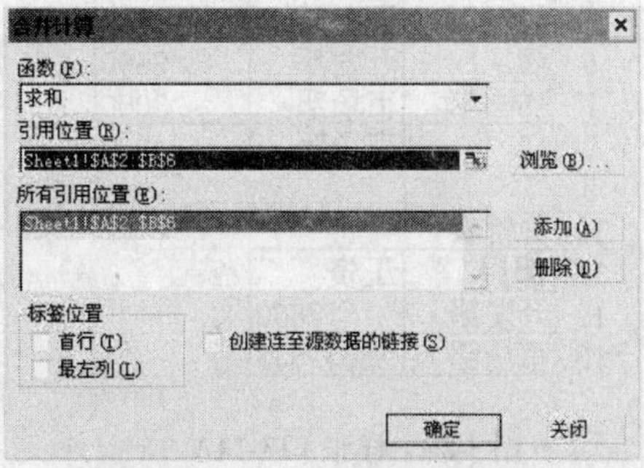

图 3-79　“合并计算”对话框

重复上述操作，完成对“表 2”数据区域的添加。在“标签位置”中，选择“首行”、“最左列”，如图 3-80 所示。

第 4 步：单击“确定”按钮，得到合并计算后的结果，如图 3-81 所示。

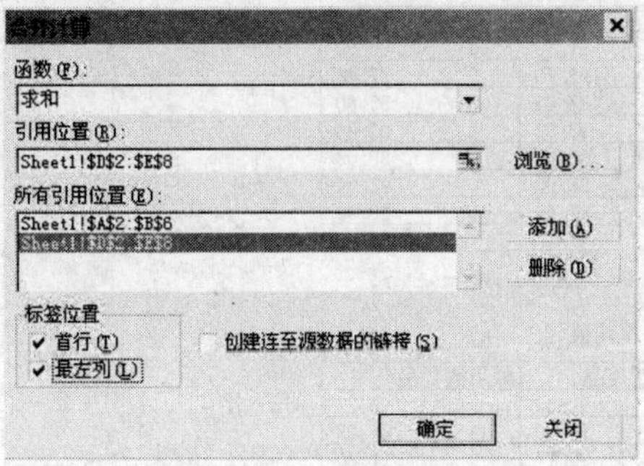

图 3-80　设置标签位置

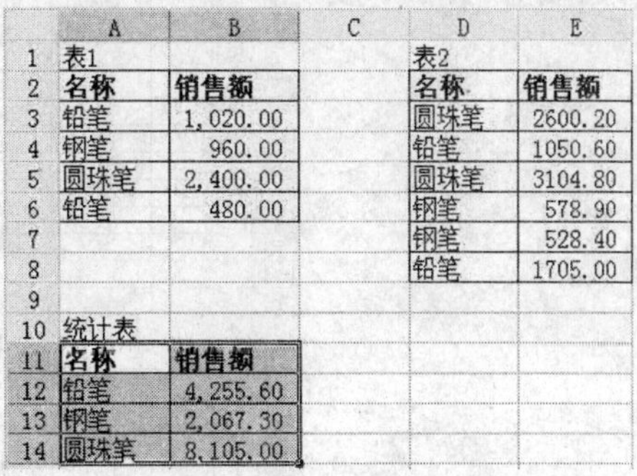

图 3-81　合并计算后的结果

小知识

在选择数据区域时，数据表的数据列及标题必须前后一致。根据所选的数据区域不同，“标签位置”所选择的内容也不尽相同。

自己做

(1) 打开表格 LT3-14，使用 Sheet2 工作表中的数据，在“分析表”中进行“平均值”合并计算，结果如图 3-82 所示。

(2) 打开表格 LT3-14，使用 Sheet3 工作表中的数据，在“各学校决赛总成绩统计表”中进行“求和”的合并计算，结果如图 3-83 所示。

	A	B	C
1	统计表		
2	编号	部门	工资
3	A1	开发部	3200
4	A2	市场部	2800
5	A3	开发部	2600
6	A4	开发部	2600
7	A5	市场部	3000
8	A6	市场部	4200
9			
10	分析表		
11	部门	工资	
12	开发部	2800	
13	市场部	3333.333	

图 3-82　样张 LT3-14A

	A	B	C	D	E	F
2	学校	成绩	项目			
3	一中	82.55	力学			
4	一中	78.32	电学		各学校决赛总成绩统计表	
5	一中	68.09	光学		学校	成绩
6	一中	72.43	声学		一中	301.39
7	二中	87.98	力学		二中	329.27
8	二中	79.06	电学		三中	309.2
9	二中	82.67	光学			
10	二中	79.56	声学			
11	三中	78.05	力学			
12	三中	69.08	电学			
13	三中	81.67	光学			
14	三中	80.4	声学			

图 3-83　样张 LT3-14B

(3) 打开表格 LT3-14，使用 Sheet4 工作表中的数据，在“地区消费水平平均值”中进行“平均值”合并计算，结果如图 3-84 所示。

	A	B	C	D	E
1	地区消费水平抽样调查表				
2	地区	食品	服装	日常生活用品	耐用消费品
3	东北	89.50	87.98	93.00	87.43
4	东北	90.20	91.00	92.00	93.88
5	东北	87.90	88.22	88.00	91.00
6	华北	81.78	81.65	91.30	85.90
7	华北	95.46	76.50	92.50	87.46
8	华东	87.98	89.50	87.43	93.00
9	华东	91.00	90.20	93.88	92.00
10	华东	88.22	87.90	91.00	88.00
11	西北	81.65	81.78	85.90	91.30
12	西北	76.50	81.50	87.46	86.90
13					
14					
15					
16	地区消费水平平均值				
17	地区	食品	服装	日常生活用品	耐用消费品
18	东北	89.20	89.07	91.00	90.77
19	华北	88.62	79.08	91.90	86.68
20	华东	89.07	89.20	90.77	91.00
21	西北	79.08	81.64	86.68	89.10

图 3-84　样张 LT3-14C

任务五　分 类 汇 总

任务描述

为工作表数据创建分类汇总。

任务分析

要使用分类汇总的数据列表，必须具有字段名，即每一列数据都要有列标题。Excel 使用列标题来决定如何创建数据组以及如何计算总和。在对数据表进行分类汇总前，必须先排序。通过“数据”→“分类汇总”命令实现。

参考做法

打开“考生”文件夹中的表格 LT3-15，使用 Sheet1 工作表中的数据，以“地区”为分类字段，将“销售额”进行“求和”分类汇总。

具体操作步骤如下。

第 1 步：在要分类汇总的数据列表的数据区域中，单击任意单元格，以“地区”为主要关键字降序重新排序数据表，如图 3-85 所示。

第 2 步：选择“数据”菜单中的“分类汇总”命令，弹出“分类汇总”对话框，如图 3-86所示。

	A	B	C
1	食品销售统计（万元）		
2	主要食品	地区	销售额
3	粮食	西南	8930.00
4	海产	西北	2406.29
5	粮食	西北	5632.11
6	禽蛋	华南	4892.05
7	海产	华南	9866.10
8	肉类	华南	9257.00
9	肉类	华北	8903.66
10	禽蛋	华北	6522.20
11	海产	东北	9516.23
12	粮食	东北	9954.72

图 3-85　按“地区”排序

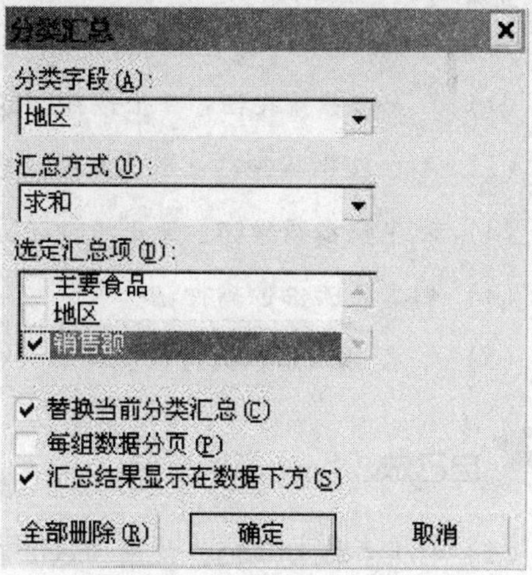

图 3-86　“分类汇总”对话框

第 3 步：在“分类字段”下拉列表中选择“地区”，表示以“地区”进行分类汇总。

第 4 步：在“汇总方式”下拉列表中选择“求和”。

第5步：在“选定汇总项”列表框中选择“销售额”。

第6步：单击“确定”按钮，完成分类汇总，分类汇总结果如图3-87所示。

	A	B	C
1	食品销售统计（万元）		
2	主要食品	地区	销售额
3	海产	东北	9516.23
4	粮食	东北	9954.72
5		**东北 汇总**	19470.95
6	禽蛋	华北	6522.20
7	肉类	华北	8903.66
8		**华北 汇总**	15425.86
9	海产	华南	9866.10
10	禽蛋	华南	4892.05
11	肉类	华南	9257.00
12		**华南 汇总**	24015.15
13	海产	西北	2406.29
14	粮食	西北	5632.11
15		**西北 汇总**	8038.40
16	粮食	西南	8930.00
17		**西南 汇总**	8930.00
18		**总计**	75880.36

图3-87　分类汇总结果

小知识

在建立了分类汇总的工作表中，数据是分级显示的。第1级数据是汇总项的总和，第2级数据是分类汇总数据组各汇总项的和，第3级数据是数据列表的原始数据。利用分级显示可以快速地显示汇总信息。

分级视图中的各个按钮如下。

（1）1 一级数据按钮：单击该按钮显示一级数据。

（2）2 二级数据按钮：单击该按钮显示一级和二级数据。

（3）3 三级数据按钮：单击该按钮显示前三级数据。

（4）+ 显示明细数据按钮。

（5）- 隐藏明细数据按钮。

自己做

（1）打开表格LT3-15，使用Sheet2工作表中的数据，以“销售地区”为分类字段，将“销售额”进行“求和”的分类汇总，结果如图3-88所示。

	A	B	C
1	**建筑材料销售统计(万元)**		
2	产品名称	销售地区	销售额
6		**东北 汇总**	15656.90
10		**华北 汇总**	2377.50
13		**华南 汇总**	9994.00
15		**西北 汇总**	6574.80
18		**西南 汇总**	3331.00
19		**总计**	37934.20

图 3-88　样张 LT3-15A

(2) 打开表格 LT3-15，使用 Sheet3 工作表中的数据，以“部门”为分类字段，将“工资”进行“最大值”的分类汇总，结果如图 3-89 所示。

	A	B	C	D	E	F	G
1			**职员登记表**				
2	编号	部门	姓名	年龄	性别	籍贯	工资
5		**测试部 最大值**					3000
8		**开发部 最大值**					4000
11		**市场部 最大值**					3200
14		**文档部 最大值**					2600
15		**总计最大值**					4000

图 3-89　样张 LT3-15B

(3) 打开表格 LT3-15，使用 Sheet4 工作表中的数据，以“学校”为分类字段，将“成绩”进行“平均值”的分类汇总，结果如图 3-90 所示。

	A	B	C
1	科技发明决赛成绩		
2	**学校**	**成绩**	**项目**
7	**二中 平均值**	82.3175	
12	**三中 平均值**	77.3	
17	**一中 平均值**	75.3475	
18	**总计平均值**	78.32167	

图 3-90　样张 LT3-15C

(4) 打开表格 LT3-15，使用 Sheet5 工作表中的数据，以“地区”为分类字段，将“食品”和“耐用消费品”进行“最大值”的分类汇总，结果如图 3-91 所示。

	D	E	F	G	H
1		**地区消费水平抽样调查表**			
2	**地区**	**食品**	**服装**	**日常生活用品**	**耐用消费品**
6	**东北 最大值**	90.20			93.88
9	**华北 最大值**	95.46			87.46
13	**华东 最大值**	91.00			93.00
16	**西北 最大值**	81.65			91.30
17	**总计最大值**	95.46			93.88

图 3-91　样张 LT3-15D

任务六　建立数据透视表

任务描述

为工作表数据建立数据透视表。

任务分析

数据透视表是一种对大量数据进行快速汇总和建立交叉列表的表格，透视表中可以指定想显示的字段和数据项，以确定如何组织数据。建立数据透视表通过“数据”→“数据透视表和数据透视图”命令实现。

参考做法

打开“考生”文件夹中的表格 LT3-16，使用 Sheet1 工作表中的数据，以“订购日期”为分页，以“地区”为列字段，以“产品名称”为行字段，以“产品销售额”作为数据项，以“求和”作为汇总方式，从 Sheet2 工作表的 A1 单元格起建立数据透视表，结果如图 3-92所示。

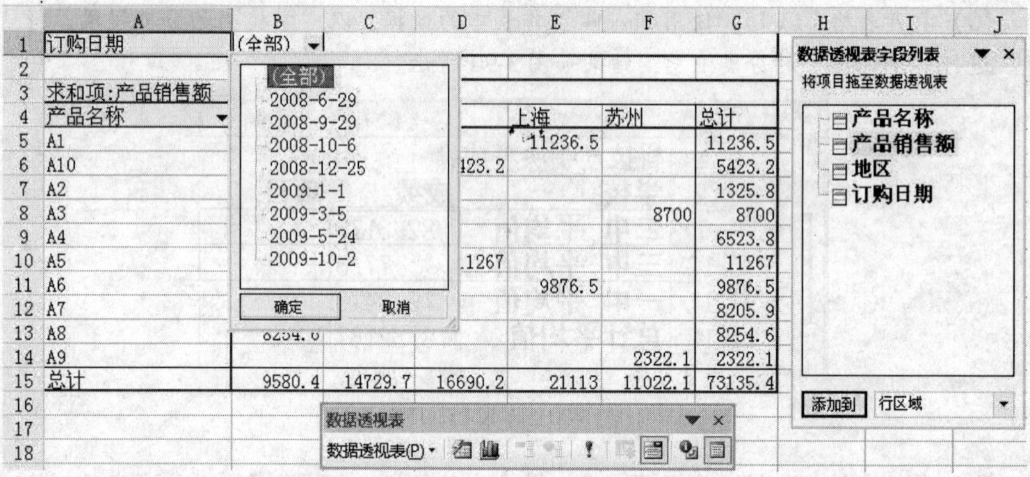

图 3-92　数据透视表

具体操作步骤如下。

第 1 步：单击工作表中的任意一个单元格。

第 2 步：选择“数据”菜单中的“数据透视表和数据透视图”命令，弹出“数据透视表和数据透视图向导—3 步骤之 1”对话框，如图 3-93 所示。

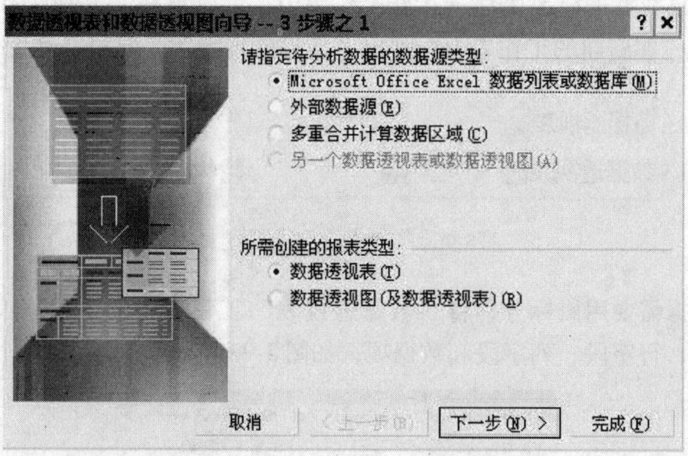

图 3-93　数据透视表向导 1

第 3 步：在“请指定待分析数据的数据源类型”中单选“Microsoft Office Excel 数据列表或数据库”项，在“所需创建的数据报表类型”中单选“数据透视表”项，然后单击“下一步”按钮，弹出“数据透视表和数据透视图向导—3 步骤之 2”对话框，如图 3-94 所示。

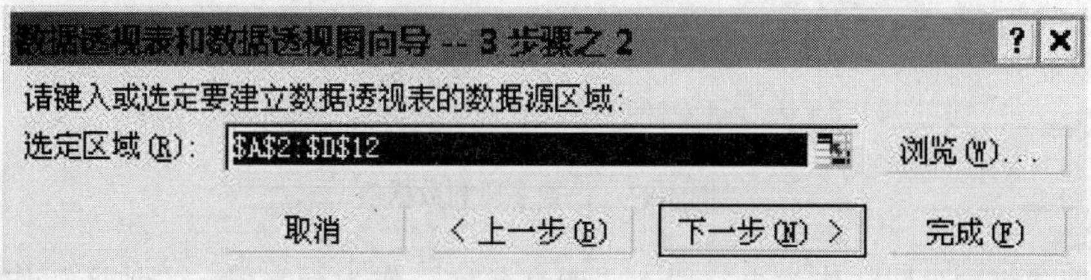

图 3-94　数据透视表向导 2

第 4 步：单击“选定区域”文本框右侧的按钮，用鼠标在工作表中选择要创建数据透视表的数据区域，然后单击“下一步”按钮，弹出“数据透视表和数据透视图向导—3 步骤之 3”对话框，如图 3-95 所示。

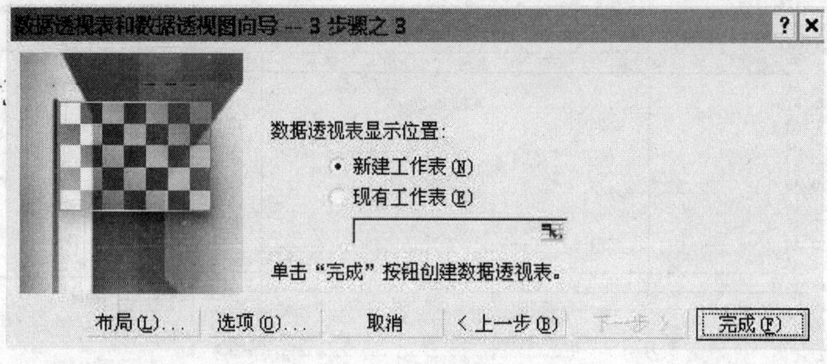

图 3-95　数据透视表向导 3

第 5 步：如果数据透视表要显示在新工作表中，可以单选“新建工作表”项，然后单击“完成”按钮，在新建的工作表中会弹出“数据透视表”工具栏，如图 3-96 所示。

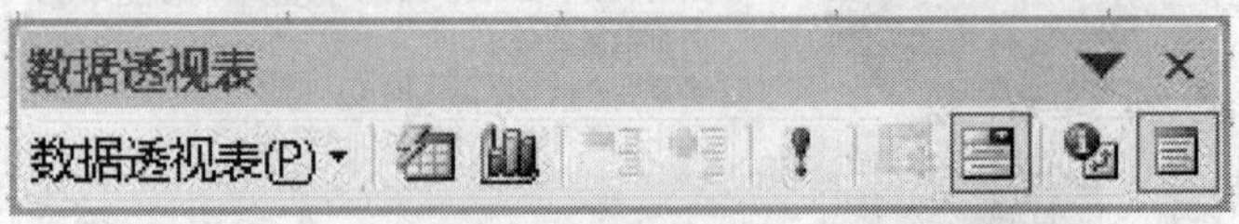

图 3-96 “数据透视表”工具栏

第 6 步：根据需要用鼠标分别将“数据透视表”工具栏中的字段拖拽到透视表的相应位置作为页字段、行字段、列字段和数据项，如图 3-97 所示。

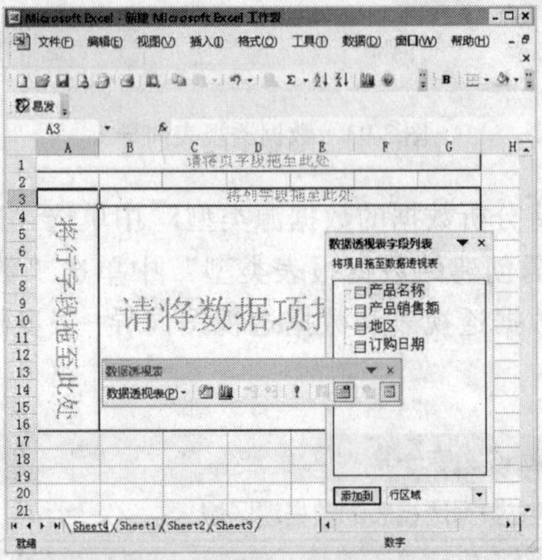

图 3-97 设置字段和数据项

这里把“订购日期”作为页字段，“产品名称”作为行字段，“地区”作为列字段，“产品销售额”作为数据项，而且以“求和”作为汇总方式，如图 3-98 所示。如果 A3 单元格的数据字段没有显示“求和项：产品销售额”，则可双击该单元格，在弹出的“数据透视表字段”对话框的“汇总方式”列表中选择“求和”选项，然后单击“确定”按钮即可，如图 3-99 所示。

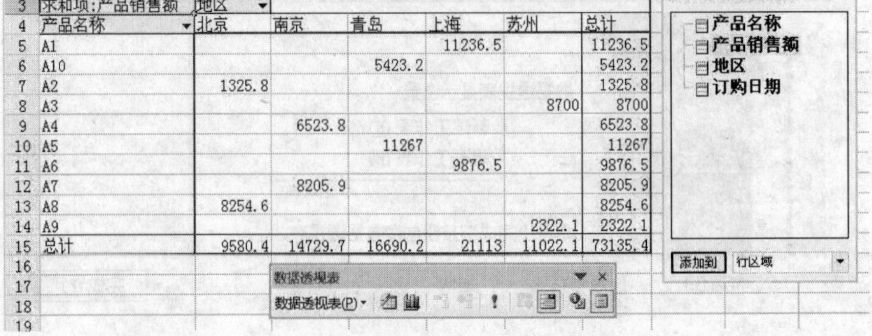

订购日期	(全部)					
求和项:产品销售额	地区					
产品名称	北京	南京	青岛	上海	苏州	总计
A1				11236.5		11236.5
A10			5423.2			5423.2
A2	1325.8					1325.8
A3					8700	8700
A4		6523.8				6523.8
A5			11267			11267
A6				9876.5		9876.5
A7		8205.9				8205.9
A8	8254.6					8254.6
A9					2322.1	2322.1
总计	9580.4	14729.7	16690.2	21113	11022.1	73135.4

图 3-98 数据透视表

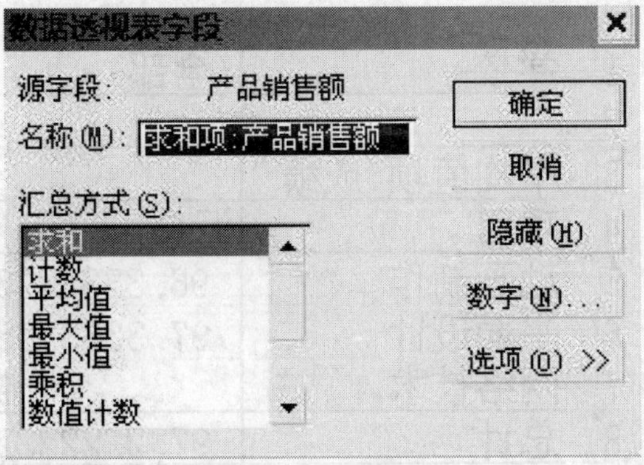

图 3-99　设置汇总方式

小知识

页字段项的数据透视表如同一叠卡片，每张数据透视表就如同一张卡片，选择不同的页字段项就相当于选出不同的卡片，因此可以使用“页字段”来筛选数据。同样，也可以选择行字段和列字段来筛选数据。

自己做

（1）打开“考生”文件夹中的表格 LT3-17，使用 Sheet1 工作表中的数据，以“学校”为分页，以“项目”为行字段，以“成绩”为平均值项，从 Sheet2 工作表的 A1 单元格起建立数据透视图（及数据透视表），结果如图 3-100 所示。

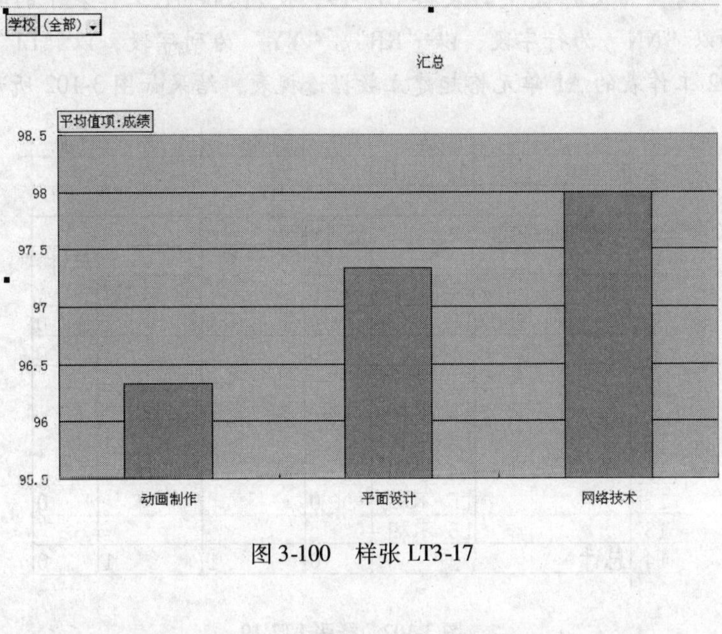

图 3-100　样张 LT3-17

	A	B
1	学校	(全部) ▼
2		
3	平均值项:成绩	
4	项目 ▼	汇总
5	动画制作	96.33333333
6	平面设计	97.33333333
7	网络技术	98
8	总计	97.22222222

图 3-100　样张 LT3-17（续）

（2）打开“考生”文件夹中的表格 LT3-18，使用 Sheet1 工作表中的数据，以“单位”为分页，以“部门”为行字段，以“省份”为列字段，以“数目”为计数项，从 Sheet2 工作表的 A1 单元格起建立数据透视表，结果如图 3-101 所示。

	A	B	C	D	E	F	G
1	单位	(全部) ▼					
2							
3	计数项:数目	省份 ▼					
4	部门 ▼	北京	广东	江苏	山东	上海	总计
5	测试部	1	1			1	3
6	开发部	1	1		1	1	4
7	设计部	1		1		1	3
8	总计	3	2	1	1	3	10

图 3-101　样张 LT3-18

（3）打开“考生”文件夹中的表格 LT3-19，使用 Sheet1 工作表中的数据，以“KPY-BH”为分页，以“NN”为行字段，以“RR”、“YY”为列字段，以“L1”～“L6”为求和项，从 Sheet2 工作表的 A1 单元格起建立数据透视表，结果如图 3-102 所示。

	A	B	C	D	E	F
1	KPYBH	22 ▼				
2						
3	求和项:类型		RR ▼	YY ▼		
4			65	65 计数		总计
5	NN ▼	类型 ▼	98		98 计数	
6	2002	L5	0	1	1	0
7	2002 汇总		0	1	1	0
8		L1 求和				
9		L2 求和				
10		L3 求和				
11		L4 求和				
12		L5 求和	0			0
13		L6 求和				
14	总计		0	1	1	0

图 3-102　样张 LT3-19

课 后 练 习

打开考生文件夹中的表格 LX3-2. xls，按下列要求完成操作：

（1）公式（函数）应用

使用 Sheet1 工作表中的数据，计算各行政分区的总供水量和总用水量，结果分别放在相应的单元格内，如图 3-103 所示。

	A	B	C	D	E	F	G	H	I
1	2008年山西省行政分区供用水量								
2									单位：亿立方米
3	行政分区	供水量				用水量			
4		地表水	地下水	其他水源	总供水量	农业	工业	公共生活	总用水量
5	太原市	2.89	4.05	1.14	8.08	2.26	2.26	2.00	6.52
6	大同市	1.52	3.87	0.24	5.63	3.03	1.30	0.86	5.19
7	阳泉市	0.93	0.53	0.47	1.93	0.21	0.85	0.37	1.43
8	长治市	1.89	1.99	0.47	4.35	1.86	1.28	0.69	3.83
9	晋城市	0.94	1.73	0.37	3.04	0.56	1.37	0.74	2.67
10	朔州市	1.33	1.95	0.26	3.54	2.32	0.60	0.35	3.27
11	忻州市	2.06	2.58	0.18	4.82	3.27	0.83	0.52	4.62
12	吕梁市	2.50	2.75	0.12	5.37	3.37	1.16	0.69	5.22
13	晋中市	2.04	4.53	0.36	6.93	4.66	1.10	0.77	6.53
14	临汾市	3.01	3.27	0.34	6.62	4.23	1.14	0.86	6.23
15	运城市	2.88	7.83	0.01	10.72	8.09	1.60	0.98	10.67

图 3-103　样张 LX3-2A

（2）数据排序

使用 Sheet2 工作表中的数据，以“成绩”为主要关键字，降序排序，结果如图 3-104 所示。

（3）数据筛选

使用 Sheet3 工作表中的数据，筛选出“成绩”大于或等于 70 的记录，结果如图 3-105 所示。

（4）数据合并计算

使用 Sheet4 工作表中的数据，在“各班决赛总成绩统计表”中进行求和合并计算，结果如图 3-106 所示。

（5）数据分类汇总

使用 Sheet5 工作表中的数据，以“班级”为分类字段，将“成绩”进行“平均值”分类汇总，结果如图 3-107 所示。

（6）建立数据透视表

使用 Sheet4 工作表中的数据，以“班级”为分页，以“项目”为行字段，以“成绩”为平均值项，从 Sheet6 工作表的 A1 单元格起建立数据透视图（及数据透视表），结果如图 3-108 和图 3-109 所示。

	A	B	C	D
1	汉字录入成绩表			
2				单位：字/分钟
3	总序号	姓名	班级	成绩
4	29	张艺微	09大财2	103.9
5	14	郭 璋	07大数2	102.3
6	3	刘彤彤	07大财2	89.1
7	83	罗 毅	10大机电1	83.5
8	119	于宏斌	10中机械焊接	82.7
9	98	王 旭	10大模2	81.7
10	89	吴 豪	10大计算机	75.8
11	71	战彦捷	10大财1	75.0
12	49	高 政	09大数1	74.8
13	7	李伟超	07大模	74.5
14	15	战文聪	07大数2	72.1
15	4	刘璐斐	07大财2	72.0
16	47	张成毅	09大模2	71.8
17	84	宋 鹏	10大机电1	71.7
18	121	马永浩	10中计算机	71.1
19	114	王泽成	10中机电2	70.9
20	112	单阳阳	10高中	70.5
21	135	曲成亮	10中数2	70.2

图 3-104 样张 LX3-2B

	A	B	C	D
1	汉字录入成绩表			
2				单位：字/分钟
3	总序号	姓名	班级	成绩
6	3	刘彤彤	07大财2	89.1
7	4	刘璐斐	07大财2	72.0
10	7	李伟超	07大模	74.5
17	14	郭 璋	07大数2	102.3
18	15	战文聪	07大数2	72.1
32	29	张艺微	09大财2	103.9
50	47	张成毅	09大模2	71.8
52	49	高 政	09大数1	74.8
74	71	战彦捷	10大财1	75.0
86	83	罗 毅	10大机电1	83.5
87	84	宋 鹏	10大机电1	71.7
92	89	吴 豪	10大计算机	75.8
101	98	王 旭	10大模2	81.7
115	112	单阳阳	10高中	70.5
117	114	王泽成	10中机电2	70.9
122	119	于宏斌	10中机械焊接	82.7
124	121	马永浩	10中计算机	71.1
138	135	曲成亮	10中数2	70.2

图 3-105 样张 LX3-2C

	A	B	C	D	E	F	G
1	学生技能比武决赛成绩						
2	班级	成绩	项目				
3	07大专模具	87.5	录入				
4	07大专模具	88.4	车工				
5	07大专模具	79.3	钳工				
6	07大专数控	92.1	录入				
7	07大专数控	86.3	车工			各班决赛总成绩统计表	
8	07大专数控	83.6	钳工			班级	成绩
9	07大专机电	77.5	录入			07大专模具	255.2
10	07大专机电	87.7	车工			07大专数控	262
11	07大专机电	81.2	钳工			07大专机电	246.4
12	07大专机械	86.5	录入			07大专机械	272.6
13	07大专机械	92.5	车工			07大专焊接	261.3
14	07大专机械	93.6	钳工			07大专汽修	255.4
15	07大专焊接	78.9	录入				
16	07大专焊接	88.6	车工				
17	07大专焊接	93.8	钳工				
18	07大专汽修	75.8	录入				
19	07大专汽修	89.4	车工				
20	07大专汽修	90.2	钳工				

图 3-106 样张 LX3-2D

	A	B	C
1	学生技能比武决赛成绩		
2	班级	成绩	项目
6	07大专数控	87.33333	
10	07大专汽修	85.13333	
14	07大专模具	85.06667	
18	07大专机械	90.86667	
22	07大专机电	82.13333	
26	07大专焊接	87.1	
27	总计平均值	86.27222	

图 3-107　样张 LX3-2E

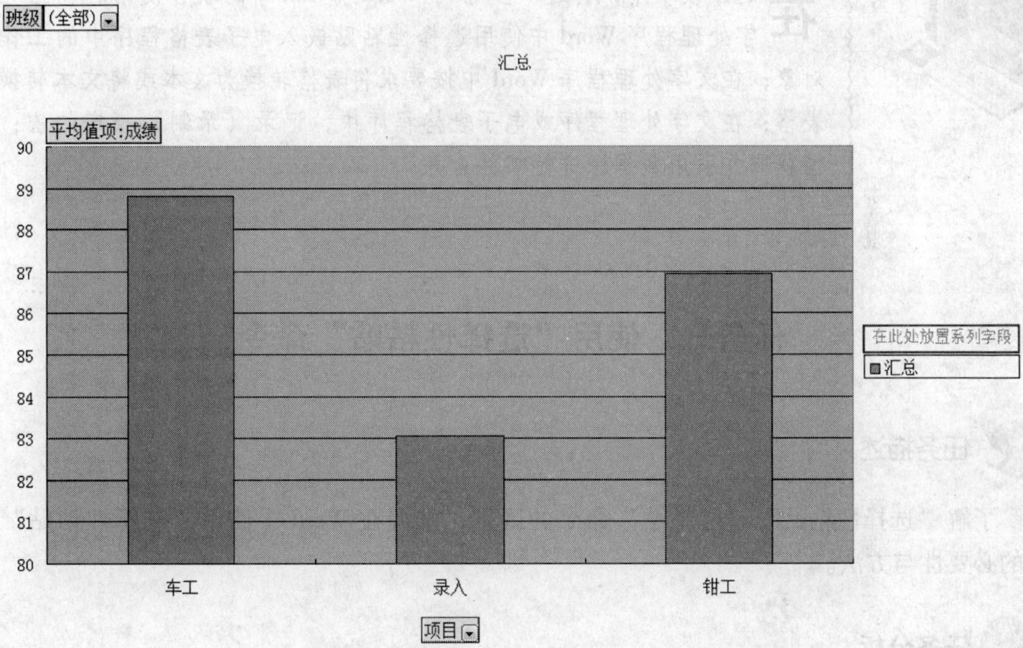

图 3-108　样张 LX3-2F

	A	B
1	班级	(全部)
2		
3	平均值项:成绩	
4	项目	汇总
5	车工	88.81666667
6	录入	83.05
7	钳工	86.95
8	总计	86.27222222

图 3-109　样张 LX3-2G

模块四　Word 和 Excel 的进阶应用

在这个模块中，将进一步学习 Word 与 Excel 的联合使用。包括在文字处理程序 Word 中使用选择性粘贴嵌入电子表格程序中的工作表对象；在文字处理程序 Word 中按要求将表格转换为文本或将文本转换为表格；在文字处理程序或电子表格程序中，记录（录制）指定的宏；掌握获取并引用数据源进行邮件合并。

任务一　使用“选择性粘贴”命令

任务描述

了解“选择性粘贴”与“粘贴”命令的区别，掌握在 Word 中使用“选择性粘贴”命令的必要性与方法。

任务分析

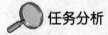

在使用 Word 或 Excel 时，经常会用到“粘贴”命令，但有时候我们只需将源数据的格式、公式或有效性验证复制到目标位置，这时普通的“粘贴”命令就不适用了，可以使用“选择性粘贴”命令将源数据的部分信息复制到目标位置。

参考做法

在 Excel 中打开文件 C：\ 2004Ksw \ DAIA2 \ 4-E1. XLS，将工作表中的表格以“Microsoft Excel 工作表对象”的形式复制到 4-E12. DOC 文档【4-E-1】文本下。

第 1 步：单击快速启动栏中“Microsoft Excel”按钮，打开 4-E1. XLS，选中工作表中的数据区域，用鼠标右键单击并在弹出的快捷菜单中选择“复制”命令或单击“常用”工具栏中的“复制”按钮，如图 4-1 所示。

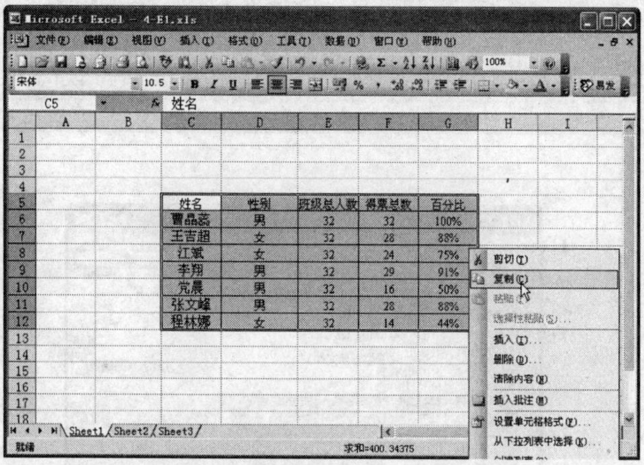

图 4-1　选择“复制”命令

第 2 步：在“Microsoft Word”中，单击工具栏中的“打开”按钮，选择相应目录下的素材文件 4-E12. DOC，单击“打开”按钮。将鼠标定位在【4-E-1】文本下，单击“编辑”菜单中的“选择性粘贴”命令，如图 4-2 所示。

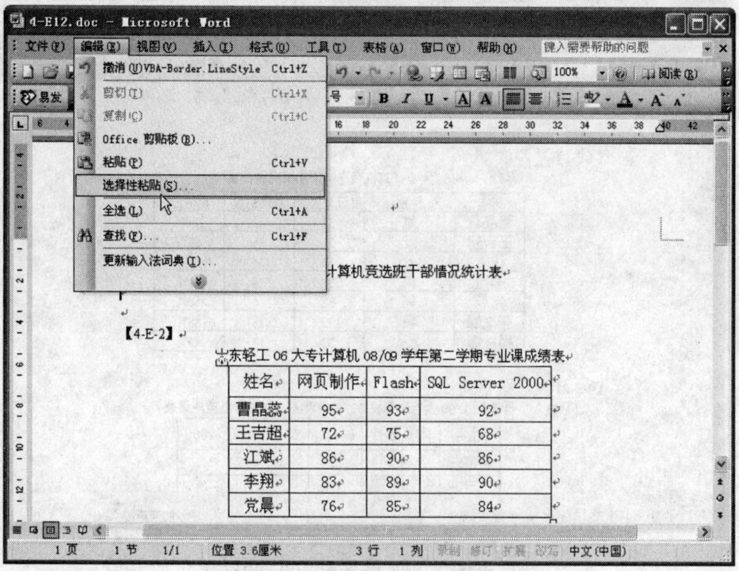

图 4-2　选择“选择性粘贴”命令

第 3 步：选中“粘贴”单选按钮，在“形式”列表中选中“Microsoft Excel 工作表对象”选项，如图 4-3 所示。单击“确定”按钮，“选择性粘贴”的结果如图 4-4 所示。

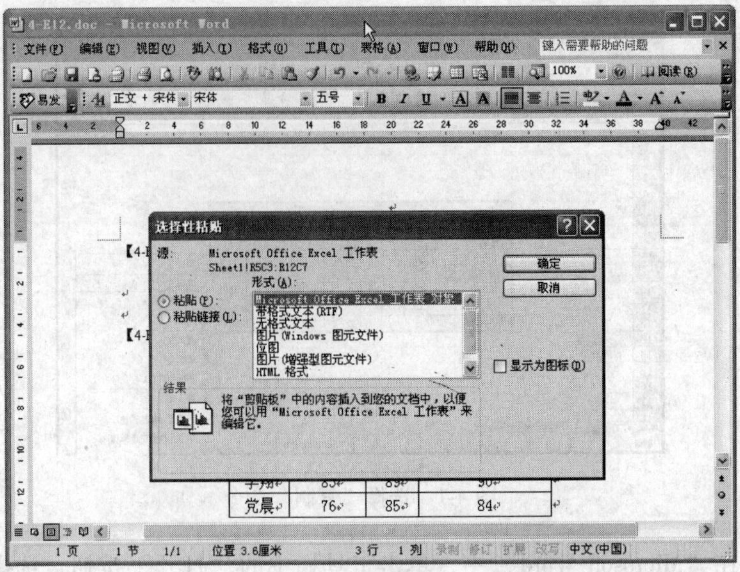

图 4-3 “选择性粘贴”对话框

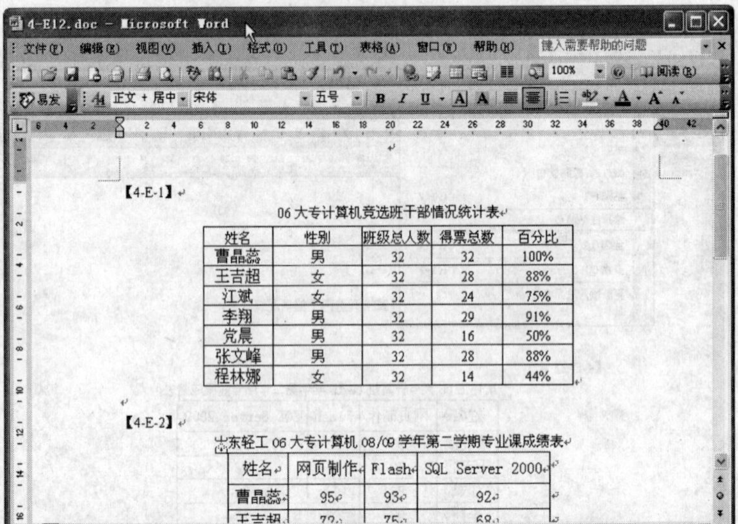

图 4-4 “选择性粘贴”的结果

小知识

“选择性粘贴”命令的应用。

(1) 文字变整洁。从网上搜寻资料，如果直接粘贴到 Word 里，往往大小不一、字体不均、颜色多样，有些还带有边框、下划线。通过“选择性粘贴”命令便可让这些文字按照设置好的格式出现。将需要的文字复制到剪贴板后，执行“编辑”菜单中的“选择性粘贴”命令，在弹出的对话框中选择“无格式文本”后确定，这时粘贴过来的文字其表格、边框、字体、段落设置就全被滤除，阅读及排版方便了，速度也大大加快。

除“无格式文本”外，还可以根据需要选择粘贴为“超级链接”、“带格式文本(RTF)”、“无格式的UNICODE文本”等全部格式或部分格式。

(2)文字、表格转换为图形。在某种特殊情况下，公司的通知、宣传资料等文档分发至各部门，容易不小心被修改，我们可能需要将Word中文字或表格转变成图片格式，一般的做法是用屏幕截图软件来完成这一转变。这里，也可以先将需要转成图形的文字选中并复制或剪切，单击菜单“编辑/选择性粘贴”命令，在“选择性粘贴”对话框中选取一种图片类型，单击“确定”按钮，即可将文字转换为图片格式。

(3)转换图片格式。在一些场合，对文件的图片格式有明确的要求，或者从不同地方寻找的资料图片，需要统一格式方便管理，这项工作通常用图像处理软件来完成。现在我们可以将需要转换格式的图片在Word中插入，选中图形对象，然后剪切，再通过“选择性粘贴”命令，即可将其转换为需要的图片格式（有7种格式可供选择）。

自己做

(1) 在Excel中打开文件C：\ 2009AUTOOffice \ W&E \ 4-EX1. XLS，将工作表中的表格以“Microsoft Excel工作表对象”的形式复制到4-EX12. DOC文档【4-E-1】文本下。

(2) 在Word中打开C：\ 2009AUTOOffice \ W&E \ 4-E11. DOC，将文档中的所有文本以“图片（增强型图元文件)”的形式复制到4-E11. DOC文档【4-E-2】文本下。

任务二　文本与表格的相互转换

任务描述

掌握在Word中将指定文本转换为指定格式的表格或将指定表格转换为文本的方法。

任务分析

文本与表格的相互转换可在Word中直接转换，省去了插入表格时的麻烦，既简单又方便!

参考做法

1. 将表格转换为文本

例如，在Excel中打开文件C：\ 2004Ksw \ DAIA2 \ 4-E12. DOC，将【4-E-2】下的表格转换为文本，文字分隔符为制表符。

第1步：选中要转换为表格的【4-E-2】中的“山东轻工06大专计算机08/09学年第二

学期专业课成绩表”下的文本，单击“表格”菜单下的“转换”中的“表格转换成文本”命令，打开“将表格转换成文本”对话框，如图 4-5 所示。

请注意

在选定内容时，只需选择表格中的内容即可，不要选择表格外侧的制表符或回车符。

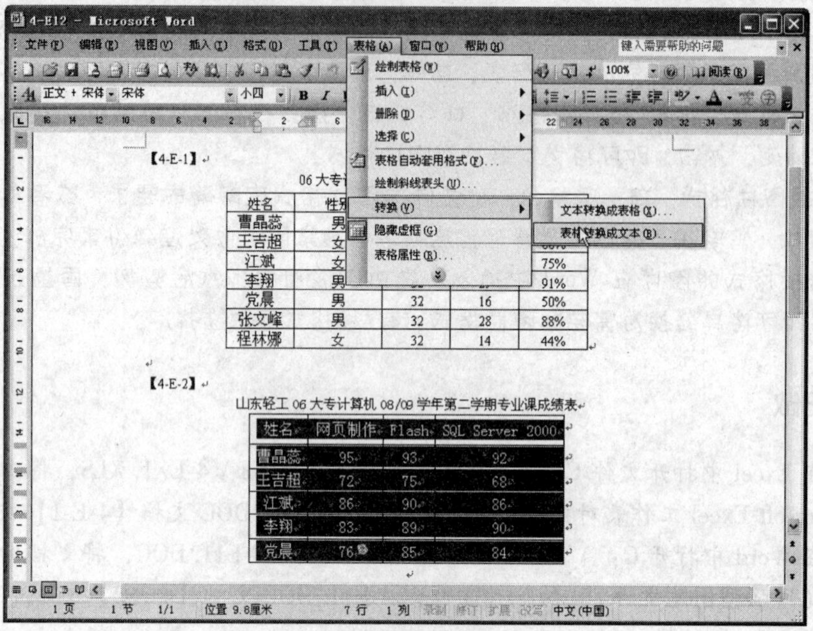

图 4-5　选择“表格转换成文本”命令

第 2 步：在“文字分隔符”区域选中“制表符”单选按钮，如图 4-6 所示。单击“确定”按钮，结果如图 4-7 所示。

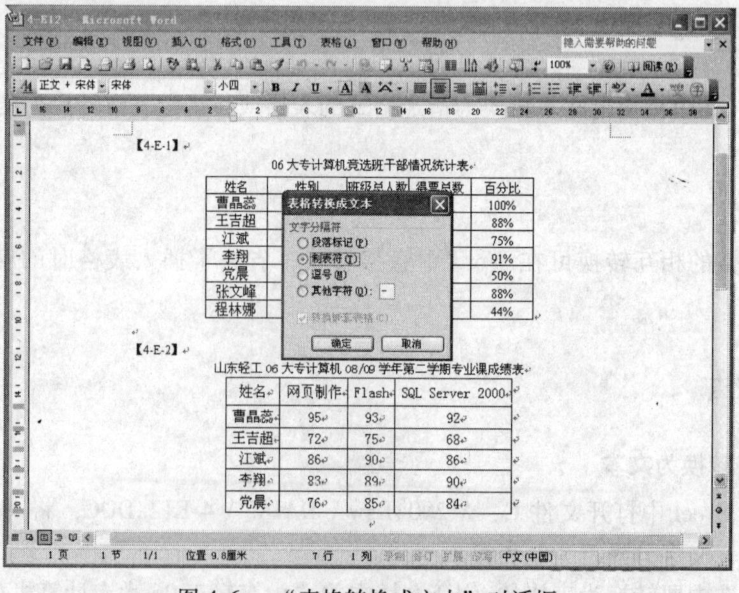

图 4-6　“表格转换成文本”对话框

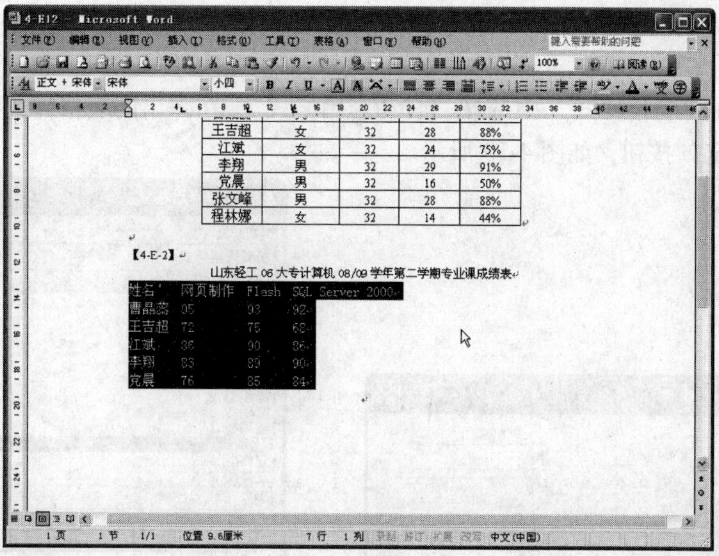

图 4-7　转换结果

2. 将文本转换为表格

例如，在 Excel 中打开文件 C：\ 2004Ksw \ DAIA2 \ 4-E22. DOC，将【4-E-2】下的文本转换为表格，表格为 7 行 4 列，为表格自动套用“精巧型 2”的格式，文字分隔位置为段落符号。

第 1 步：选中要转换为表格的【4-E-2】中的“山东省轻工工程学校 2008-2009 学年第二学期代课安排表”下的文本，单击“表格”菜单下的“转换”中的“文本转换成表格”命令，如图 4-8 所示，即可打开“将文本转换成表格”对话框。

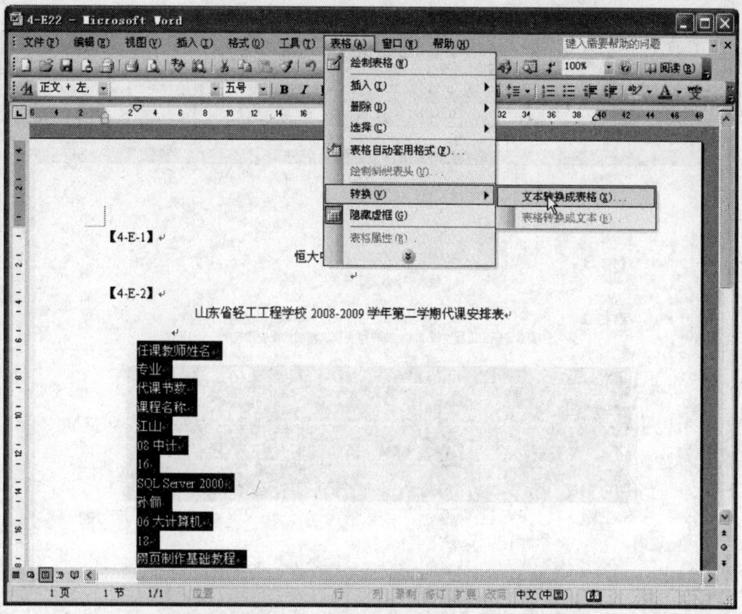

图 4-8　选择“将文本转换成表格”命令

第2步：在弹出的对话框的“表格尺寸”区域中，将行列分别设置为7行4列，如图4-9所示。

第3步：在“表格样式”中选择“自动套用格式”，在弹出的表格样式中选择“精巧型2”，单击“确定”按钮，如图4-10所示。

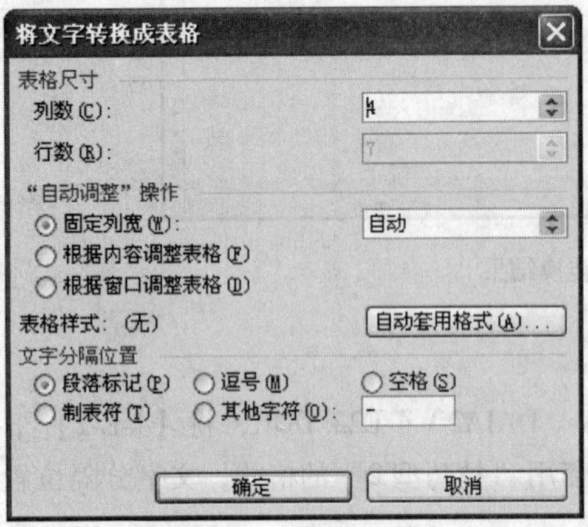

图4-9　设置表格尺寸

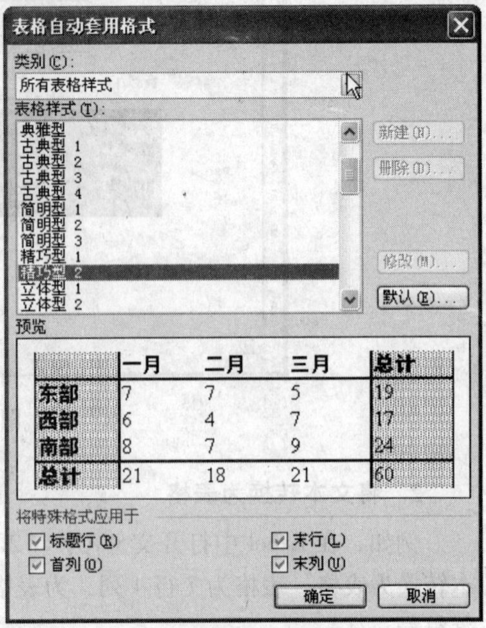

图4-10　设置表格自动套用格式

第4步：在“文字分隔位置”处选择“段落标记”，然后单击“确定”按钮，结果如图4-11所示。

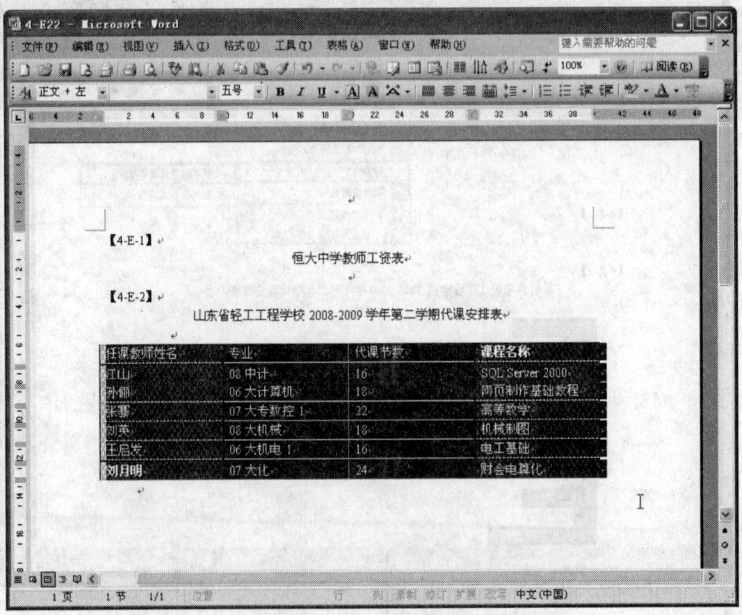

图4-11　转换结果

自己做

(1) 将文件 C:\2009AUTOOffice\W&E\4-EX1. DOC 中【4-E-2】下的“城阳第九中学2008-2009学年教师评估”一览表下的文本转换成表格，表格尺寸为5列7行；为表格自动套用“竖列型3”的格式；文字分隔位置为制表符。

(2) 将文件 C:\2009AUTOOffice\W&E\4-EX2. DOC 中【4-E-2】下的“狮龙手机公司员工一览表”下的表格转换成文本，文字分隔位置为制表符。

(3) 将文件 C:\2009AUTOOffice\W&E\4-EX3. DOC 中【4-E-2】下的“红领部分商品利润分析表”下的文本转换成表格，表格尺寸为3列6行；为表格自动套用“流行型”的格式；文字分隔位置为/。

(4) 将文件 C:\2009AUTOOffice\W&E\4-EX4. DOC 中【4-E-2】下的“2008年上半年国内生产总值”下的文本转换成表格，表格尺寸为3列5行；表格自动套用“古典型2”的格式；文字分隔位置为制表符。

(5) 将文件 C:\2009AUTOOffice\W&E\4-EX5. DOC 中【4-E-2】下的“新野装饰公司外欠装修费统计表”的表格转换成文本；文字分隔符为制表符。

(6) 将文件 C:\2009AUTOOffice\W&E\4-EX12. DOC 中【4-E-2】下的“永春机械厂办公楼日常维护计划”下的文本转换成表格，表格尺寸为3列6行；为表格自动套用“网格型6”的格式；文字分隔位置为段落标记。

任务三 录制新宏

任务描述

在 Word 或 Excel 中，按要求录制宏。

任务分析

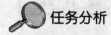

宏是一系列命令和指令，这些命令和指令组合在一起，形成了一个单独的命令，以实现任务执行的自动化。反复执行的某项任务，可以使用宏自动执行。

参考做法

例如，在 Excel 中新建一个文件，文件名为 A8A. XLS，保存至“考生”文件夹，并在该文件中创建一个名为 A8A 的宏，将宏保存在当前工作簿中，用〈Ctrl + Shift + F〉作为快捷键，功能为将选定列的宽度设为20。

第1步：选择“工具”→“宏”→“安全性”命令，如图4-12所示。在“安全性”对话框中，单击“安全级”选项卡，选择“低”单选按钮。单击“可靠发行商”选项卡，所有复选框都选中，单击“确定”按钮，如图 4-13 所示。

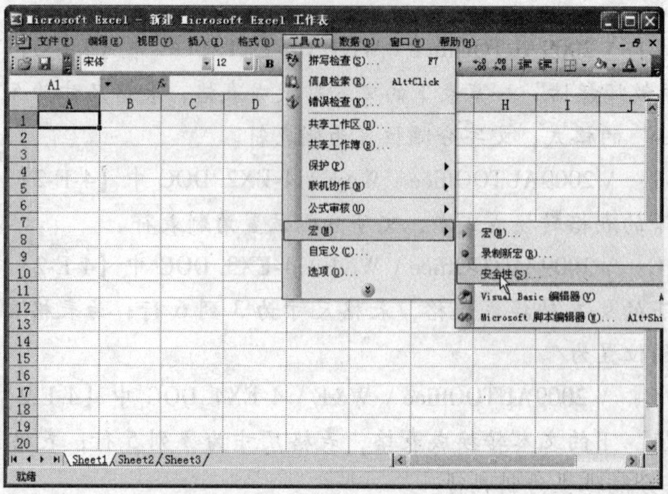

图 4-12 “安全性”命令

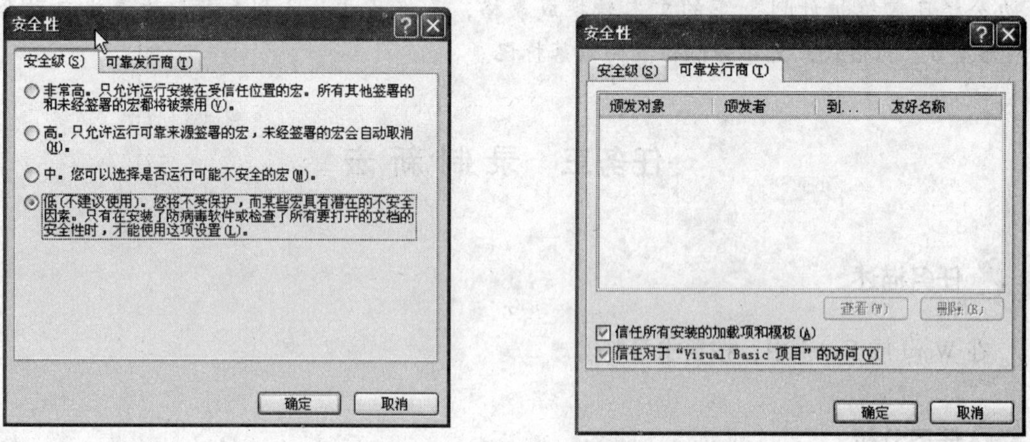

图 4-13 “安全性”对话框

第 2 步：单击“格式”工具栏中的“新建空白文档”按钮或“文件”菜单中的“新建”命令，如图 4-14 所示。

第 3 步：单击“文件”菜单中的“保存”命令，打开“另存为”对话框，在“文件名”文本框中输入文件名“A8A”，在“保存位置”列表中选择相应的文件夹，单击“保存”按钮，如图 4-15 所示。

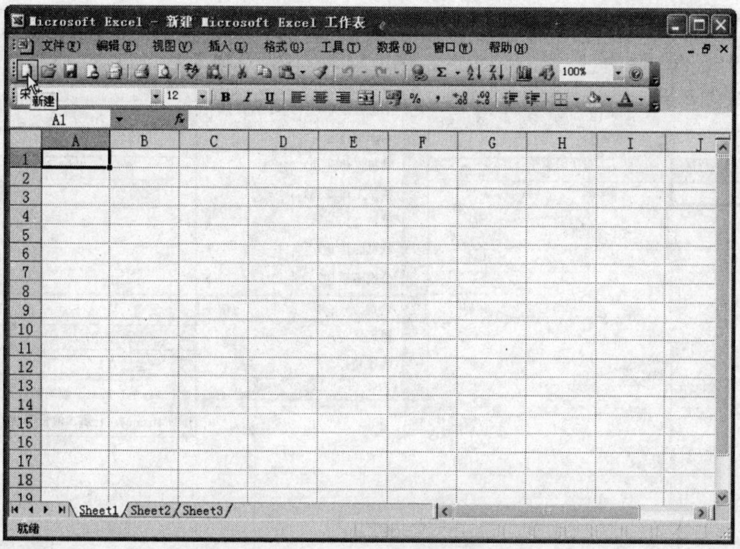

图 4-14　新建空白文档

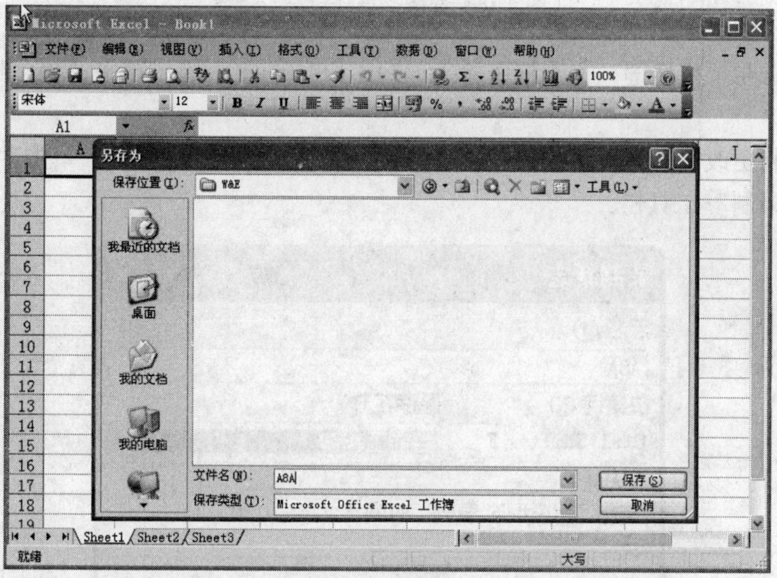

图 4-15　“另存为”对话框

第 4 步：单击“工具”菜单下“宏”中的“录制新宏”命令，如图 4-16 所示。

打开“录制新宏”对话框，在“宏名”文本框中输入宏名“A8A”，在“保存在”下拉列表框中选择“当前工作簿”。

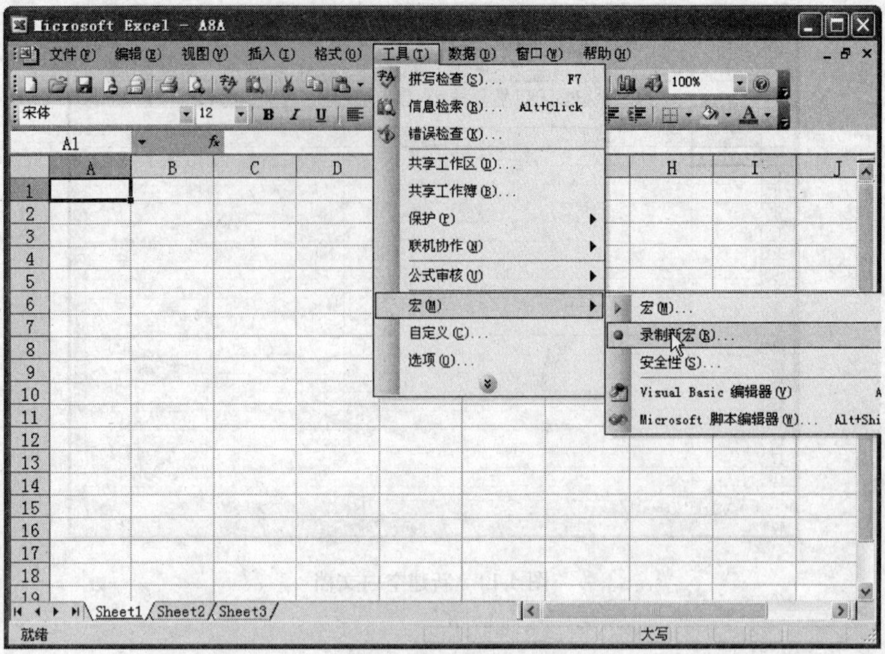

图 4-16　选择“录制新宏”命令

第 5 步：在“快捷键”文本框中输入〈Ctrl + Shift + F〉键，单击“确定”按钮，如图 4-17 所示。

单击“将更改保存在”下拉按钮，选择“A8A. doc/当前工作簿”，单击“关闭”按钮，打开“停止录制”工具栏。

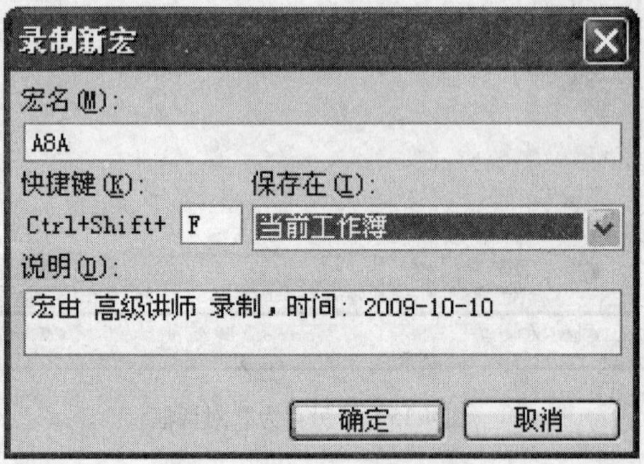

图 4-17　“录制新宏”对话框

第 6 步：单击“格式”菜单下的“列”中的“列宽”命令，如图 4-18 所示。打开“列宽”对话框，将列宽设置为 20，单击“确定”按钮，如图 4-19 所示。

录制完毕，单击“停止录制”工具栏中的“停止录制”按钮，如图 4-20 所示。

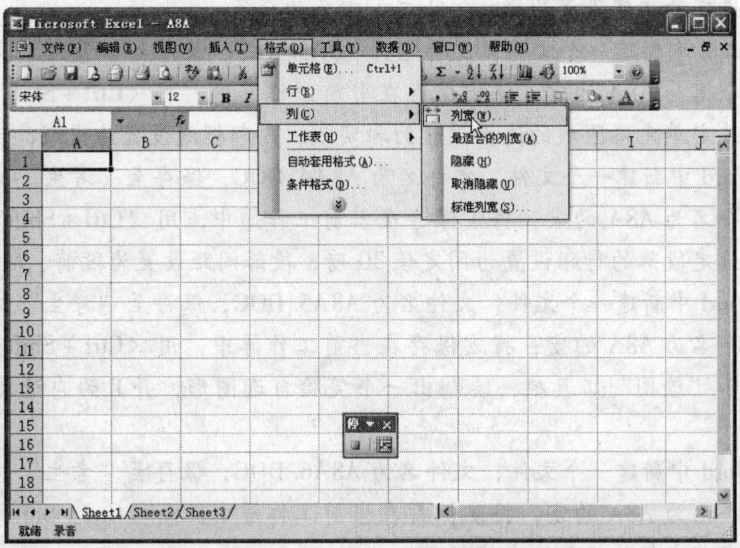

图 4-18　选择“列宽”命令

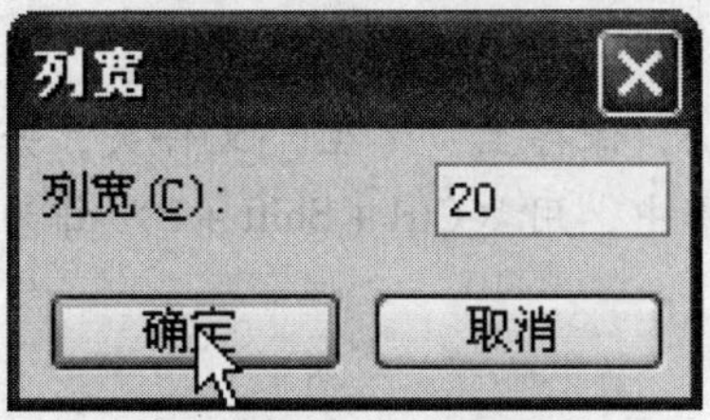

图 4-19　设置列宽

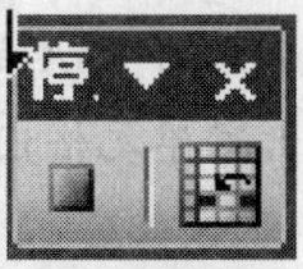

图 4-20　“停止录制”按钮

请注意

（1）第 1 步是做好宏录制的前提。

（2）在录制宏之前，若题目要求先选定文本或某一区域，则必须先选定相应的文本或区域，再进行操作。

（3）在录制绘制自选图形的宏之前，务必事先取消“工具”菜单下“选项”里的“常规”选项卡中的“插入自选图形时自动创建绘图画布”的选项。

自己做

（1）在 Word 中新建一个文件，文件名为 A8A1. DOC，保存至“考生”文件夹，并在该文件中创建一个名为 A8A 的宏，将宏保存在当前工作簿中，用〈Ctrl + Shift + F〉作为快捷键，功能为添加“艺术字”工具栏。

（2）在 Word 中新建一个文件，文件名为 A8A2. DOC，保存至“考生”文件夹，并在该文件中创建一个名为 A8A 的宏，将宏保存在当前工作簿中，用〈Ctrl + Shift + F〉作为快捷键，功能为将选定的文字设置为黑体，小二，颜色为金色。

(3) 在 Excel 中新建一个文件，文件名为 A8A3. XLS，保存至“考生”文件夹，并在该文件中创建一个名为 A8A 的宏，将宏保存在当前工作簿中，用〈Ctrl + Shift + F〉作为快捷键，功能为将选定单元格区域的边框设置为粗实线，内部框线设置为虚线，底纹为深绿色。

(4) 在 Word 中新建一个文件，文件名为 A8A4. DOC，保存至“考生”文件夹，并在该文件中创建一个名为 A8A 的宏，将宏保存在当前工作簿中，用〈Ctrl + Shift + F〉作为快捷键，功能为将选定段落的行距设置为固定值 30 磅，段落间距设置为段前、段后各 5 行。

(5) 在 Word 中新建一个文件，文件名为 A8A5. DOC，保存至“考生”文件夹，并在该文件中创建一个名为 A8A 的宏，将宏保存在当前工作簿中，用〈Ctrl + Shift + F〉作为快捷键，功能为显示“绘图”工具栏，绘制出一个笑脸自选图形，并且为自选图形填充宝石蓝的过渡效果。

(6) 在 Word 中新建一个文件，文件名为 A8A6. DOC，保存至“考生”文件夹，并在该文件中创建一个名为 A8A 的宏，将宏保存在当前工作簿中，用〈Ctrl + Shift + F〉作为快捷键，功能为在当前光标处插入一个换行符。

(7) 在 Word 中新建一个文件，文件名为 A8A7. DOC，保存至“考生”文件夹，并在该文件中创建一个名为 A8A 的宏，将宏保存在当前工作簿中，用〈Ctrl + Shift + F〉作为快捷键，功能为将光标所在的段落设置为首字悬挂。

(8) 在 Excel 中新建一个文件，文件名为 A8A8. XLS，保存至“考生”文件夹，并在该文件中创建一个名为 A8A 的宏，将宏保存在当前工作簿中，用〈Ctrl + Shift + F〉作为快捷键，功能为将选定单元格内填入 123 + 12. 34 的结果。

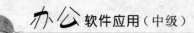

任务四　邮件合并

任务描述

在 Word 中，利用各种数据源实现邮件合并的操作。

任务分析

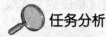

邮件合并是 Word 中一项高级功能，利用该功能可以方便地将数据表中的各行数据批量转成格式化的 Word 文档，进而大大提高工作效率。邮件合并功能适于完成数量比较大且文档内容可分为固定不变的部分和变化的部分的任务，其中变化的内容来自数据表中含有标题行的数据记录表。

邮件合并功能用于创建套用信函、邮件标签、信封、目录以及大宗电子邮件和传真分发。

参考做法

例如，在 Word 中打开文件 C：\ 2004Ksw \ DAIA2 \ 4-E4B. DOC，另存为“考生”文件

夹中，文件名为 A8B. DOC；选择“信函”文档类型，使用当前文档，以文件 C52004KSW \ DATA2 \ 4-E4C. XLS 为数据库，进行邮件合并，并将邮件合并结果保存至“考生”文件夹中，文件名为 4-E4C. DOC。

第 1 步：打开 4-E4B. DOC 文档，选择“文件”菜单中的“另存为”命令，打开“另存为”对话框。在“文件名”文本框中，输入文件名 A8B，单击“保存”按钮，如图 4-21 所示。

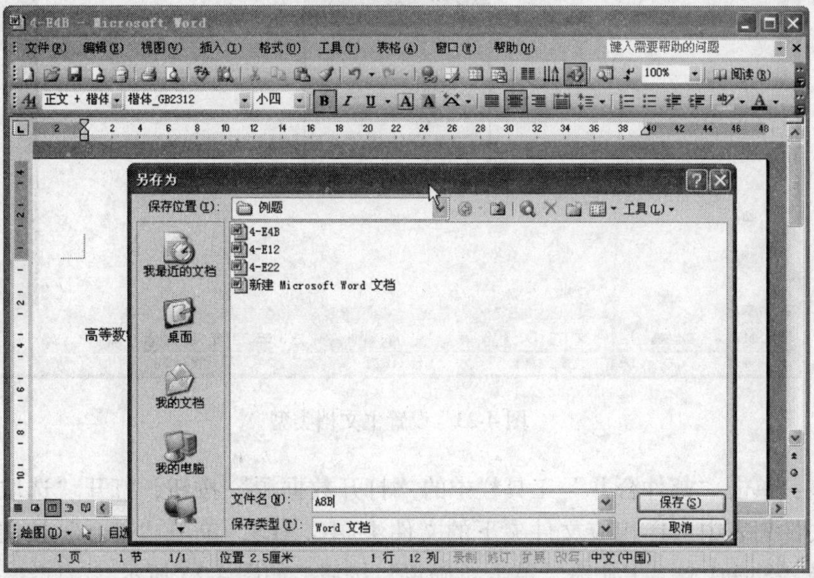

图 4-21　“另存为”对话框

第 2 步：选择“工具”→“信函与邮件”→“显示邮件合并工具栏”命令，如图 4-22 所示。打开“邮件合并”工具栏，单击“邮件合并”工具栏中的“设置文档类型”按钮，在打开的对话框中单击“信函”单选按钮，单击“确定”按钮，如图 4-23 所示。

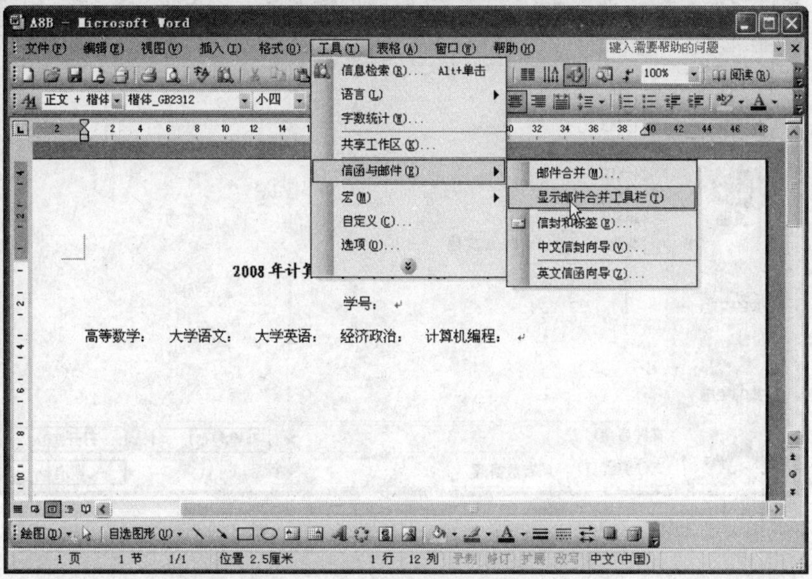

图 4-22　选择“显示邮件合并工具栏”命令

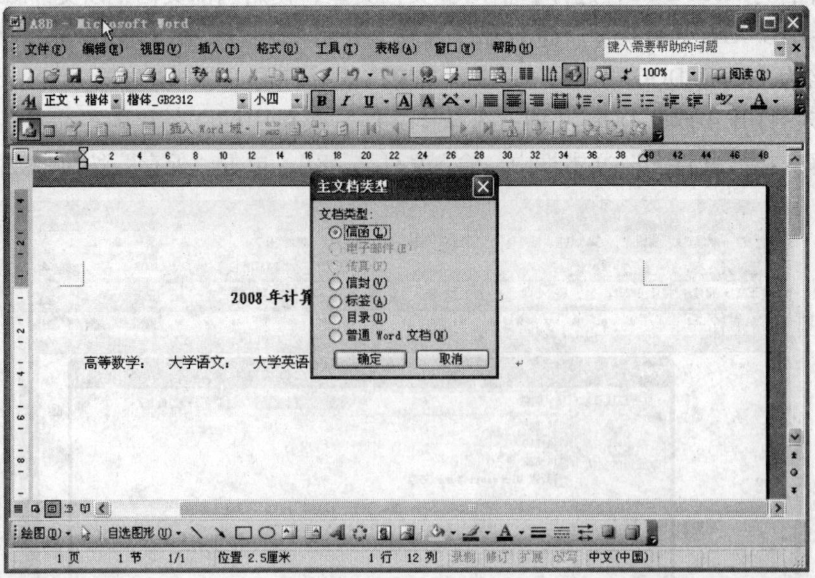

图 4-23　设置主文档类型

第 3 步：单击“邮件合并”工具栏中的“打开数据源”按钮，打开“选取数据源”对话框，在文件列表中选择相应文件夹下的文件 4-E4C. XLS，单击“打开”按钮，如图 4-24 所示。选择“Sheet1 $”工作表，单击“确定”按钮，如图 4-25 所示。

第 4 步：将鼠标定位在“学号：”后面，单击“邮件合并”工具栏中的“插入域”按钮，在弹出的“插入合并域”对话框中将“数据库域”单选按钮选中，再选择要插入的“学号”域，单击“插入”按钮，单击“关闭”按钮，如图 4-26 所示。

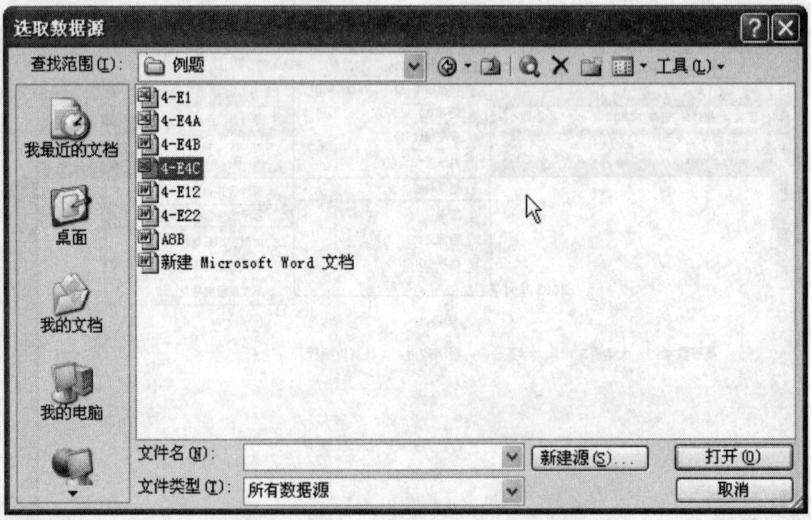

图 4-24　“选取数据源”对话框

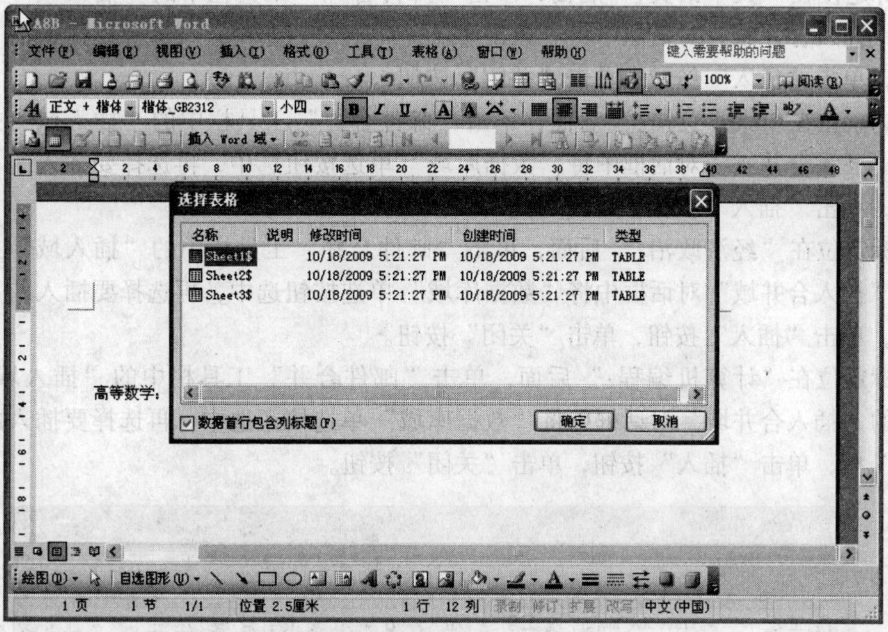

图 4-25　选择表格

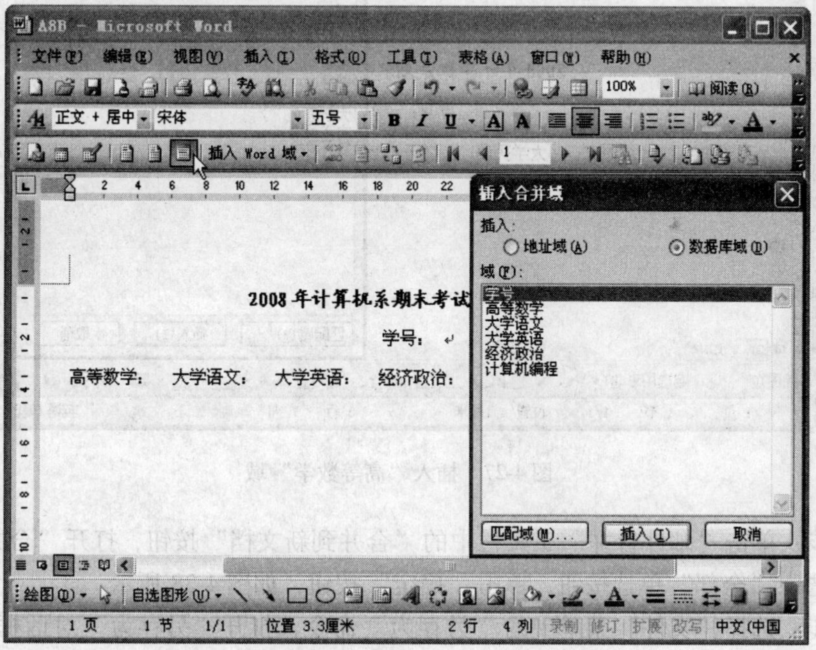

图 4-26　插入“学号”域

鼠标定位在“高等数学:”后面，单击“邮件合并”工具栏中的“插入域”按钮，在弹出的“插入合并域”对话框中将“数据库域”单选按钮选中，再选择要插入的“高等数学”域，单击“插入”按钮，单击“关闭”按钮，如图 4-27 所示。

鼠标定位在“大学语文:”后面，单击“邮件合并”工具栏中的“插入域”按钮，在弹出的“插入合并域”对话框中将“数据库域”单选按钮选中，再选择要插入的“大学语文”域，单击“插入”按钮，单击“关闭”按钮。

鼠标定位在“大学英语:”后面，单击“邮件合并”工具栏中的“插入域”按钮，在弹出的“插入合并域”对话框中将“数据库域”单选按钮选中，再选择要插入的“大学英语”域，单击“插入”按钮，单击“关闭”按钮。

鼠标定位在“经济政治:”后面，单击“邮件合并”工具栏中的“插入域”按钮，在弹出的“插入合并域”对话框中将“数据库域”单选按钮选中，再选择要插入的“经济政治”域，单击“插入”按钮，单击“关闭”按钮。

鼠标定位在“计算机编程:”后面，单击“邮件合并”工具栏中的“插入域”按钮，在弹出的“插入合并域”对话框中将“数据库域”单选按钮选中，再选择要插入的“计算机编程”域，单击“插入”按钮，单击“关闭”按钮。

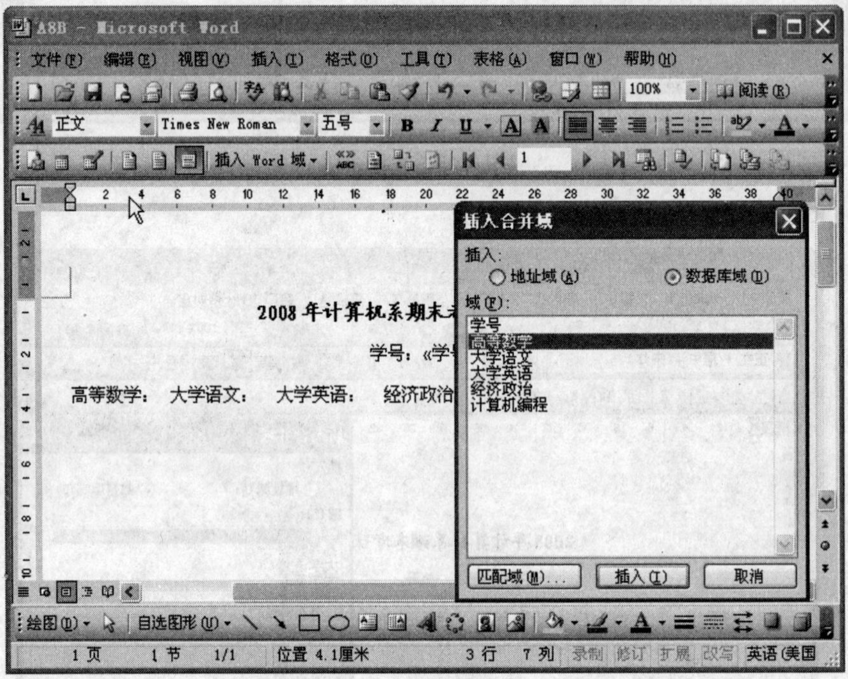

图 4-27 插入“高等数学”域

第 5 步：单击“邮件合并”工具栏中的“合并到新文档”按钮，打开“合并到新文档”对话框，选中“全部”单选按钮，单击“确定”按钮，如图 4-28 所示。

第 6 步：选择“文件”菜单中的“另存为”命令，打开“另存为”对话框，在“文件名”文本框中输入 A8C，单击“保存”按钮，如图 4-29 所示。

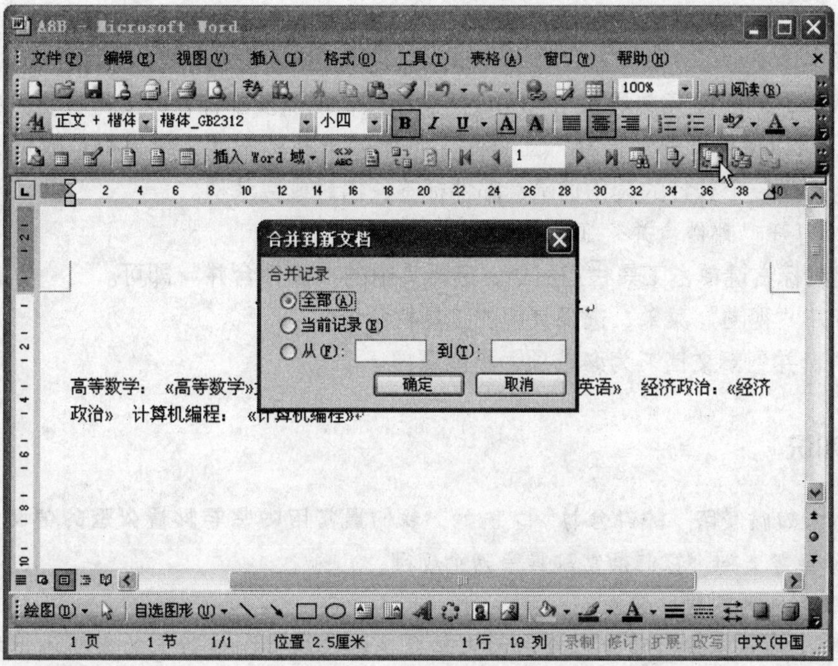

图 4-28 “合并到新文档”对话框

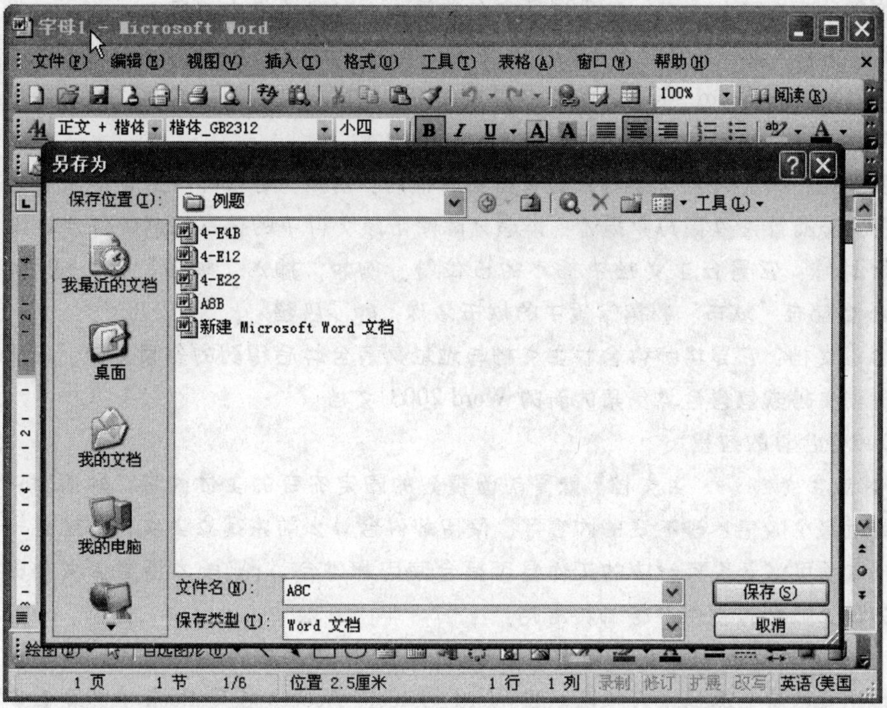

图 4-29 “另存为”对话框

请注意

(1) Word 2003 使用向导来指导完成所有步骤，从而使邮件合并变得容易。如果不想使用该向导，可以使用“邮件合并”工具栏。不管使用哪种方式，结果都是数据源中的每行（或记录）产生一个独特的套用信函、邮件标签、信封或目录项。

注意：打开“邮件合并”工具栏的方法有两种。

1）用鼠标右键单击工具栏空白处，选择其中的“邮件合并”即可。

2）打开“视图”菜单，选择其中的工具栏命令。

(2)“合并到新文档”为必选项，不能漏掉。

小知识

(1)什么时候使用“邮件合并”？例如，我们最常用的需要批量处理的信函、工资条、标签、成绩单等文档，它们通常都具备两个规律：

1)需要制作的数量比较大。

2)这些文档内容分为固定不变的内容和变化的内容，如信封上的寄信人地址和邮政编码、信函中的落款等，这些都是固定不变的内容；而收信人的地址、邮编等就属于变化的内容。其中，变化的部分由数据表中含有标题行的数据记录表表示。

什么是含有标题行的数据记录表呢？通常指这样的数据表：它由字段列和记录行构成，字段列规定该列存储的信息，每条记录行存储着一个对象的相应信息。

(2)邮件合并进程涉及三个文档：主文档、数据源和合并文档。

1)主文档：在 Word 2003 的邮件合并操作中，该文档包含对于合并文档的每个版本都相同的文本和图形，如套用信函中的寄信人地址或称呼。

2)数据源：该文件包含要合并到文档中的信息。例如，要在邮件合并中使用的名称和地址的列表。必须首先连接到数据源，然后才能使用该文件中的信息完成邮件合并进程。

3)合并域：它是在主文档中插入的占位符。例如，插入“城市”合并域可以让 Word 2003 插入存储在“城市”数据字段中的城市名称，如“巴黎”。

4)合并文档：它是将邮件合并主文档与地址列表合并后得到的结果文档。结果文档可以是打印结果文档或包含合并结果的新的 Word 2003 文档。

(3)邮件合并的过程

1) 建立主文档。“主文档”就是前面提到的固定不变的主体内容，如信封中的落款、信函中的对每个收信人都不变的内容等。使用邮件合并之前先建立主文档，这是一个很好的习惯。一方面可以考查预计中的工作是否适合使用邮件合并；另一方面是主文档的建立，为数据源的建立或选择提供了标准和思路。

2) 准备好数据源。数据源就是前面提到的含有标题行的数据记录表，其中包含着相关的字段和记录内容。数据源表格可以是 Word、Excel、Access 或 Outlook 中的联系人记录表。

在实际工作中，数据源通常是现成存在的。例如，要制作大量客户信封，多数情况下，客户信息可能早已被客户经理做成了 Excel 表格，其中含有制作信封需要的“姓名”、“地址"、"邮编"等字段。在这种情况下，直接拿过来使用就可以了，而不必重新制作。

如果没有现成的数据，则要根据主文档对数据源的要求建立，使用Word、Excel、Access都可以，实际工作时，常常使用Excel制作。

3）把数据源合并到主文档中。前面两件事情都做好之后，就可以将数据源中的相应字段合并到主文档的固定内容之中了，表格中的记录行数，决定着主文件生成的份数。整个合并操作过程将利用"邮件合并向导"进行，使用非常轻松。

自己做

（1）在Word中打开文件C：\2009AUTOOffice\W&E\4-E1B.DOC，另存为"考生"文件夹中，文件名为A8B.DOC；选择"信函"文档类型，使用当前文档，以文件C：\2009AUTOOffice\W&E\4-E1C.XLS为数据库，进行邮件合并，并将邮件合并结果保存至"考生"文件夹中，文件名为4-E4C.DOC。

（2）在Word中打开文件C：\2009AUTOOffice\W&E\4-E2B.DOC，另存为"考生"文件夹中，文件名为A8B.DOC；选择"信函"文档类型，使用当前文档，以文件C：\2009AUTOOffice\W&E\4-E2C.XLS为数据库，进行邮件合并，并将邮件合并结果保存至"考生"文件夹中，文件名为4-E4C.DOC。

（3）在Word中打开文件C：\2009AUTOOffice\W&E\4-E3B.DOC，另存为"考生"文件夹中，文件名为A8B.DOC；选择"信函"文档类型，使用当前文档，以文件C：\2009AUTOOffice\W&E\4-E3C.XLS为数据库，进行邮件合并，并将邮件合并结果保存至"考生"文件夹中，文件名为4-E4C.DOC。

课后练习

（1）在Word中打开文件C：\2009AUTOOffice\W&E\4-lx1.DOC，按下列要求操作。

1）选择性粘贴：在Excel中打开文件4-lx11.xls，将工作表中的表格以"Microsoft Excel工作表对象"的形式复制到4-lx1.DOC文档【lx1-A】文本下。

2）文本与表格间的相互转换：将【lx1-B】"09大专计算机期末考试不及格名单"下的表格转换成文本，文字分隔位置为制表符。

3）录制新宏：在Word中新建一个文件，文件名为4-lx13.DOC，保存至"考生"文件夹，在该文件中创建一个名为A8A1的宏，将宏保存在4-lx13.DOC中，用〈Ctrl+Shift+F〉作为快捷键，功能为将选定文本内容设置为黑体、二号、靛蓝色。

4）邮件合并：在Word中打开文件C：\2009AUTOOffice\W&E\4-lx12.DOC，另存为"考生"文件夹中，文件名为4-lx14.DOC；选择"信函"文档类型，使用当前文档，以文件C：\2009AUTOOffice\W&E\4-lx14.xls为数据源，进行邮件合并，并将邮件合并结果保存至"考生"文件夹中，文件名为4-lxzh1.DOC。

（2）在Word中打开文件C：\2009AUTOOffice\W&E\4-lx2.DOC，按下列要求操作。

1）选择性粘贴：在Excel中打开文件4-lx21.xls，将工作表中的表格以"Microsoft Excel工作表对象"的形式复制到4-lx2.DOC文档【lx2-A】文本下。

2）文本与表格间的相互转换：将【lx2-B】"09级大专计算机学生名单"下的文本转换成表格，表格尺寸为3列6行；为表格自动套用“网格型4”的格式；文字分隔位置为空格。

3）录制新宏：在Word中新建一个文件，文件名为4-lx23. xls，保存至“考生”文件夹，在该文件中创建一个名为A8A2的宏，将宏保存在4-lx23. xls。中，用〈Ctrl + Shift + S〉作为快捷键，功能为将选定行高设置为20。

4）邮件合并：在Word中打开文件C：\ 2009AUTOOffice \ W&E \ 4-lx22. DOC，另存为“考生”文件夹中，文件名为4-lx24. DOC；选择“信函”文档类型，使用当前文档，以文件C：\ 2009AUTOOffice \ W&E \ 4-lx24. xls为数据源，进行邮件合并，并将邮件合并结果保存至“考生”文件夹中，文件名为4-lxzh2. DOC。

（3）在Word中打开文件C：\ 2009AUTOOffice \ W&E \ 4-lx3. DOC，按下列要求操作。

1）选择性粘贴：在Excel中打开文件4-lx31. xls，将工作表中的表格以“Microsoft Excel 工作表对象”的形式复制到4-lx3. DOC文档【lx3-A】文本下。

2）文本与表格间的相互转换：将【lx3-B】“重汽青专工程车部员工信息”下的表格转换成文本，文字分隔位置为制表符。

3）录制新宏：在Word中新建一个文件，文件名为4-lx33. DOC，保存至“考生”文件夹，在该文件中创建一个名为A8A3的宏，将宏保存在4-lx33. DOC中，用〈Ctrl + Shift + Z〉作为快捷键，功能为添加“表格和边框”工具栏。

4）邮件合并：在Word中打开文件C：\ 2009AUTOOffice \ W&E \ 4-lx32. DOC，另存为“考生”文件夹中，文件名为4-lx34. DOC；选择“信函”文档类型，使用当前文档，以文件C：\ 2009AUTOOffice \ W&E \ 4-lx34. xls为数据源，进行邮件合并，并将邮件合并结果保存至“考生”文件夹中，文件名为4-lxzh3. DOC。

（4）在Word中打开文件C：\ 2009AUTOOffice \ W&E \ 4-lx4. DOC，按下列要求操作。

1）选择性粘贴：在Excel中打开文件4-lx41. xls，将工作表中的表格以“Microsoft Excel 工作表对象”的形式复制到4-lx4. DOC文档【lx4-A】文本下。

2）文本与表格间的相互转换：将【lx4-B】“轻工学校教师评估一览表”下的表格转换成文本，文字分隔位置为制表符。

3）录制新宏：在Word中新建一个文件，文件名为4-lx43. DOC，保存至“考生”文件夹，在该文件中创建一个名为A8A4的宏，将宏保存在4-lx43. DOC中，用〈Ctrl + Shift + A〉作为快捷键，功能为将选定内容设置为艺术字。

4）邮件合并：在Word中打开文件C：\ 2009AUTOOffice \ W&E \ 4-lx42. DOC，另存为“考生”文件夹中，文件名为4-lx44. DOC；选择“信函”文档类型，使用当前文档，以文件C：\ 2009AUTOOffice \ W&E \ 4-lx44. xls为数据源，进行邮件合并，并将邮件合并结果保存至“考生”文件夹中，文件名为4-lxzh4. DOC。

参考文献

[1] 周南岳. 计算机应用基础综合实训（职业模块）[M]. 北京：高等教育出版社，2009.
[2] 国家职业技能鉴定专家委员会. 智能化考试4.0平台试题汇编 [M]. 北京：北京希望电子出版社，2005.
[3] 教育部考试中心. 电脑操作小能手 [M]. 西安：西安交通大学出版社，2004.